二兩福妻 1

鳳棲梧桐 著

文創風 846

目錄

序文

鳳棲梧桐

二〇一八末，梧桐的身體第一次發出了警報，雖然只需動個小手術，但術後一直感覺很疲憊，所以隔了半年後，才開始寫這本《二兩福妻》。

說到這裡，就不得不提一下《二兩福妻》這個書名的由來了。

我要說的是我就個取名廢，不管是男女主的名字還是書名，我能想到的總是最土最俗的那種名字。雖然《二兩福妻》這個書名聽著也很俗氣，但這個名字還是在可愛的編輯大大幫助下取的，也算是集合了多人的祝福。

在寫這本書之前，我找了很多資料，原意是想寫一本女主雖然身嬌體軟易推倒，但有著聰明的才智和一身與外表不符的爆脾氣；男主是個武功高強又自帶腹黑屬性的糙漢子，只有在面對親生父母時才會表現出孬種的一面。男主驚豔於女主的美貌，進而又被她堅忍、倔強的性格和與眾不同的靈魂所吸引，從而引發的一系列有關家庭，利益和感情糾葛的長篇甜寵種田文的。

之所以會寫這麼一個小姐被賣到小山村，還收穫了愛情，有了一段美好人生的故事，是因為在二〇一九年的二月初，我在網上看到了一篇關於拐賣婦女的報導。現實世界裡是沒有童話的，《二兩福妻》一書其實就是我的一種祝願，就算只有萬分之一的希望，我也希望在那些不幸的人之中，能有人如我書中的月寧那般，在經歷不幸的同時能獲得幸運之神的祝福。

就如古語說的那樣：**福兮禍所伏，禍兮福所倚**。

就如我總是自己一個人坐在電腦前，默默敲擊鍵盤去架構一個世界，譜寫一段人生，這個過程漫長又容易使人倦怠，有時寫的不那麼讓人滿意，不但收益堪憂，還會有讀友跳出來罵人，嚴重打擊我創作的自信。可在那些不滿的讀者之外，還有更多的讀友正在支持，並為我打氣，所以這本《二兩福妻》最終迎來了完結。

就如從二〇〇九年開始寫第一篇三千字的章節起到現在，我從一個讀者到一個作者，正是因為一路有那麼多讀友的支持，才堅持著不斷創作，寫出了一個又一個的愛情故事。

在這裡，梧桐只想對所有喜歡我作品的讀友說：這一路有你們相伴，真好！

第一章

月寧是被疼醒的，後腦的抽痛讓她正奇怪自己怎麼了，無數的記憶片段就如幻燈片般，一幕幕在她腦海裡浮現……陌生的龐大記憶讓月寧痛得腦袋發暈，使她抱頭呻吟。

「哎呀！當家的，她醒了，這女的醒了，你……你快說這該怎麼辦啊？」耳邊突然響起的聲音，讓月寧睜開眼睛，看到的是一個女人驚慌失措的臉。

「妳不會拿藥巾子捂她嗎？蠢女人，真是笨死了，這都要我教？」男人惡狠狠的咒罵聲就像一道閃電，劈開了月寧痛得暈眩的腦袋，她還來不及弄清楚發生了什麼事，臉上就驟然一涼。

口鼻被人捂住，月寧嚇到張嘴想要呼救，可一口帶著藥味的空氣灌進嘴裡，她就知道要糟了。眼前女人驚慌中帶著狠戾的臉一點點模糊起來，她原就頭痛欲裂，吸了這口藥氣之後，沒一會兒就撐不住暈了過去……

「季霆，我和你大哥好心來看你，你卻連門都不開，還眼睛不是眼睛，鼻子不是鼻子的，有你這麼做弟弟的嗎？」

女人的聲音又尖又響，讓月寧驚醒過來。方才聽到的女聲到底說了些什麼她沒聽清楚，可睜眼看到的原木屋樑和從房頂上垂下來的茅草，還是讓月寧瞪大了眼睛。

頭痛和身體的無力讓她只能轉動眼珠打量四周，四面灰撲撲的牆壁一目了然，顯然這屋裡除了她沒別人了，她摸了摸身下躺著的地方，硬邦邦的觸感摸著像是磚砌的火炕。

陡然，「嘩啦」一聲巨響，嚇得月寧差點兒沒跳起來，外頭緊接著響起一道滿含怒氣的吼聲。

「你們還想要我給你們好臉?!你們有那麼大的臉嗎？」

院子裡，季霆拄著枴杖用力撐起身體，目光冰冷的掃向院外的兩人。「我的好大哥好大嫂，你們買給我的那個漂亮媳婦現在還昏著沒醒呢，這回上門又想幹啥？莫不是又想跟我借銀子吧？可惜我的銀子救媳婦時都用光了，過兩天說不定我還要跟你們借呢。」

季霆故意將「借」字說的響亮，譏諷的季文一張老臉脹得通紅，可銀子的力量是無敵的，一想到那個半死的女人要是活了，轉手就能賣出天價來，季文再無法保持平靜。他搓了搓手，換上一張諂媚的笑臉，道：「四弟，我跟你嫂子真是出於關心才特地過來的。」

季霆瞪著眼，冷聲反問：「你們真以為那夥拍花子離開了福田鎮，我就不知道你們是怎麼買到她的了？」

季文和許氏聞言臉色齊齊一變，隨即又覺得季霆是在詐他們。畢竟那日他們買了人之後，那些拍花子就離開了，除了他們和拍花子之外，肯定不會再有人知曉這裡頭的隱密了。

「想要人不知，除非己莫為。」季霆冷冷的看著兩人，譏笑道：「二兩銀子買下來的活死人，大哥、大嫂上下嘴皮子一碰就成了五十兩，這買賣做的，可真叫小弟自嘆不如啊。」

「那麼漂亮一個大美人，怎麼可能是二兩銀子買得到的？四弟，你可不能聽別人亂說啊。」許氏猶自強辯著。

季霆嘲諷道：「原就是拍花子打算扔到亂葬崗去的人，大哥、大嫂花銀子買回來，也確實是破費了。」

「對啊！」季文猛然醒悟，懊惱到拍著大腿，道：「我等他們把人扔到亂葬崗之後，再去揹回來，不就連那二兩銀子也可以省了嗎？」

許氏一聽急了，用力推了季文一把。「你說什麼胡話呢！」

季霆卻是看著兩人冷笑道：「是啊，大哥當時要是不攔住那兩個拍花子，這二兩銀子不就可以省下了嗎？」

季文夫妻聽他這麼說，才相信季霆是真的知道他們買人只花了二兩銀子。可那又怎麼樣？家都分了，分家書也寫了，揣他們兜裡的銀子再想讓他們吐出來，沒門！

季文板起臉道：「四弟啊，分家時說要扣你五十兩銀子的是爹，說只能分你二十兩的是娘，你現在嫌銀子分得少了，跟我可說不著，別想把這事賴在我身上。」

季霆冷冷道：「多報賣身銀子的是你們夫妻，爹從我這兒扣去的銀子，也是給了你們，我不找你們要銀子，找誰要？」

這事絕對不能認！

季文給妻子使眼色，許氏眼珠子一轉，拍著大腿就嚎起來。「我的天啊，真是沒天理了呀，我們怕你分了家日子不好過，好心好意的來探望，你不讓我們進門，還要訛我們銀子……」

乾嚎聲九曲十八彎的，就跟唱戲似的，不但讓院子裡的季霆神色驟冷，也讓屋裡的月寧聽呆了。

理順了腦海裡的記憶，月寧就知道自己穿越了。想想自己半途醒來又被人迷暈，再結合外頭那些人的說詞，她明白自己不但被人賣了，而且還是人家用二兩銀子買來做媳婦的那個重病號。

看看這間泥牆茅草頂的房子，空到只剩一張火炕了，唯一的家具是炕頭擺著的兩口、連漆都沒上的木箱子，而月寧身上蓋的薄被更是補丁蓋上補丁，就這樣的生活條件，竟還有極品親戚上門來打秋風？若未來生活是如此，她光想想就兩眼發黑。

月寧正想得出神，就聽外頭又傳來一道女聲。

「真是笑死人了，大家同個村子住著，誰還不知道誰啊？許氏，你們老季家是靠石頭在外走鏢賺的銀子才有了今天的光景，從來都是你們向他伸手要銀子，什麼時候輪到他搜刮你們了？」

這聲音的主人說話又脆又響，語速飛快，吐字就跟機關槍似的讓人插不上嘴。

月寧不禁豎起耳朵，專心聽起屋外的動靜來。

許氏有些畏懼的看了眼跟著田桂花出來的馬大龍，色厲內荏的叫道：「田桂花，這是我們季家的家務事，不要妳管。」

「你們不幹人事，還不許我路見不平？」田桂花扠腰站在自家院子裡，囂張的抬著下巴朝許氏冷笑道：「我就是看不慣你們沒臉沒皮的欺負人，也不想想你們的雜貨鋪和田地都是打哪兒來的？飲水不思源，小心被天打雷劈啊！」

季文憤怒的大叫。「馬大龍，你就不管管你媳婦？」

「我媳婦又沒說錯。」言下之意是：你們自己犯賤，怨得了誰？

季文和許氏只覺得一股火氣直衝頭頂，氣得頭髮都要豎起來了。

田桂花一臉正氣的叫道：「我有哪裡說錯了？你們是給季霆治腿了？還是沒騙走他的銀子買了糧食自己兜著？你們給他買的媳婦就剩一口氣了，還一點糧食都不給他，就把人分出來單過。現在這樣的災年，就那二十兩銀子，是夠給他媳婦買人參救命？還是夠給他自己治腿啊？我就奇怪，你們怎麼還有臉在這裡鬧呢？真當別人都不知道你家的底細是嗎？就你們這樣連親兄弟都坑的人，開鋪子真有人敢進去買東西嗎？就不怕被你們坑死？」

季文的臉都綠了，跳著腳叫道：「田桂花，妳少胡說八道！我們老季家要怎麼分家是我們自己的事，妳拿我家的鋪子胡扯什麼？」鎮上的雜貨鋪可是他的命根子，他爹娘早就說好要分給他們大房。開鋪子最重要的就是口碑和誠信，要是因為田桂花的這番話，壞了他雜貨鋪的生意，他一定不會放過這個賤人的！

田桂花迎面對上季文瞪來的眼神，非但不怕，還故意挺了挺胸膛，挑釁道：「怎麼？說不過我，你還想打我不成？」她是真不怕這夫妻倆，她男人可是在她身後站著呢。一對一，她打許氏就跟玩兒似的，而季文那軟腳蝦，她男人一隻手就能解決了。

馬大龍面無表情，長腿往前一跨，魁梧的他就跟扇門板似的擋在了田桂花身前。

季文原本還想放幾句狠話，可看著比自己高了一個頭，又壯碩得跟頭牛似的馬大龍，心裡實在發虛。但要是就這麼被他嚇住了，季文又覺得沒面子。眼珠子轉了轉，他就想到了季霆平時常說的不能打女人的話，伸手扯了一把許氏，擠眉弄眼的示意她上去為他們扳回點顏面。

季文是想賭馬大龍一個大男人不敢對許氏出手。他要是敢動手，他就可以罵他馬大龍不是男人，看他以後還有什麼臉面在荷花村立足！

可季文想得雖好，許氏卻也不笨。

這田桂花可是十里八村出了名的凶悍潑辣，還沒嫁人前就一直是榆樹村一霸，走在路上都無人敢惹，凶名響亮，連媒婆都不敢打她家門前過。要不是外鄉來的馬大龍不知底細，傻傻的跑上門去提親，田桂花只怕現在都還在娘家做老姑娘呢。

面對這麼凶殘的女人，她就是腦袋被驢踢了也不會找她晦氣，又不是怕自己死得不夠快。許氏眼珠子亂轉，急著想脫身之法。眼角瞄到站在小院裡的季霆，她才想起來他們今天可不是來找田桂花吵架的，他們是來看看季霆的那個媳婦活沒活過來的，差點就被田桂花這賤人給攪和忘了。

「田桂花，妳……」

馬大龍虎目一瞪。

許氏立即把到嘴邊的話全都咽了回去，話鋒一轉。「……妳也管太寬了吧？我們家要怎麼分，都得聽我公公婆婆的。公允不公允的，你們也管不著，有本事妳找我公公婆婆說理去。再說我們今天來，是好心來看老四媳婦的，沒時間跟你們吵吵。」

被高大的馬大龍盯著，許氏有種被狗熊盯上的恐懼感，她不敢繼續看馬大龍，強自鎮定轉向冷著臉的季霆，叫道：「老四，你就算對分家有所不滿，也不能把這氣撒到我們做哥嫂的身上……」

季霆懶得跟她廢話，揚手就把手裡的枴杖朝她砸過去。「滾！」

「啊——」枴杖的一頭正中許氏額頭，她整個人往後一仰，險些沒栽到地上去。

「老四，你想幹麼！」季文憤怒的咆哮，瞪著季霆彷彿要吃人一般。

「想幹麼？」季霆瘸著腿，殺氣凜然，一步步往院門逼近。「你坑了我一次又一次，以前我看在爹娘的面上沒跟你計較，倒是讓你覺得我好欺負了。也罷，今天我就好好教訓教訓你，也讓你知道，什麼人能惹、什麼人不能惹。」

季文強自鎮定的結巴道：「你……你敢！你要敢動我，爹和娘不會放過你的。」

許氏捂著被砸出來的大包，一骨碌爬起來，扯著季文嚎道：「他爹，你可要為我作主啊！你看看我這頭，青天白日的小叔就敢毆打長嫂啊，真是沒天理了呀！」

季文立即心領神會，跳起來指著季霆大罵道：「你個大逆不道的東西，看把你嫂子打成啥樣了？識相的立即開門，再奉上十兩銀子給你嫂子做賠禮，否則我就去告訴娘。」

季文這副志得意滿、勝券在握的樣子，倒把季霆給氣樂了。他用力拉開院門，衝季文陰惻惻一笑。「我倒想知道，我要是打斷了你的腿，爹娘會不會為了你，讓、我、償、命！」

季文背後的寒毛都豎起來了。「你……你敢！」他不敢相信季霆真敢動他。他可是季家的長子，他的親大哥，爹娘最偏寵倚重的兒子呢！

季霆敢對他不敬，就不怕爹娘找他算帳嗎？要知道從小到大，季霆可是最聽爹娘話了。以前娘說家裡沒錢了，季霆就會乖乖給銀子，爹說家裡兄弟沒個營生，他沒錢也會出去借，把銀子湊齊了給他們，怎麼這才一分家，他就敢跟他動手了？難道是真的被他們給惹惱了？

季霆沒等季文反應，鐵箍般的大手一抓一扯，就勒著季文的衣襟將人舉了起來。

「啊——」季文驚恐尖叫。

許氏也嚇得尖叫起來。「殺……殺人啦！」

「石頭！」馬大龍眼見季霆眼神不對，上前揪著季文的肩膀一扯一扔，就把季文給甩了出去。

季文在地上翻滾了好幾圈才止住身體的慣性，許氏見狀忙撲過去。「他爹，他爹，你有沒有事啊？」

季文暈乎乎的抬起頭，就見季霆一副要殺人的模樣瞪著自己，幸好被馬大龍給攔住了。他一個激靈爬起來，也不管許氏了，沒命似的往村口的方向狂奔。

「哎呀！他爹，你、你等等我呀。」季文一跑，許氏嚇得提著裙子，頭也不敢回的跟著跑了。

田桂花衝兩人的背影狠狠啐了一口。「呸，兩個無膽鼠輩！」

「妳是怕自己的凶名不夠響亮嗎？」馬大龍沒好氣的橫了妻子一眼，見她縮著脖子閉上了嘴，才轉頭拍著季霆的肩膀，道：「經此一嚇，你應該能得兩天清靜了。」

「或許吧。」季霆可沒那麼樂觀。爹娘對他大哥的偏寵是沒有理由的，指不定一會兒就要鬧上門來了呢。和田桂花、馬大龍道了謝，季霆撿起地上的枴杖，一瘸一拐的走回院裡，並仔細鎖上了院門。

如今的世道並不太平，最近荷花村外的小道上常有難民出沒，他自己是不怕，可一想到自家炕上還躺著個嬌人，他就不能不多注意些。

外頭安靜了下來，月寧也就將注意力轉回了自己身上。她現在身上穿的已不是前身陳芷蔓為逃難特製的那件灰色布衣了，現在身上穿著的衣物破舊，若不仔細看，都分辨不出底色原本是粉色衣褲，月寧有些鬱悶的撇撇嘴。

前身為了預防出行時發生意外，特意在自己的肚兜、外衣領口和鞋子的夾層裡都縫了銀票以防萬一。而現在她的外衣被人換掉了，也不知道縫在衣襟中的銀票被人發現沒有。

月寧忍著頭痛，手撐著炕床慢慢坐起來，低頭拉開衣領看了一眼。入眼是熟悉的絳紫色肚兜，讓她懸著的心終於有了一點安慰，等在炕下看到她的繡花鞋時，月寧的底氣就更足了。

都說錢能壯人膽。在這樣的災年裡，一文錢是真能逼死英雄好漢的，在前途不明的情況下，手裡有點錢，總還有逃離這裡的希望。

至於現在獨自逃跑，月寧還不敢想。旱災持續到現在，缺水少食的饑民已經演變得如野獸一般可怕了。在一群餓綠了眼卻得不到救助的人中，不管發生什麼可怕的事情都不奇怪。

再說，月寧也沒有前身那種女主光環臨身的自信，她從來就是個軟骨頭；怕苦、怕疼、怕累，各種怕，比起上輩子，現在外頭的世界太可怕了，她光想想就什麼鬥志都沒了。

在嫁人和被吃之間，月寧還是很樂意選擇嫁人的，畢竟好死不如賴活著嘛！反正嫁誰不是嫁？再說穿越到大梁朝，再穿越回去的機率應該很渺茫了，目前的情況，月寧除了默默接受現狀，也想不出別的辦法來。

又暈又痛的腦袋，讓月寧光是手撐著炕床緩緩往後挪一點，就氣喘吁吁的好不辛苦。前身頭部遭到重擊，她穿過來時沒變成傻子，也是走大運了。只是這副要死不活的身體想要養好，沒個十天半個月肯定不行。

努力了半天，月寧終於如願靠上炕頭的木箱，卻也累得出氣多入氣少了。她疲憊的抬手扯扯領口，想讓敞開的領口幫忙揮發一下她累出的汗水。但努力了老半天，她其實才挪動了不到一公尺的距離，身體虛弱到這種地步，讓月寧都開始為自己擔心起來。

一朝穿越，穿成庶女，被人搶劫，被人賣去當小媳婦她都認了。可老天爺千萬別給她一副動不動就會暈倒的短命鬼肉身啊！

季霆作夢都沒想到，他掀起門簾會看到這麼活色生香的一幕。

炕上的少女滿頭大汗，正低頭歪靠著炕頭的木箱子，疲憊的閉眼喘氣，從季霆的角度能很清楚看到她蒼白的小臉。

她身上那件滿是補丁的外裳，是跟隔壁田嫂子借的，原來就不怎麼合身，這會兒因她半歪著的坐姿，使外裳向兩邊滑開，連帶中衣也被扯開了，露出肩頸處大片白皙的肌膚、精緻的鎖骨，以及一抹絳紫色的抹胸。

季霆的目光被那一抹絳紫吸引，不自覺落在她的渾圓上。那抹誘人的弧度正因主人的呼吸而一起一伏，蕩漾出讓人心跳加速的波動……

「咕」的一聲，吞嚥口水的聲音把季霆自己都嚇了一跳，明白過來自己做了什麼，他老臉一紅，不自在的連忙掩嘴輕咳了兩聲，臉上只覺得一陣火辣辣的。雖說炕上的少女看起來確實很「誘人」，可他也不是沒見過世面的毛頭小子，這般對著人家姑娘的胸部流口水，實在也是夠丟臉的了。

正在承受頭暈和頭痛之苦的月寧，被這一聲咳嗽給嚇得猛然睜開眼睛，一眼就看到了對面被掀起的門簾，和門簾後高大如鐵塔般的男人。

「你——」一開口，月寧被自己軟糯的嗓音又給驚了一下，嗆了口水，猝不及防就猛咳起來，咳嗽讓她頭痛加劇，差點沒直接暈死過去。

季霆也被月寧嗆咳的痛苦樣子給嚇了一跳，連忙瘸著腿大步走了過來。他把手裡的大碗公擱在炕沿上，就俯身湊近月寧道：「妳沒事吧？」

要不是咳得說不出話來，月寧都想罵人了。她現在不但頭痛、噁心、想吐，喘不上氣，還眼睛發黑，手腳無力，渾身說不出的難受……

季霆看她這樣，忙伸手輕拍她的背部為她順氣，等月寧的咳喘好些了，才道：「妳頭上的傷勢很重，大夫說妳的頭痛至少要養上三五天才會慢慢減輕，我扶妳躺下吧。」

季霆說完也不管月寧同不同意，一手環住她的肩頭，一手從她的膝蓋彎處穿過，連人帶被抱起來，調整好了位置才又小心放回炕上，讓她側身躺著，順手將薄被拉嚴實，遮住她不慎外露的春光。

「謝……咳、謝謝……」月寧咳一聲，頭就重重的抽痛一下，咳得眼淚都要出來了。一番折騰下來，她整個人疲憊得連動動手指的力氣都沒了。月寧都奇怪她怎麼還沒有暈過去呢？

季霆因月寧微帶沙啞的軟糯嗓音挑了挑眉，感覺那甜美的音色和軟糯的語調聽在耳裡，有種別樣的味道，直讓人心裡痲痲酥酥的。他打量著少女疲憊卻精緻的面容，心裡暗道：那麼甜糯的嗓音正該有這麼一副好容貌。

想到少女方才裸露出那白得亮眼的肌膚，不禁遐想床笫之間她若出聲……

身體驟然湧出一股熱意，季霆連忙停住不自禁飄散的思緒，垂眸看向虛弱得彷彿隨時都有可能暈過去的少女。

人家姑娘都難受成這樣了，他還有心思想些有的沒的！

季霆忍不住唾棄了自己一把，搖頭把腦子裡心猿意馬的遐思甩出腦海，開口道：

「妳怎麼樣，還好嗎？」

「不太好。」月寧虛弱低吟，糯糯的嗓音配著無力的語調，聽著總有種誘惑的意味。不過月寧這會兒太累了，實在沒力氣計較自己的嗓子問題。

第二章

季霆看她眉頭緊蹙，吐息時急時隱，額上的汗珠更是一點點滲出來，顯然正在忍受極大的痛苦。不過這姑娘也是倔強，都這麼痛了還一點聲音都不肯發出來，看著也著實叫人憐惜。

俯身用衣袖為她拭去額上的虛汗，季霆忍不住嘆了口氣，心裡不知怎麼就覺得有些心疼。他自認不是一個會以貌取人的人，可那天一見到這個昏迷不醒的女人，只是一眼，他就被她的美麗給驚豔到了。那時他彷彿魔怔了般，眼裡心裡全都是她，一心只想要救活她，連爹娘和大哥大嫂在他耳邊說了些什麼都沒聽進去。

也正因為這樣，分家時他自己也不知道答應了什麼，才會如了爹娘和大哥大嫂的意。活了二十四年，季霆從沒這麼失控過，可現在看著眼前有了一絲生氣的少女，他倒覺得損失的那點銀錢，當真不算什麼了。

少女虛弱得彷彿輕輕一碰就會碎了，害季霆不自覺放輕了聲音，道：「妳多日沒進食了，我煮了米湯，要不要先起來喝一點？」

「我……沒力氣。」月寧有氣無力的睜開眼，因頭痛而浮上水霧的眸子濕漉漉的，看起來十分可憐。

「我扶妳起來，妳先喝點米湯填填肚子，一會兒喝了藥，或許就會好些了。」季霆說做就做，也不等月寧回答就俯下身，輕手輕腳把人扶起來。

月寧只覺得一股濃濃的男性荷爾蒙氣息迎面撲來，然後就被一雙鐵臂攬進了一個堅實的懷抱裡。兩世為人，月寧是頭一次這麼緊靠著一個男人的胸膛。背後傳來的感覺結實又富有彈性，溫熱的體溫透過單薄的布料傳來，讓她感覺不自在極了。

垂眸看著攬護在自己胸前的黝黑手臂，其上塊塊隆起的肌肉隨著男人的動作鼓動，看起來性感又充滿力量。月寧的頭無力的抵靠著男人的頸窩，除了神志尚算清醒、眼珠子能動外，身體、四肢一點也沒力氣動彈。在這種情況下，她就是再尷尬也做不了什麼，只能認命了。

「來，喝吧！」

月寧盯著眼前的「巨」碗，愣了下才磕磕巴巴道：「這……這也太多了。」

上帝做證，這碗是真的大。它的形狀讓月寧想到了法海的金缽，而容量……目測裡面裝的米湯至少有一升。

「妳身子虛，要多吃些，好好補補。」季霆誤以為她的遲疑是怕燙，還溫聲解釋。「這米湯我晾了很久，已經不燙了，妳放心喝吧？」

「可這也太多了，我喝不下的。」

季霆看了眼瓷碗，又垂眸看了眼懷裡的姑娘，然後眼角就瞄到了一片白花花的雪膩肌膚。因為角度問題，這回他甚至還很清楚的看到了絳紫色下一抹雪白深溝……

驟然燃燒起來的身體讓季霆急急仰起頭，深怕自己會當場失態。懷中貼靠著他的溫軟身體和她略顯急促的呼吸聲都提醒著他，現在可不是胡思亂想的時候。

季霆不自在的清了清喉嚨，努力把注意力放到手中的瓷碗上，道：「妳先喝，要是真喝不下就留著，等妳餓了再喝。」

在這個物資匱乏的時代，就算只是一碗米湯，也是能讓人打破頭爭搶的。這男人能把米湯給她留著，而不是自己喝掉，月寧說沒有一點感動是騙人的。聞著米湯的清香，她之前還不覺得，這會兒卻是覺得餓極了，低頭就著碗，小口小口吞嚥起來。

溫熱黏稠的米湯從喉嚨一路滑入胃裡，緩解了胃內的空虛感，也讓她整個人都暖和了起來，連帶頭痛的症狀似乎都得到了緩解。

「我喝飽了，謝謝你。」因為久未進食，月寧只喝了八分飽就強迫自己停了下來。

季霆看著只少了淺淺一層的米湯無語，不滿的皺眉，道：「怎麼吃這麼少？妳以前也只吃這麼多嗎？」

月寧輕輕嗯了一聲，努力抬頭想使自己的腦袋離開男人的頸窩。她方才喝湯時熱出了一腦門汗，那種汗津津的感覺連她自己都嫌棄，這樣貼著他，弄得人家一脖子汗，她想想就覺得尷尬。

季霆沒注意到月寧的小動作，他的注意力全在懷中少女堪比小鳥的胃口上。「妳頭上有傷，應該多吃一點才是。」

月寧看著眼前不肯挪開的粗瓷大碗，有氣無力道：「你這個碗，足有我原來吃飯的碗三倍大呢，我是真喝不下了。」

季霆這才作罷，將碗擱到炕頭的箱子上，卻沒有放月寧躺下，就這麼擁著她開始問話。「妳是何時醒的？」

月寧有些無奈的閉了閉眼睛，知道自己逃不掉，便只好老實道：「我聽到有人在吵架，就醒過來了。」

季霆眸光一閃，口氣變得不客氣起來。「妳都聽到了什麼？」

一種被當成犯人審問的憋屈感襲上心頭，月寧有些生氣，可頭痛雖然有點干擾她思考，但卻沒降低她的智商，她現在必須與人溝通，才能獲得她需要的資訊。喘了口氣，她強打起精神，道：「我要是沒猜錯，你們話裡那個用二兩銀子買的只剩一口氣的媳婦是指我，對嗎？」

季霆哼了一聲，兩眼眨也不眨的盯著少女平靜的小臉，心裡奇怪她聽了自己的話竟然不害怕，而且被自己這麼抱著，好像也沒有不適的樣子。這女人是天生遲鈍呢？還是真吃了熊心豹子膽？

月寧有心想和身後的男人好好談談，可她感覺自己的眼皮一直耷拉著，雖然神志尚算清醒，但身體已經有些撐不住了。正當她有些昏昏欲睡之際，就聽身後的男人道：「妳是我娘和大哥、大嫂為了逼我分家，特地給我買的媳婦。因為妳傷的很重，是我請了大夫把妳從鬼門關上拉回來的……」

他說到這裡邪邪一笑，故意湊到月寧耳邊吹氣。「……這救命之恩，妳打算怎麼還？」

男人灼熱的氣息噴在她肩頸上，月寧雞皮疙瘩都站起來了，她有心想躲，可虛弱的身體根本使不上力氣，直氣得她面紅耳赤的僵在那裡，一雙美目彷彿要燒起來般閃爍不定。

季霆見她這樣，嘴角才滿意的勾了勾。他相信，若非懷中人兒此時身子不適，就憑他剛才的舉動，這小女人肯定要跳起來給他一巴掌了。

不過季霆也沒能高興多久。

月寧長這麼大雖然沒被男人撩過，可沒吃過豬肉也看過豬跑。不過是被男人摟著說了幾句話，又不是被全壘打了？怕什麼？月寧很快就冷靜下來，道：「都說救命之恩要以身相許，你既然缺個妻子，而我流落到此，名節也已經不保……」

月寧喘了口氣，才又道：「要我嫁你為妻也不是不行，不過你要先答應我一個條件。」

季霆嗤笑一聲，故作無情。「妳有什麼資格跟我談條件？我要是不答應，妳又能如何？逃嗎？現在外頭的世道這麼亂，聽說鄰鎮已經有人開始吃人了，就妳這風吹即倒的身子骨，妳敢逃嗎？」

王八蛋！只能被動挨打的感覺可真叫人憋屈！月寧暗自磨了磨牙，決定先把今天這事記下，女子報仇細水長流，她日後再跟這臭男人算帳！

「都說妻賢旺三代。你以後要想有好日子過，便該尊重我，不然就算強娶了我，日子也會過得雞飛狗跳、不得安生，難道這就是你想要的？」

季霆驚訝的看著懷中少女侃侃而談，心中越發好奇起來。這小女人明明在生氣，卻偏偏又冷靜得要命，最重要的是，他還不得不承認她說的話很有道理。

「說說妳的條件吧。」季霆幽幽的看著懷中人兒，那勢在必得的目光就像是盯上獵物的豹子。

「把我的賣身契還我。」

季霆挑眉，道：「還了妳賣身契，妳就肯給我做媳婦了？」

「你拿著我的賣身契，我縱是嫁給你也是奴，而非妻。若是如此，我寧可一頭撞死也不要嫁給你。」這麼一句威脅的話，被月寧軟糯的嗓子說得有氣無力的，聽著不但沒有一點氣勢，反而更像是在跟人撒嬌。

有這麼副見鬼的嗓子，月寧也是無奈，偏偏為了不弱了氣勢，她面上還不敢表露出來。

季霆聽著也覺好笑，可眼見月寧眉間的倦意越來越重，額頭上的細汗也開始凝聚、大顆滑落，他還是忍不住心疼起來。

雖然才一會兒工夫，這小女人的倔強和堅忍卻已經叫季霆大開眼界了。她年紀不大，脾氣卻不小，而且看這遇事不慌、處事不亂的模樣，也不知是得了哪方高人教授，端是個厲害人物。

季霆琢磨著月寧的脾氣，決定改變態度，怎麼也不能叫這到手的鴨子飛了，而且他是想和她做夫妻，可不是當仇人。「妳的話也有幾分道理，把賣身契還妳也不是不行，不過，我總要先知道我未過門的媳婦姓甚名誰，出身於哪裡吧？」怕月寧不肯說實話，他又特意加了一句。「既然要我尊重妳，總該先拿出點誠意來吧？」

雖然兩人成親之後，季霆也會毀掉那張賣身契，可這小女人既然一心想要，在給她之前，他先藉機套些消息出來也是不錯的。

月寧並不知道身邊的男人雖然樣貌粗糙，那心思卻一點都不粗糙。

可對於說出自己的出身，月寧還是很排斥的，畢竟這個身體的親人只是一群生活在遠方、只知道姓名的人，連前身都沒見過他們，更何況是她這個換了芯的假貨呢？她要是去認親，萬一被識破了要怎麼搞？萬一被人當成妖孽抓起來，要怎麼辦？

不過月寧也知道，她的答案肯定不是背後這男人想要的。而賣身契這個毀滅性武器，要是不能及時銷去，她擔心自己又要再次面臨被買賣的命運。

糾結了半晌，月寧最終還是決定對季霆吐實。畢竟這男人要想靠她攀附上陳家的話，也要先把她送到京城才行，比起再次被賣、身不由己，說出陳家無異於對她更有利。

這樣一想，月寧便努力振作起精神，道：「我姓陳名芷蔓，小字月寧，祖籍京城。父親陳君信是家中庶子，在禮部任祠祭清吏司司使，官七品，我娘與父親是表兄妹，同時也是我父親沒有名分的外室。生母生我時難產過世了，我一出生就被送到陽城外的一個小莊子上生活。

「今年的大旱波及到我們那兒，奶娘帶我回京城時途經陽城，災民暴亂，我和乳娘走散，兩個家丁見我落單便將我打暈了。在你家醒來之前，我還醒過一次，有個女人拿沾了藥的帕子捂住我的嘴……」一口氣說這麼一大段話，月寧已經有些支持不住了。

「這麼說來，妳是被搶妳包袱的那兩個家丁給賣了？」季霆說著從懷裡摸出張紙，展開，指著上面的名字給她看。

月寧振作精神，順著男人的手指去看賣身契上的名字，可那黑色的字體在白紙上像是化開了般，模糊到她怎麼努力也看不清……

「咦？」眼見懷裡的人兒眼一閉、頭一歪，季霆就知道糟了。他連忙探額探鼻息，見她氣息還算平穩，連忙將人平放到炕上，跑出去喊人了。

月寧再次醒來時，那個鐵塔般的男人已經不見了，取而代之在身旁的是一個髮髻上插著根銀簪的圓臉婦人，她坐在炕沿低頭繡花，並沒有發現她醒來。

月寧試著出聲。「這位大嫂……」

「哎呀，妳醒啦？」婦人高興的跳下炕，轉身朝門外喊道：「石頭，你媳婦醒了！」

月寧一聽她的聲音就知道這人是誰了，就是那天吵架時給季霆幫腔的田桂花。

「哎，來了。」枴杖拄地的聲音很清脆，這讓月寧想到了她昏迷前被那男人抱在懷裡威脅的情景，這讓她心裡很不舒服，也不知道那男人聽明白她話裡的暗示沒有。

田桂花把繡繃放進身旁的笸籮，笑著柔聲問月寧。「石頭媳婦，妳現在感覺怎麼樣？頭可還痛？」

「好多了。」這次醒來，後腦杓的疼痛確實減輕許多，已經可以忍受了，而且身上也不再像前次醒來時那樣無力。月寧衝她微微一笑卻並不欲多說，只側身以手撐炕，想要坐起來。

「慢點、慢點！我扶妳起來。」田桂花扶起她，嘴裡叨念道：「妳這次傷得凶險，荀叔可是一再交代要妳好好養著的。妳餓了、渴了或是想做什麼，別自己起來，告訴嫂子，嫂子給妳弄。」

月寧知道自己身體虛弱，也沒跟田桂花客氣，靦腆的笑道：「麻煩嫂子了，我想如廁。」

田桂花聞言一愣，反應過來就懊惱的拍了拍額頭，笑道：「是了是了，這一天一夜為了救妳，都給妳灌了好幾碗藥，妳是該想上茅廁了。」

月寧驚訝得眨眨眼。「嫂子是說，我已經昏睡一天一夜了？」

「可不就是昏了一天一夜嘛！」田桂花直接兩手一抄就把月寧輕鬆抱了起來，使她眼睛不禁瞪大。

偏偏田桂花自己絲毫不覺得有什麼不妥，抱著月寧還順手掂了掂，然後很不滿意的撇嘴道：「我說石頭媳婦，妳這身子骨還真該好好養養了，這麼輕，難怪只說幾句話就暈了，我原先還以為是石頭那小子欺負妳了，現在看來倒是我們誤會他了。」

月寧心說：那個男人是真的欺負她了。

外頭的枴杖聲一步步接近內室，田桂花衝外頭高聲喊了一嗓子。「石頭你先別進來，去把鍋裡溫著的粥端出來晾著，順便再看看你媳婦的藥熬好了沒有。」

「哎，知道了。」枴杖聲停在了室外，緊接著便傳來碗盤的碰撞聲。

月寧聽著那些聲音，心裡說不清是什麼滋味。那個叫季霆的男人給她的感覺不但強勢、心機，還很不要臉。他那會兒對她咄咄相逼，逼得她把自己的底細都抖落完了，但她沒想到在她昏迷之後，那男人會給她請大夫、請人來照顧她。

「……妳不知道，妳這次暈倒可把石頭給嚇壞了，要不是荀叔一再保證妳只是身子太虛了才暈過去的，只要仔細養著就會慢慢好起來，石頭那小子都想讓人僱車把妳送鎮上去了。」耳邊田桂花的聲音還在繼續。

月寧看著她嘴巴一開一合，飄散的思緒終於又歸攏回來。

屋角不知何時用兩道竹席隔出了一方小小的空間，竹席之後放著一個帶蓋的木桶和一個放著許多碎布頭的竹編高腳簍子。

這次，月寧堅持自己解決了生理需求，才讓田桂花抱她回炕上。

田桂花卻對她這樣愛逞強很是不滿，嘴裡抱怨道：「不是我說妳啊！石頭媳婦妳這性子也太倔了，咱們都是女人，妳說妳都病成這樣了還不讓人幫忙，要是一不小心又暈了、摔了，該怎麼辦？」

月寧對她的抱怨也不在意，只淡淡的笑道：「不會的，我覺得我已經好多了。」雖然後腦杓還很疼，身上也沒力氣，但上廁所這種事她還是能自己料理的。

月寧微微笑問：「不知嫂子該怎麼稱呼？我小字月寧，嫂子以後就叫我月寧吧。」

「我叫田桂花，我男人叫馬大龍，妳喚我田嫂子就成了。」田桂花把月寧放回炕上，順手幫她蓋好被子，嘴裡道：「我家就住妳家隔壁，咱們兩家之間就隔一堵牆。」

月寧腦後有腫包，她小心側身躺著，一邊活動痲木的手臂，一邊和田桂花道：「我這身子這樣差，這兩天給嫂子添痲煩了吧？」

田桂花「嗨」了一聲，爽朗的笑道：「妳和我客氣啥？我家當家的跟石頭是師兄弟，我們兩家又住的這麼近，互相幫忙是應該的。」

月寧不管田桂花的男人和季霆是什麼關係，反正她照顧了病中的自己，這一份恩情她是記在心上了。

季霆端著稀粥進來時先看了眼炕上的月寧，見她自顧自的活動手腳，好像不知道他進來了一般，只好把手裡的稀粥遞給田桂花，道：「有勞嫂子了，藥我擱在灶臺上了，院子裡還有事，我就先出去了。」

「你跟我還客氣啥？」田桂花不在意的揮揮手。「你忙去吧！」

季霆扭頭去看月寧，見她還是不搭理自己，雖然無奈，卻也只能轉身出去了。

月寧往那微微晃動的布簾看了眼，心下鬆了口氣。現在只要一看到他，她就會想起那天被那男人困在懷裡的情景，那種羞惱憋屈的感覺實在太叫人一言難盡了。

田桂花扶月寧起來吃了粥，又讓她趁熱喝下一大碗苦藥，直把月寧又熱出了一身汗。「我身上一股汗臭，也不知道幾天沒洗澡了。」

「妳的身子虛，可吹不得風。」田桂花想了想又道：「這樣吧，我回家把浴桶搬過來，再請姚家三嫂過來幫忙，我們幫妳好好洗洗。」

「那就麻煩嫂子了。」感覺自己實在太過髒臭，月寧這次沒倔強，道了謝，沒一會兒就撐不住睡了過去。

田桂花掀簾出來，季霆一見就下意識的扭頭去看內室的門簾。「她睡下了？」

「睡下了。」田桂花笑著跟他道：「你媳婦說想洗澡呢，我這就回去讓你馬大哥把浴桶搬過來，再去姚家把你何嫂子叫來幫忙，你先把水燒上，等我們準備好了東西再叫你媳婦起來。」

「那就麻煩嫂子了。」

要是沒田桂花，季霆估計那女人就是發酸了，都不會跟他開口提要洗澡的。

送走了田桂花，季霆進屋去看月寧。見她側身睡得滿頭是汗，唇上仍是一點血色都沒有，他就覺得胸口一陣憋悶。

抬手小心給她擦了擦汗，季霆忍不住又想起她被他圈在懷裡時的倔強模樣。他對自己的外形還是很有自知之明的，雖然他覺得自己長得還過得去，但因常年練武和在外走鏢日曬雨淋的關係，他身材高壯，肌肉發達，再加上膚色黝黑，組合在一起就強壯得有些嚇人。

月寧那日見了他面不改色，好像一點都不緊張害怕的樣子，才會讓他生出逗她的衝動。接觸之後，季霆發現這姑娘其實不是不怕他，只是故作鎮定罷了。所以他那時故意擁著她、貼近她、往她脖子裡吹氣，看她波瀾不驚的小臉一點點染上紅暈，心情就莫名好了起來。

不過，月寧暈在他懷裡那會兒，他是真的嚇壞了，也後悔了。

季霆看著少女乖巧的睡顏許久移不開眼，心裡暗道：這小女人看似柔弱，卻有一副不同於外表的硬脾氣，想要讓她心甘情願給自己做媳婦，還是要攻心為上。

當水變成珍貴的資源時，能洗個熱水澡真是件無比幸福的事情。在田桂花和何氏的幫助下，一番折騰之後，月寧渾身清爽的被送回炕上，眼角掃到何氏正想把她換下來的髒衣服扔浴桶裡，連忙出聲阻止道：「何嫂子，請等一下。」

何氏詫異的回頭。「怎麼了？」

月寧指指她手裡的髒衣服，道：「那個肚兜不能沾水，裡頭縫了銀票。」

第三章

何氏聞言，忙把那件用料極好的絳紫色肚兜找出來，一把塞給好奇湊過來的田桂花。

田桂花也沒好意思拿著細看，就把肚兜給月寧拿了過去。

「我如今可沒力氣拆開它。」月寧虛弱一笑，看著田桂花道：「還要煩勞嫂子找個剪子來將它拆開，這縴絲的料子中看不中用，要是硬撕開的話，這肚兜以後可就不能再穿了。」

「剪子我家有，我回家拿去。」田桂花聽風就是雨，話音未完人就跑出去了。

何氏見了就忍不住抱怨道：「這桂花，都已經是三個孩子的娘了，怎麼做事還這麼冒冒失失的！」

月寧聽了不禁微微勾唇，又見何氏只拿了她的髒衣服就著洗澡水搓洗，並沒有去看扔在炕腳的肚兜，心裡就對何氏的為人高看了一眼。

田桂花沒一會兒就拿了剪刀回來。她把絳紫的肚兜拿在手上細看，才發現這肚兜的料子不但摸著柔軟輕薄，上面繡的鈴蘭花更是精緻得跟真的一般。她就算沒見過縴絲這種料子，也知道這肯定是好東西，她深怕把肚兜弄壞了，就拿著剪刀小心的沿著邊縫一點一點的拆，直拆得汗都下來了。

「終於拆開了！石頭媳婦，給。」

月寧含笑接過遞到面前的油紙包，一邊拆一邊道：「嫂子還是叫我月寧吧，不然我總覺得妳是在叫別人，怪不習慣的。」

「這有什麼好不習慣的？我們這兒稱呼別人家的婆娘，可都是這麼叫的。」田桂花大大咧咧的，完全沒體會到月寧的心情，只好奇盯著她手裡的油紙包看，弄得月寧臉上的笑容都差點兒維持不住了。

月寧拆開兩層油紙包，把裡面整整齊齊對折的一張五十兩銀票拿出來。

雖然曝光這張銀票，月寧也很捨不得，可銀票藏在肚兜裡，一沾水就會毀了，她自己後腦杓的傷又需要請醫問藥，想來想去，她還是覺得與其讓這五十兩變成廢紙，不如拿出來充實季霆的錢袋，以及給自己添置些必需品。

月寧把銀票轉手遞給田桂花，笑道：「還要麻煩田嫂子幫我把銀票拿給季大哥。」

「石頭就在外面，我叫他進來，妳自己給他吧。」田桂花滿臉堆笑，拉著何氏就掀簾出去了。

季霆來的很快，「噠噠」的枴杖拄地聲好像才接近，深藍色的門簾就被一隻黝黑的大手掀了開來。

月寧看著他高大如鐵塔般的身影一步跨進屋裡，就不自覺地繃緊了神經。她倒也不是真害怕，雖然季霆身材魁梧得嚇人，身上的肌肉一塊塊的，即便有衣物遮掩，也蓋不住那種賁張的力量感。但他長得濃眉大眼，高鼻梁，下巴線條剛毅，一張臉其實並不難看。

月寧就是那日被他抱在懷裡威脅恐嚇之後，感覺有點不自在。再加上醒來後得知，是季霆又請了大夫來救她，並找了田桂花來照顧她。讓她感激他的同時，又還留有初始的印象，覺得季霆這人其實心機重又虛偽，並不是個好人，所以下意識的就對他戒備起來。

季霆眼眸亮晶晶的盯著炕上的月寧，柔聲道：「妳找我？」

月寧有些吃力的抬手將銀票遞向他，道：「這是我貼身帶的銀票，你收著吧。」

季霆卻沒有動作，只是盯著她，沈聲道：「妳自己收著吧，我手上還有些銀子，等用完了再問妳要。」

這種熟稔的語氣是怎麼回事？她和他不熟，好嗎？

月寧弄不清季霆是在欲擒故縱，還是真沒把她這五十兩看在眼裡，想了想就道：「我沒有衣物換洗了，想添置幾身衣裳，這銀票你拿去託人幫我買幾身衣裳回來吧。」

季霆聞言，目光就忍不住往月寧身上看去。可即便他一瞥之後就守禮的移開了視線，也還是看清楚了她沒穿肚兜。

那驚鴻一瞥……

被月寧一雙美目盯著，季霆忙收斂了蕩漾的心緒，繃著張臉，只敢讓自己的目光落在月寧的臉上，道：「田嫂子她們每隔七天會去一趟鎮上，妳想要什麼顏色的布料，回頭就告訴她，讓她幫妳買回來就是了。」

月寧聞言不禁皺眉。「你們這兒沒有成衣賣嗎？」

「以前有，現在鎮上有錢有關係的人都跑出去避難了，好些鋪子都關了，如今就剩一家叫如意坊的布莊還開著，可如意坊只賣繡品和布料，沒有成衣賣的。」

月寧一想也是，天災當頭，鎮上除了糧鋪還能生意興隆外，別的鋪子估計都生意慘淡。她看著手裡的銀票，忍不住又開始擔心起物價來。「如意坊的布料貴嗎？」

季霆點點頭，道：「比往日貴，普通的細棉布一疋大概三、四兩銀子吧，不過妳有這五十兩，能買很多了。」

太平年代，普通的細棉布一疋只需一兩二錢銀子，如此說來，現在的物價也就翻了三、四倍的樣子，倒還不算貴得太離譜。

月寧安心了，收起銀票朝季霆微微一笑，道：「那好吧，布料的事我一會兒自己和田嫂子說。」

事情說完了，季霆卻不想就這麼出去，於是只好沒話找話，和月寧說起她的傷勢來。「妳今天醒來，頭痛的症狀感覺有沒有好些了？荀叔說妳的傷勢極重，頭痛的症狀至少要養上十天半個月才能全好。哦，荀叔名叫荀元，是我們村裡醫術最好的大夫，多虧了他老人家妙手回春，妳才能活過來。」

這女人前日說著話就暈過去了，之後還一睡就是一天一夜，差點沒把他給擔心死。

月寧從自己的症狀也猜到自己是嚴重的腦震盪，不過並沒想到她的傷勢會這麼嚴重。如果不是那位荀元大夫出手，她才穿越過來，大概真活不了兩天就領便當回去了。不過若真能穿回去……這麼一想，月寧突然就對那位荀大夫感激不起來了。

「……我託人從村裡收了十多隻老母雞，就養在隔壁田嫂子家的後院裡，晚上我讓田嫂子殺一隻，熬了湯給妳煮粥吃。」

雞湯有補血養氣的功效，這月寧知道，不過……

「你買的雞，為什麼要養在田嫂子家？」

季霆看了她一眼，猶豫了一下才道：「我大哥、大嫂素來喜歡占我便宜，我爹娘又偏心他們，他們習慣來搜刮我，雞要是養在家裡，被他們知道了，指不定就會攛掇了我爹娘上門來拿的。到時候不給不行，可真被拿走了我又不樂意，所以還是養在隔壁好些。」

「不是說分家了嗎？你養的雞，你爹娘也能上門隨便拿？」月寧驚訝極了。

季霆苦笑道：「就算分家了，親爹親娘上門來抓隻雞吃，我這做兒子的還能不給嗎？」

理還真是這個理，可月寧又隱隱覺得有哪裡不太對。

季霆見她皺眉，以為她是不清楚鄉下的習俗人情，便仔細和她解釋道：「在我們這裡，如果有誰家父母叫嚷兒子不孝順，不管父母是對是錯，都會被人戳著脊梁骨罵的，有些極端的村民甚至還會幫忙跑到家裡來鬧，後果很嚴重的。」

月寧同情的瞥了季霆一眼，心道：難怪這男人都這把年紀了還打光棍呢，就他家這麼多的極品至親，說話又這麼「實事求是」，會有女人肯嫁他才怪了。

鑒於眼前的男人救了她，月寧覺得自己應該勸勸他。她斟酌著用詞，道：「孝順父母是應該的，可要是父母兄弟貪得無厭，一直拿你當冤大頭，有點好東西就給你拿走了，你以後的日子要怎麼過啊？」

其實她真正想說的是：你要是一味的愚孝，還是別惦記娶媳婦了，省得連累別人跟你一起給人做牛做馬。

按說嫁給這樣魁梧的男人，安全感是足夠了。可他這麼多極品親戚，要是人還愚孝的話，誰知道他被父母攛掇之後會不會打媳婦啊？本來的優點，頓時都成缺點了。月寧覺得就自己這樣單薄的身子，大概只需這男人輕輕一揮手，就能被打飛了。

月寧胡亂想些有的沒的，看向季霆的表情就有些糾結。

結果季霆以為是自己的說詞把月寧給嚇住了，忙又解釋道：「孝順父母雖是應當的，可我家四兄弟，分家時我分的東西又最少，就算我爹娘跟我要孝敬，我也會比照上頭的三個哥哥來，肯定不會他們說什麼，我都傻傻遵從的。」

這話月寧可不信，心說：既然你主意這麼正，怎麼會連在家裡養隻雞都不敢呢？

季霆卻還在解釋。「我爹娘對我大哥比較偏愛，所以他從小到大對我總是頤指氣使的，我那大嫂也是個貪心不足的人，夫妻倆合起來就非常能鬧騰。不過我以前在走鏢，每年除了工錢，每次走鏢都能得些打賞。先前沒分家，工錢都要交到公中，不過打賞的銀子我都存起來了。這些銀子足夠咱們買上幾畝田地，舒舒服服的過一輩子。」

月寧的臉皮忍不住抽搐了下，心說：誰跟你是我們了？能別帶上我嗎？然後又想到，幾畝田地一年能有多少產出？值幾兩銀子？這傢伙不收她的銀票，又跟她扯這些有的沒的，是真把她當自己媳婦看了嗎？

季霆見月寧突然變了臉色，以為她是嫌棄自己手裡的銀子少，又忙笑道：「妳的銀子就自己留著花，如今家裡雖然看似窮了些，可也只是暫時的。等我的腿傷好了，上山打些獵物換銀子，家裡的情況自然就會好起來，妳不用為家裡的嚼用擔心。」

誰擔心什麼嚼用了？月寧心想，可又覺得他那話聽著哪裡不太對，想半天才恍然大悟。「你是說，家裡的情況想要有所改變，還得等你的傷好了才行？」

季霆點頭道：「是啊，不過我大哥、大嫂最是嫉富，他們以往對我伸手伸習慣了，要是知道我有銀子，肯定會上門來鬧的，我們得低調些。」

我的天！這男人白長這麼大的個兒了，怎麼感覺這麼沒用呢？

晚上，月寧睡到半夜，翻身時好像撞到了一個硬中帶軟的抱枕，最奇怪的是這個抱枕還熱呼呼的，她迷迷糊糊的伸手摸了摸就抱上去。可這一抱，她的寒毛就炸起來了。她抱的哪是什麼抱枕啊？分明是個人嘛！

月寧嚇到往後躲，手卻突然被一隻有力的大掌給握住了，一道微帶沙啞的熟悉男聲同時在她的頭頂響起。「天還沒亮呢，妳不睡覺，總動來動去的做什麼？」

「季，季霆?!」

月寧猛然抬頭，結果用力過猛，差點沒把自己晃出二次腦震盪來。後腦杓一下就劇烈疼起來，月寧忍不住悶哼了一聲。

季霆翻身爬起來，扶著她的肩頭急問：「怎麼了？是頭又疼了嗎？」

月寧抱著頭，咬牙想要朝季霆咆哮卻又不敢，忍了忍才磨著牙道：「你怎麼會在我的房間裡？」

「妳的房間？」季霆愣了下才笑起來，道：「咱家總共就三間茅屋，能睡人的就這一間屋子，也就這一張炕。」

那豈不是說，這麼多天，她跟他其實一直就睡在一起？

月寧感覺腦袋似乎更疼了，順了好一會兒的氣，才咬牙道：「你明知道我身上有傷，就不會找塊木板另搭個床鋪嗎？」

季霆故意裝作聽不懂月寧的意思，道：「咱家的炕床寬敞，我睡覺又向來規矩，妳睡炕頭，我睡炕尾，咱倆互不相干，不用另外搭床鋪的。」

「什麼叫不會碰到我？那現在是怎麼回事？」

季霆輕咳了兩聲，聽著像是在忍笑，氣得月寧捶死他的心都有了。

「妳先別急，先看清楚妳現在是在炕頭還是炕尾？」

月寧被他說的一愣，一顆心頓時就懸了起來。她一直是挨著炕頭的兩個木箱睡的，可手伸出去卻什麼都沒摸到。月寧懵了，心裡不禁惴惴的想著：難道她睡著睡著，自己就跑炕尾來了？

季霆聽著月寧淺淺的呼吸聲瞬間停了，知道她在憋著氣，眼裡的笑意差點要滿溢出來，咳了兩聲才「好心」幫月寧找藉口，道：「前幾日，妳睡著後都很老實，昨夜可能是因為起風了，妳覺得冷了才向我靠過來的。」

冷個屁啊！這大夏天的，她身上還蓋著床薄被，怎麼可能會感覺冷？

不過想是這麼想，換了個身體，月寧也不知道自己睡覺會有什麼奇怪的毛病。她默默扯過被子蒙住頭，有些無法面對自己。

屋裡雖黑，可對於能夜間視物的季霆來說卻並沒什麼防礙。看著月寧把他身上的被子扯過去蒙頭，季霆掃了眼她身後的另一床薄被，決定還是不提醒她了。

「妳身子虛，別蒙著頭睡，小心一會兒喘不過氣來。」黑暗中，男人的聲音顯得很溫柔。隨著蓋在頭頂的薄被被掀起，涼涼的空氣一下就湧了進來。

月寧驚了一下，反手去搶被子卻被季霆一下抓住了手腕。「別蒙著頭，小心悶著了。」

月寧有些氣急敗壞的掙扎。「你放手！」

季霆怕傷到她，手指只是虛虛的圈住她的手腕，可就算這樣月寧也掙脫不了。

「你想幹麼？混蛋！放開我。」月寧急得抬腳就踹。

季霆也任她踹，一個身子虛的連床都下不了的女人，能有多大力氣？再說他皮糙肉厚的，也不怕一個女人得花拳繡腿。

果然，月寧踹沒兩腳就把自己先累趴下了，躺在那裡氣喘吁吁的罵。「季霆你混蛋，你放開我。」

「妳到底在鬧什麼彆扭？」季霆嘆了口氣，有些無奈的俯身看著她，道：「我要是真想對妳做什麼，別說妳正病著，就是啥事都沒有，也阻止不了我，不是嗎？」

月寧無話可說，可輸人不輸陣，即便她無力反抗，也絕對不會屈服在他的淫威之下，瞪也要瞪死他！

季霆忍不住笑出聲，他沒想要惹月寧生氣，可她氣鼓鼓的樣子就跟炸了毛的小奶貓似的，看著真是可愛極了。不過這小女人的脾氣也是真差，前天只說了幾句話都能暈的人，灌了那麼多苦湯藥才養回一點精神，結果她倒好，不管不顧的使勁折騰，看把自己給累的，罵他也就罷了，還敢踹他……

不過季霆沒忘記荀元的交代，月寧傷得很重，需得好好休養，受不得刺激，否則頭痛加劇，一不小心就會留下病根的。

「我放開妳，可妳也不要再亂動了，看妳把自己給累成這樣。」季霆嘴裡嘀嘀咕咕的，到底是不捨得月寧多受罪，慢慢鬆開了對她的箝制。

月寧氣壞了，她覺得這男人是得了便宜還賣乖，他一鬆手就不管不顧撲過去。

可惜她高估了自己的身體狀況，她撲是撲到季霆身上了，可抬起的手拍在人身上軟綿綿的。這點力道與其說是打人，不如說是愛撫還差不多，弄得季霆都「激動」了，身體險些要燃燒起來。

可季霆這下也算見識到月寧的脾氣了，瞧著嬌滴滴的，身體裡卻跟藏著座火山似的。如今這狀況，他被揍了還得小心護著她、好聲好氣的哄她。「妳先歇會兒行不行？妳看妳都累出汗來了，我就在這兒，又不會跑走，妳歇會兒，等有力氣了，我任妳打，行不行？」

月寧瞪著身下的男人，目光突然變得古怪起來。雖然以她的目力，黑暗中看什麼東西都是黑漆漆的，可她手下毫無阻隔的肌膚觸感，明確告訴她：這男人是裸睡的。

月寧眸光閃動了下就決定以身犯險，低頭發了狠的一口啃下去。只是牙齒才咬住肌膚，還沒來得及使力，齒下的肉瞬間就從柔軟變成了堅硬。她咬都咬不動，還差點崩斷牙。

季霆聽到悶哼聲，頓時笑了出來。渾厚的笑聲雖然低沈，可胸腔的震動就給人一種心情愉悅的感覺，氣得月寧抬手就拍了他一巴掌。「笑什麼笑，不許笑！」

「好，我不笑。」季霆好脾氣的應承著，可胸膛卻還在震動不停，根本沒有停下來的意思。

月寧這會兒要不是累到不行了，還想起來揍他一回，這男人太可氣了，這是在嘲笑她不自量力？

可冷靜下來，她心裡卻是鬆了口氣。她最怕的還是這個男人對她施行暴力，現在看來，這男人雖然樣貌粗獷，脾氣卻還不錯，面對她的挑釁，竟然任憑她打罵踹咬，還一副任她鬧騰的樂呵呵模樣。

月寧趴在季霆身上想到出神，季霆也很享受美人在懷的感覺，心裡美滋滋的，嘴都快樂歪了，可他樂著樂著，就笑不出來了。身上的嬌人軟乎乎趴在他身上，溫熱的呼吸一下一下的噴灑在他赤裸的胸膛上，那感覺就像有人拿著根羽毛在他身上來回的撩啊撩的。

早上對男人來說是多重要的時刻啊？雖然現在天還沒亮，他這麼正常一大老爺們，醒來就受這麼大的刺激，能忍得住嗎？

季霆偷偷摸摸的看了眼自己某個部位，又看了看自己身上趴著的嬌人，見她似乎沒發覺他的變化，他趕忙偷偷挪動身子，把自己衝動的證據藏進黑暗裡。低頭看了看月寧還在發呆，他輕而又輕的扶著月寧軟得跟豆腐似的手臂，迅速把人從自己身上移了下去。

月寧趴在硬邦邦的炕上，生生愣了兩秒才反應過來，她被季霆給從身上挪到了炕上，立即扭頭凶狠的瞪過去。「你幹麼？」

「沒幹麼。」季霆回答得乾脆又索利，深怕被月寧覺得他變態下流猥瑣什麼的。

月寧都不知道他在心虛什麼。不過她這麼打罵踢咬，也沒見季霆生氣，她覺得這個男人或許是真的不會傷害她了。

不過人和人的相處，總是在互相試探中得以更進一步的。雖然繼續挑釁這個熊一樣的男人有找死的嫌疑，不過月寧還是決定肥著膽子這麼做了。反正試試又不會有什麼損失，他不是想讓她媳婦嗎？最多不行的話，再裝鵪鶉賣乖嘛。

月寧翻了個身側躺著，好整以暇的瞪著眼前好大一片人形黑影，很不客氣的開始舊事重提。「喂！你到底要怎樣才肯把我的賣身契還我？」

季霆沈默著開始裝死。

月寧肥著膽子伸出手指去戳他。「喂！你說話啊！」

季霆大手一抄就把月寧的爪子整個握在手裡，很是無奈的道：「妳為什麼就這麼在意那一紙賣身契呢？我也沒說不給妳啊。」

「你這不是廢話嗎？你要是把賣身契拿到官府報備，我就真成奴籍了。以後就算能用銀子贖回來，戶籍檔案裡也會留下一筆，將來我的孩子如果要參加科舉，被人知道母親有過這麼不光彩的過去，還不被人笑死？」

季霆還真沒想這麼遠，他靜默了片刻便放開月寧，翻身下了炕。

月寧還以為他又要避而不談，急得嚷道：「喂！你去哪兒啊？」

季霆悶聲回了一句。「給妳拿賣身契。」

這是想通了？可他怎麼突然想通了呢？月寧一臉的驚喜和不敢置信，聽出季霆去了隔壁，便懸著一顆心靜靜等著。

沒過多久，他就端著個瓷碗回來了。那仍是一個大「海」碗，碗裡一點火光如豆，瞧著像是隨時會熄滅似的。不過作為黑暗中唯一的光源，這一點火光還是有它指明方向的作用。

第四章

季霆把碗擱在月寧身前，然後就把手裡的賣身契遞了過去。「給，妳要的賣身契。」

他這麼乾脆，月寧反而有些不敢接了。「你想要我用什麼做交換？」

季霆看著她這副警惕的樣子，好氣又好笑道：「我說我要妳，妳肯給我嗎？」

月寧聞言怒道：「我病著呢，你還是不是人？」

他明明啥都沒想，就想把賣身契給她而已，怎麼就不是人了？

季霆覺得無辜，面上只能苦笑道：「明明是妳問我想要什麼的，我說了妳又罵人。那妳想我怎麼回答，妳才滿意？」

月寧回答不出來，卻不代表她不會瞪他。伸手搶過季霆手裡的紙，月寧警戒的盯他一眼，見他沒有要搶回去的意思，才打開賣身契，就著火光認真看了一遍。

這張賣身契是真的，上面有她詳細的戶籍資訊。月寧把賣身契對折，一邊狐疑的看著他。「你真肯把賣身契還我？」

「賣身契不是已經在妳手裡了嗎？」

月寧見他真沒有阻止她的意思，立刻就把賣身契往火上湊了過去。紙張遇火旋即就燒了起來，她手腕翻轉，看著賣身契一點點化成灰，心口的大石才算是落了地。

可賣身契燒完了，月寧又忍不住懷疑，看向季霆道：「你沒先把我的賣身契拿去衙門備案吧？」

季霆很無奈的道：「妳就放心吧，我可沒有讓自己的媳婦入奴籍的嗜好。」雖然這小女人小心翼翼的樣子看著很可愛，可她對他如此不信任，也讓他心頭鬱悶到不行，就這麼一點時間，她都瞪他幾次了？

他一口氣將油燈吹滅，才沒好氣的問月寧。「我就這麼不值得妳信任？」

「我與你又不熟，怎麼知道你值不值得信任？」

季霆暗暗後悔幹麼要嘴賤提這種問題，這簡直就是在給自己找不痛快嘛。他憋著口氣把碗端出去放好，回來時就見月寧手裡抱著兩床薄被在摸來摸去。

「妳在幹麼呢？」季霆踢掉鞋子上炕，一邊伸手去扶她。「離天亮還早，妳再睡會兒吧。」

屋裡沒了光亮，月寧在黑暗中就跟個睜眼瞎似的，只能循聲望人道：「怎麼會有兩床被子呢？」

「這有什麼好奇怪的？」季霆從她手裡抽走自己的被子，然後把她的被子展開，蓋到她身上，道：「一床妳的，一床我的，這有什麼好想不通的？」

月寧這幾天一直在炕上養傷，雖說昏睡的時間多，醒著的時間少，可她從沒在炕上見過另外一床被子。否則她也不至於想不到，季霆每天晚上其實都跟她睡一床。

她剛剛摸黑想挪回炕頭去睡，「探路」的途中發現了被自己拋棄的被子，這讓月寧很是心虛。她想不通自己是怎麼從炕頭翻滾一公尺多的距離，扔了自己的被子，再滾到季霆懷裡，還搶了他的被子來蓋的。

分明她這身子，稍微動一下就累得不行啊！

「怎麼了？還不想睡嗎？」季霆大手扶在月寧柔軟的胳膊上，那觸感讓他有點心猿意馬，下一刻卻見到月寧皺著眉給自己把脈，季霆頓時挑了下眉，有些心虛的問：「妳……還懂醫術？」

「學過一點。」

見未來媳婦這麼能幹，季霆不禁冒汗了。

翌日，月寧在一陣響亮的拍門聲裡醒來。

意識一清醒，她就感覺到屋裡有人，睜眼一看，就見到田桂花一臉憤憤的在屋裡轉圈，嘴裡還嘀嘀咕咕的，也不知道在念叨些什麼。

外頭的拍門聲不斷，沒一會兒就傳來女人尖細的叫門聲。「開門開門！老四，我知道你在屋裡，趕緊出來開門，婆婆帶著我和你兩個嫂子一起來看你媳婦了，趕緊出來開門。」

「老四，你聽到沒有？快來開門。你不讓我這做大嫂的進門，難道連婆婆都不讓進嗎？婆婆可是你親娘啊！老四……」

月寧皺起眉，有些聽不下去了，她記得這個女人的聲音，這是季霆的大嫂——許氏的聲音。可這女人一邊拍門，一邊還不忘往季霆身上潑髒水是什麼意思？雖然與他還不熟，但季霆好歹都救了她，可不能讓許氏繼續下去。

月寧以手撐炕坐起身來，輕輕朝田桂花「噓」了一聲，見她扭頭看過來，才作賊似的小聲問：「田嫂子，外頭來的是不是季霆的大嫂，那個叫許氏的？」

田桂花兩步走到炕前一屁股坐下，憤憤咬牙，小聲道：「不是她還有誰？就是許氏那個不要臉的賤人。」

田桂花說完，扭頭往門口的方向看了一眼，又轉回來小聲道：「這回許氏把季霆他娘，還有季二、季三的媳婦都拉來了，我看她那樣子，像是衝妳來的。」她說完又向月寧介紹。「季家老二叫季武，他媳婦姓黃，季家老三叫季雷，媳婦姓白。」

外頭的院門被拍得像要被拆下來似的，可這麼久也沒聽見有人去應門，月寧就覺得有些奇怪。「季大哥不在外頭嗎？」

「不在。」田桂花挪了挪屁股，湊到她耳邊道：「石頭和我男人以及姚家老三，還有他媳婦何氏，哦，就是昨天跟我一起幫妳洗澡的那位何嫂子，他們一起去鎮上了。村長昨天挨家挨戶通知我們去鎮上領賑災糧，正好妳昨天又說要買布料做衣裳，何嫂子也要去如意坊送繡品，他們幾個便一道去，正好能把事情都辦了。」

月寧點點頭，見田桂花沒出去開門的意思，便問：「外頭……咱們不開門，沒事嗎？」

「能有什麼事？」田桂花渾不在意的睨她一眼，小聲說：「妳還病著呢，許氏帶著季嬸和妳那兩個妯娌上門，明顯就是沒安好心。我一個人可應付不了她們四個，這要是開了門，萬一讓她們傷了妳，妳讓我怎麼跟石頭交代啊？」

月寧聽著外頭的拍門聲突然上升到了「哐哐」的砸門聲，忍不住皺眉去看田桂花。

「她們這是開始砸門了？」

「我去看看。」田桂花輕手輕腳的掀簾出去，不一會兒又溜回來，道：「是許氏那賤人在用腳踹門呢，不過妳放心，妳家院門結實著呢，她踹不開的。」

外頭踹門的動靜大得月寧心頭「突突」直跳，她皺眉道：「照她們這種踹門法，再結實的門也會被踹壞了吧？」

田桂花滿不在乎的低聲笑道：「妳家那院門看著破舊，其實是鐵木的。別說許氏這麼一腳腳的踹了，就是拿柴刀劈上半天都不一定能劈開。石頭修葺屋子時就做好打算，妳家的院門和大門，連門框帶門板都是用鐵木，光為了買這兩扇門就花了十多兩銀子呢。所以妳就把心放肚子裡吧，沒事的。」

月寧聽著外頭的砸門聲一點都沒有停歇的意思，不禁奇怪道：「她們怎麼還在砸門？一般人見沒人出去應門，不應該會覺得屋裡沒人，然後離開的嗎？」

田桂花一聽這話也覺得有理，不禁皺眉喃喃道：「難道她們知道咱們在家？不太可能啊。」

月寧卻覺得萬事皆有可能，道：「嫂子，妳說她們要是砸不開門，會不會想翻牆進來啊？」

田桂花一聽這話就笑了。「妳家院子圍的是竹籬笆，那東西就是要爬也沒個借力的地方，翻不進來的。」

「竹籬笆不好翻，但好拆啊！這許氏行事這麼張揚，一看就知道是個跋扈不講理的，說不定就敢拆了籬笆闖進院裡來呢。」

這話說得田桂花一愣，她也覺得以許氏那低劣的人品，還真有可能做出拆人籬笆這種事。「那怎麼辦？要不……咱就不理她？反正她就算進了院子也進不了屋子，妳家的大門可比院門要結實多了。」

月寧無奈的看著她道：「嫂子，妳沒聽許氏一邊踹門還一邊在往季大哥身上潑髒水嗎？不明就裡的人聽了那些話，還以為是季大哥不講理、不孝父母、不敬兄嫂呢。」

她想了想，又道：「嫂子，妳出去直接告訴她們家裡沒人在吧。」

「可我這一出去，不就明擺著告訴她們家裡有人嗎？」

月寧指著屋裡半掩著的後窗，笑道：「聽說咱們兩家後院的隔牆要比前院矮，妳從後窗出去，再回到妳家，從大門出去告訴她們我家今天沒人在不就成了嗎？」

田桂花聽的兩眼一亮，跳下炕就跑去翻窗，可一條腿跨上窗檯了，她又擔心的回頭問：「那萬一她們還是不相信我說的呢？那要怎麼辦？」

這倒是個問題。

月寧低頭想了下，問：「嫂子，妳能打得過許氏嗎？」

田桂花無比自信的道：「能啊！就許氏那樣的貨色，就是再多一個她那樣的，也不是我的對手。」

這樣月寧就放心了。

「那嫂子妳就想辦法跟許氏大吵一架吧，吵得凶了妳就上拳頭揍。我聽外頭就許氏一個人在叫門，季大哥他娘和他二嫂、三嫂估計還有點腦子，沒臉在這大門口鬧。這樣妳就只要盯著許氏一個人揍就行了。要是季家其他人也想跟妳動手的話，妳要麼痛打她們，不是對手的話就趕緊退回來，千萬別被她們圍住了，不然我怕妳會吃虧。」

「這我知道，打架這事我在行。」田桂花自信的朝月寧揮了揮拳頭。「妳就放心吧。」說著就靈活的從後窗翻了出去。

月寧哪裡能放得下心？她扶著炕慢慢下了地，趿上鞋就輕手輕腳的掀簾走出了內室。

到季家也有五、六天了，月寧之前不是昏著就是睡著，清醒的時間不多，以至於她也沒想到，她房間的外面竟會是一間廚房。

廚房和內室的面積差不多大，灶臺正對著屋子的大門，緊挨著牆壁砌有兩個灶口。而大門的兩側邊各開了一扇木格子窗，左側窗檯下擺放著一口水缸，以及幾個堆疊在一起的木盆和一個水桶。

東屋的門就開在大門右側的牆上，只是那門沒遮沒掩的，月寧探頭往裡面看了一眼，只見裡面堆放著許多毛竹、編好的竹筐、竹簍以及三個裝著糧食的半滿糧袋。

月寧視線轉了一圈下來，發現屋子裡竟然連張板凳都沒有。這未免也太誇張了？她難以想像季霆的大哥、大嫂到底要有多貪婪，才會把他嚇得連張桌子、板凳都不敢添置？

「這是怎麼了？季霆不是才搬到這南山腳下嗎？季文媳婦砸他家大門幹麼啊？」許氏踹門的動靜，把聚在村口大槐樹下聊天的村民都吸引了過來。

「誰知道呢？怕是又看上季霆什麼東西了吧。」

有村民興奮得大叫道：「這回肯定要出大事了，你們看，姜荷花帶著三個兒媳婦一起上門來，許氏還一副要拆房子的架勢，季霆這回一準要吃虧了。」

看熱鬧的村民也不上前，就遠遠的站在季霆家對面的小樹林旁，對著季家門口的許氏等人指指點點。

「喲！我還道是誰在外頭砸大門呢？原來是妳許氏啊……」田桂花故意拉長的音調，拉開院門走了出去。

屋裡的月寧一聽到田桂花嘹亮的大嗓門，立即收斂了心神，避開窗戶，她從水缸邊拖了個木盆過來，在門框和門板的接合處找了條比較寬的門縫，反扣木盆到地上當作凳子，就坐下看起戲來。

「哎喲！這不是季嬸嗎？您這是趁季霆不在……特意帶人過來拆房子的？」田桂花手持洗衣的木棒，一臉看熱鬧的表情，故意浮誇的往季家的院門看過去。

姜荷花素來珍惜自己的名聲，一聽這話，連忙擺手道：「不是拆房子、不是拆房子，我是聽說季霆媳婦醒了，特意帶他三個嫂子過來看看她的。」姜荷花說完才反應過來，田桂花說了什麼。

「大龍家的，妳剛剛說季霆兩口子不在家？」

「是不在家啊，昨兒村長過來讓我們去鎮上領賑災糧，季霆今天一大早就帶著他媳婦，和我家男人，還有姚家老三夫妻倆一起到鎮上去了。」

「我就說老四不是那樣的人吧！怎麼可能明知婆婆和我們幾個嫂子過來看他媳婦，還故意關著門不讓咱們進呢，原來是不在家啊。」黃氏高聲說著話，撩著垂到臉旁的碎髮時，還意有所指的瞥了眼許氏。明眼人一看就知道她是在暗指許氏誣衊季霆。

群眾的眼睛是雪亮的，黃氏不知道許氏今天硬拉著她們來這兒想幹麼，但身後對她們指指點點的村民，讓她感覺如芒刺背，她一點都不想再在這裡待下去了。她向姜荷花道：「婆婆，既然老四夫妻倆不在，那咱們改天再來吧？我家有剛還在院子裡剁雞食呢，我想先回去了。」

季有剛是黃氏和季武的小兒子，今年雖然才六歲，卻已經能幫家裡幹些力所能及的活計了。姜荷花也知道黃氏三年前用自己的嫁妝銀子送大兒子和二兒子上私塾之後，對年僅六歲的小兒子看管得極緊，因此對她急著要走倒也不見怪。

一旁的白氏見黃氏要走，也立即道：「婆婆，夏荷和秋菊跟著村裡的孩子跑南山坳挖野菜了，您也知道現在的世道不太平，我有些不放心，想去看看。」

姜荷花剛想點頭，卻聽許氏氣急敗壞的叫嚷起來。「婆婆、兩位弟妹，怎麼田桂花說什麼妳們都信？妳們怎麼知道她沒撒謊騙我們？季霆那媳婦買來時就只剩一口氣了，這才過幾天，就能跟著季霆四處亂跑了？妳們覺得這可能嗎？」

可不可能的黃氏都不想管，季霆的能力是有目共睹的，她就算不能交好這個小叔，也不想把人給得罪了。這麼些年，許氏上竄下跳的攛掇公婆向老四要銀子，黃氏看破不說破，既不得罪公婆妯娌，也不會提點小叔，自掃門前雪就是她的處事態度。

白氏見黃氏擺明一副看戲的樣子，便也閉緊了嘴巴只看不說話。她自認不如許氏精明，也沒有黃氏能幹，許氏心術不正不是好人，她不敢跟著學，只求他們三房不會被許氏欺負就滿足了。

姜荷花卻沒有兩個兒媳婦的聰明，她聽許氏這麼說就覺得媳婦的話有道理，所以就懷疑的往田桂花看去。

真是白瞎了石頭這麼些年，為家做牛做馬的賺那麼多銀子了！

田桂花氣得拉下了臉，她不好對姜荷花發作，就用手裡的洗衣棒指著許氏罵道：「許氏，妳他娘的放什麼狗屁呢？妳自己跑南山腳下來踹門，還不許老娘開門出來瞅瞅了？石頭家裡窮得連張能坐的板凳都沒有，妳要是這麼說，老娘還就在這守著了，老娘就想看看妳踹門進去能偷摸個啥？」

遠處看熱鬧的村民聞言，立即就高聲議論起來。

村裡現在誰不知道季家分家不公，賺錢最多的季老四就因為傷了腿，不但被趕到這南山腳下，還連一粒口糧都沒分到。大家都說季家二老辦事不地道，做事叫人寒心。現在又聽田桂花說許氏跑來踹門，就是想來偷東西的，頓時就指著許氏和姜荷花等人大聲指點議論起來。

黃氏和白氏聽著那些話，都恨不得挖個地洞把自己給埋了。姜荷花臉上也臊得慌，她心裡埋怨許氏太多事，招惹了田桂花，一個眼刀就狠狠往她身上射了過去。

許氏被她這一眼看得又氣又急，深怕姜氏這豬隊友又來扯她後腿，跳著腳就衝田桂花罵了回去。「田桂花，妳少放屁！老娘好心好意上門來探望季老四，怎麼就是拆房子偷摸東西了？妳別自己齷齪，就把別人也想的跟妳一樣。」

聽小樹林那邊鄉親們的議論聲越來越響，那些不堪入耳的話，直讓許氏聽得想把田桂花咬死的心都有了。這賤人怎麼會明白，季霆那個媳婦有多值錢？

她至今都記得當初那個人牙子說的話：這女人論相貌身段都是極品，若是活的，賣身銀子至少有五百兩……

五百兩啊！這得辛苦多少年才能賺到這麼多銀子?!

昨天要不是有村裡的婦人來鋪子裡買東西，順嘴說了一句「季霆媳婦活過來了」，她也不會一大早就忙不迭的跑回村來。況且，她就是知道季霆不在家才來的，想起路上看到季霆一行人往鎮上去，許氏簡直要為自己的運氣叫好。

現在只要能進去季家，還有姜荷花在這兒作主，就能賣掉那個女人了。到時候，銀子入了她的口袋，季霆就算趕回來了也不能拿她怎麼樣，反正作主賣掉他媳婦的是他娘，他就算再生氣，難道還能把自個兒的娘給殺了？

許氏越想越氣，越氣就越覺得田桂花礙事，瞪著田桂花的目光就越發怨毒起來。

田桂花可不怕許氏，看到她怨毒的瞪著自己，也只是哈哈一笑，道：「別人跟我一不一樣我不知道，不過我跟妳肯定不一樣。許氏，妳喜歡踹季老四家的門就只管踹，妳家桃花今年十一了，等妳這名聲傳出去，妳女兒要是沒人提親，老娘肯定樂得在一旁看戲。」

田桂花一番話說得又快又響亮，中間都不停下來歇氣的，月寧在屋裡差點沒為她鼓掌叫好。

可這話聽在許氏和姜氏耳裡，卻讓兩人雙雙變了臉色。

姜荷花忙擺手道：「大龍家的，這話可不能亂說啊！我老婆子今天就是帶著三個兒媳婦上門來看看老四媳婦的，季文家的性子急，見叫門久了都沒人來應門，才會踹兩下門板出出氣，她也不是有心的。」

「婆婆，妳怕她幹啥？我就是踹門了，她田桂花能怎樣？妳又不是不知道老四跟他男人好得跟一個人似的，以往老四回村，哪回沒給她和姚家送禮？要我說，老四跟他媳婦肯定都在家，只不過是不想讓咱們進去罷了。不然哪會這麼巧，妳一帶我們過來看望他們，他們兩口子就都去鎮上了？」

許氏快要氣死了，姜荷花這死老太婆每次被人一說，就想打退堂鼓、做和事佬。有好處撈時又要占大頭，有麻煩時就縮得比誰都快，這世上哪有這樣的好事?!

許氏一邊衝姜氏使眼色，一邊裝出傷心狀，道：「婆婆妳不知道，上回我和我當家的過來，老四也是把我們擋在外頭不讓進門的，我也知道這回咱們拿不出銀子來給老四治腿，他肯定是記恨咱們了，也怪我和我當家的想差了，以為給他買個漂亮媳婦他就會高興，也沒管那女人身子好不好就將人給買回來了。」

許氏說完嘆了口氣，最終說出了自己的目的。「婆婆，要不咱們再給老四尋個身子骨壯實的媳婦吧？那個買來的女人病殃殃的，眼見老四為她把銀錢都快花光了，也不知道那女人能不能治好，還不如把她轉手賣了，再給季霆買個好的呢。」

田桂花一聽這話，肺差點沒氣炸了。「許氏妳個爛了心肝的，原來是打這種斷子絕孫的主意？之前說石頭腿廢了，沒人肯嫁，要給他買個媳婦，結果你們買了個半死的人回來，還坑了石頭近五十兩銀子。現在分家了，季霆花了大把銀子才把他媳婦的命給救回來，妳又想把他媳婦賣了，再另外給他尋媳婦？許氏，妳這麼惡毒無恥、喪盡天良，難道就真的一點兒都不怕有報應嗎？」

第五章

「妳說誰惡毒無恥？田桂花，我惡毒妳了嗎？我無恥妳了嗎？妳這給臉不要臉的賤人，季老四家有一點風吹草動，妳都要跑來湊一腳，管得這麼寬，該不會是妳跟季老四有什麼見不得人的……」

「嘩——」小樹林前看熱鬧的村民們沸騰了。

「我見妳大爺！」田桂花掄起洗衣棒就朝許氏撲了過去。

許氏前一刻還罵得痛快不已，可眼見田桂花撲過來，她是嚇得轉身就跑。

「許氏，妳個賤人，往哪裡跑？」田桂花早就想教訓許氏了，可惜一直沒找到機會套她麻袋。現在這賤人竟然敢罵她跟季霆有染，這麼名正言順揍人的機會，她哪裡會放過？

要說田桂花的腳下功夫那絕對不是吹出來的，只幾個呼吸她就追上了許氏，手中洗衣棒一記橫掃，許氏就被打得慘叫著往前撲倒。

田桂花接著一個箭步衝上去，狠狠朝許氏的後背踹了過去，正想爬起來的許氏頓時又撲回地上。田桂花乘機一屁股用力坐到許氏的肩胛骨上，許氏「啊」的慘叫一聲，才剛撐起一點的身體又被壓回了地上。

接著，田桂花一手死死按住她的腰，一手掄起洗衣棒，就往許氏的屁股上用力招呼。

「田……啊！賤人……啊……救、啊！救命……啊……婆婆……啊！」

聚在小樹林邊看熱鬧的村民見真的打起來了，呼啦啦的全都擁了上來，卻只在離兩人十公尺開外的地方站定。他們也不上前勸架或是將兩人拉開，反而一臉興奮的看著田桂花押著許氏打。

「這許氏聽說也是個厲害的，怎麼兩下就被大龍家的給打趴下了？這也太沒用了吧！」一個村民看戲不嫌事大，對許氏毫無招架之力的模樣簡直嫌棄得要死。

「哇，桂花揍人還是一如既往的狠啊！這下許氏的屁股一準得被打成八瓣了。」

姜荷花被田桂花那打人的狠勁嚇得不輕，她害怕田桂花會把她大兒媳婦給打死，當下挪動著發軟的雙腿，哆哆嗦嗦的想去救人，嘴裡還蚊嗚般喃喃著。「別打，別打……」

黃氏和白氏眼明手快的雙雙過去扯住她，將人往遠處拉。

黃氏道：「婆婆，您可千萬別往前湊，大嫂是年輕人，就算被打一頓，養個十天半個月的也就緩過來了。可您是上了年紀的人了，要是被打出個好歹來，以後叫我們這些做兒女的可怎麼辦哪？」

白氏也勸道：「是啊，婆婆，妳也知道田嫂子那人，她這會兒正在氣頭上，手裡的棒子可不認人，萬一不小心打到妳可就糟了。」

姜荷花原就害怕，現在被兩人一勸，有了退縮的理由，就更加不敢往前湊了，只帶著哭腔叫道：「那……那該怎麼辦啊？」

「還能怎麼辦？」黃氏表示愛莫能助。「誰叫大嫂嘴快說錯了話呢？要是不讓田嫂子打一頓出氣，這事哪能完啊？」

要論打架，田桂花那一身本事，可是從小跟男孩子一路追打練出來的。打哪裡感覺最疼、用多少力道會讓人覺得疼又不傷筋骨，她心裡可是清清楚楚的。

揍了許氏一頓屁股之後，田桂花見好就收。她帥氣的把洗衣棒往自家門口一丟，就開始赤手空拳的招呼許氏：薅頭髮，撓臉，搧嘴巴子，擰胸，掐腰肉，踹大腿根。

「嘶～～桂花這一抓狠啊！許氏不會變禿子啊？」圍觀人群中響起一道女人的驚呼。

「照這抓法，許氏的腦袋也就夠她幾把薅的吧。」

「哎喲！這嘴巴子打的……」

「嘶～～看這兩手抓的！就桂花這手勁，許氏的那兩顆球怕是要被擰爛吧？」眾人看著都忍不住為許氏感到疼。

許氏在田桂花的手下，原本還勉強能招架，可沒一會兒就只剩躲閃、求饒、叫救命的分了。

田桂花把女子打架六大招挨個兒在許氏身上使了一遍，就拍拍手站起來，往地上被她打得跟死狗一樣的許氏啐了一口，罵道：「就妳這種貨色也敢誣衊老娘，還真當老娘是吃素的？真是腦子有坑的蠢貨！我呸！以後再敢在老娘面前蹦躂，老娘非打得讓妳爹娘都認不出來。」

放完了狠話，田桂花驕傲的一仰頭，沒去管那些看熱鬧的村民和躲在遠處的姜荷花婆媳，跟隻鬥贏了的公雞似的，樂滋滋甩了甩手往自家院子走去。走到家門口時，她還不忘把立首功的洗衣棒給撿回來。

馬大龍趕著牛車和季霆等人才出現在村口的大槐樹前，就被七嘴八舌圍上來的村民給包圍了。

圍上來的一群人向馬大龍七嘴八舌的說田桂花打人的事。

馬大龍一臉迷懵聽著村人跟他告媳婦的黑狀，然後根據眾人說的情況想像了下當時的戰況，感覺自己婆娘下手時應該拿捏了分寸，便也就點點頭，面無表情謝過一眾興奮的村民，然後回頭看向還被村民圍著的季霆。

季霆這邊也正聽相熟的村人七嘴八舌的說著上午發生的事。眾人每多說一句，季霆心頭的怒火就上升一分，聽到最後，他滿腔的怒火幾乎都要抑制不住了。

「噼哩啪啦」的一陣骨節脆響，嚇得興奮議論的眾人全都噤了聲。眾人直到這時才發現季霆已經氣得臉上烏雲密布了。

「多謝眾位鄉親告知季霆家中情況，在下擔心家中妻子，就先回去了，日後有機會再請眾位喝酒。」季霆朝眾人行一禮，然後給馬大龍使了個眼色。

馬大龍招呼一聲，等村民們應聲退開後，他手裡鞭子一甩便驅趕牛車，直奔村外南山坳的山腳而去。

山腳的季家茅屋裡，月寧剛剛一覺睡醒，正端著田桂花用雞湯新熬的雞絲粥，一邊慢條斯理的吃著，一邊聽她口沫橫飛說著季家的情況。

原來季霆的爹季洪海是荷花村的外來戶，當年逃荒到荷花村時都快餓死了，是姜荷花她爹可憐他，給了他一碗飯吃。後來，季洪海不知怎麼跟姜荷花看對了眼，就在荷花村安了家。

姜荷花給季洪海生了四個兒子：大兒子季文，二兒子季武，三兒子季雷，可到了小兒子，這名字卻成了季石頭。

田桂花感慨道：「季霆這名字，還是石頭十二歲出師時，和順鏢局的總鏢頭給他改的，說是季石頭這個名字太小家子氣了，行走江湖時說出去不夠響亮，鎮不住場面。」

月寧咬著竹匙隨口胡猜道：「嫂子，妳說季大哥是姜荷花親生的嗎？」

綜合這幾天聽到的那些資訊，季霆還真不像是親生的。她想著就笑道：「我覺得他像是路邊撿的，他這名字讓人一聽就覺得他跟上面那三個不是親兄弟，嫂子妳說我講的有沒有道理？」

「有道理個屁！」田桂花好笑又好氣的在月寧的手臂上輕拍了一記，啐道：「石頭是他娘親生的，這事村裡人都知道，錯不了的。」

她頓了頓又道：「聽說季嬸懷著石頭那年，快臨盆的時候，她爹娘老子和兄弟全摔山溝裡沒了。季嬸聽到噩耗就動了胎氣，石頭出生後，免不了有那碎嘴的婆娘嚼舌根，說石頭命硬什麼的，季嬸八成是把娘家人的意外都怪到了石頭身上……」

田桂花回憶當年，嘆著氣道：「聽我家那口子說，石頭打小就沒人管，整天跟村裡淘氣的男娃子上山打鳥、下水摸魚，後來偷偷拜了姚叔為師，日子才好過些。

季家那時候一家六口人就住在這三間茅屋裡，靠著兩畝水田十畝荒地吃飯，日子過得緊巴巴的。季霆八歲那年鎮上開了家和順鏢局，聽說招的學徒不但包吃住，一個月還能得三十個大錢，季叔和季嬸就要把石頭送去。石頭原本不願意去，我聽我家當家的說，是姚叔把他給說通了，他才去的，結果這一去就在鏢局待了十幾年。」

月寧恍然道：「難怪許氏會說季大哥打小就沒養在爹娘身邊，跟家裡人感情淡薄呢，原來那麼小就被送去賺錢了。」她把碗裡最後一口粥舀進嘴裡嚥下，想了想又跟田桂花說：「聽季大哥的意思，這次分家算是他自己設計的。」

說到這個，田桂花又忍不住嘆了口氣。「這人吶，一旦開始不勞而獲，心慢慢的也就貪了。說起來，季文娶媳婦的銀子還是靠石頭走鏢賺的呢，結果許氏進門之後，跟季文那黑心的就盯上他了。一家人都拿石頭當搖錢樹使，石頭又不是真傻，怎麼會不知道那一大家子人的心思呢？他以前一年也回不了幾趟家，所以就一直忍著。可這次受傷回來，季家人的反應算是把他的心給涼透了，他求了荀叔，故意試探季家人，可結果妳也知道了。」

田桂花一言難盡的搖搖頭。

月寧若有所思的問：「分家也是季大哥提出來的？」

「分家是季文夫妻提出來的。」說到這個，田桂花就憤慨道：「妳說一家四兄弟，上頭三個季叔、季嬸都給早早的娶了媳婦，怎麼輪到石頭就沒人管了呢？臨到想分家了，他們才想起來石頭都二十四歲了還沒給相看姑娘。季文夫妻倆深怕石頭花了家裡的銀子，就說石頭的腿廢了，一準沒人肯嫁，說要給石頭買個媳婦回來。」

月寧指指自己，笑著調侃道：「我知道，他們這一買就買到我了。」

田桂花也笑起來，道：「我們當家的說了，季文夫妻倆原本大概是打算隨便在街上拉個女人回來給石頭的，不過他們聰明，石頭也不傻啊。他就說買媳婦沒問題，但要姑娘家世清白、長得漂亮的，要是姑娘不夠漂亮，那就等他慢慢尋個漂亮姑娘回來，等成了親，再分家不遲，不然他就要找村長和里正來為他主持公道。」

月寧聽了笑出聲來。「季大哥也真夠損，明知道他爹娘、兄嫂怕他醫治傷腿要費銀子，才會急巴巴的想要把家給分了，他這麼一說，他爹娘、兄嫂晚上只怕都要睡不著覺了。」

「可不是？」田桂花樂得像偷到了油的老鼠似的，笑得好不暢快。「季家之所以能發家都是靠著石頭，現在季家人手裡明明有銀子卻不肯為石頭醫治，所以石頭一說要找人主持公道，不只季叔、季嬸慌了，就連季文和許氏也被嚇住了，這才答應要去牙行給石頭買個身世清白的媳婦回來。」

田桂花說到這裡，突然拍著額頭道：「哦，對了，妳還不知道石頭的腿傷其實沒啥事吧？」

月寧搖頭，她是聽季霆隨口提過他的腿沒事，可他拄著枴杖行走的樣子還真不像沒事。

田桂花就道：「石頭那腿只是被劃了一刀，皮外傷，他就是想試試季家人的態度，才求了荀叔，故意說他那腿傷要百兩銀子才能治癒，否則一輩子就只能做廢人了。結果……」

月寧聽著忍不住跟著嘆了口氣。

那男人也是可憐，要不是對親人還懷有期待，又怎麼會用這樣的法子試探呢？只可惜季父、季母和他的那些兄弟都沒能禁受住考驗……

兩人一時之間都覺唏噓不已。正感慨著，就聽屋外傳來馬大龍叫停牛車的聲音。

「他們回來了。」田桂花高興得跳下炕，幾個大步就從屋裡竄了出去。

月寧看她那迫不及待的樣子，忍不住笑了笑，慢悠悠的下炕趿上鞋，才端著空碗往外走去。

「你們回來啦？哎呀！怎麼買了這麼多東西啊？」田桂花咋咋呼呼的聲音從院外傳來，月寧掀簾出來，先看了眼大開的屋門，見眾人還未進院子裡來，便轉身先把手裡的碗擱到了灶臺上。

身後傳來一陣腳步聲，月寧回身看去，抬頭就見季霆黑沈著一張臉，滿身戾氣的走了進來。

月寧嚇了一跳，目光不自禁的往下瞟向他的腿。心說：原來田桂花說的是真的，這男人不用枴杖，走起路來雖然有點微跛，可看著還真不像有事的樣子。

「聽說我娘和許氏早上過來了，沒嚇著妳吧？」季霆沈著臉把月寧從頭到腳細細打量了一遍，見她臉上雖然仍沒什麼血色，可精神看著還不錯，這才微微鬆了口氣。

她怎麼可能會嚇到？有田桂花這個強人護著，她可是看了一場精彩的好戲呢。不過想是這麼想，這話卻不好說出來，不然就顯得她太過幸災樂禍了，有些不厚道。

想了想，月寧就語帶調侃的道：「你把院子門弄得太結實了，你嫂子踹半天都沒能把門踹開。」想到當時的情景，月寧忍不住笑了出來。「你大嫂跟田嫂子吵架了，後來兩人還打起來了，不過你大嫂不是田嫂子的對手。」

「妳跟我詳細說說。」季霆看著月寧帶笑的眉眼，滿腔怒意突然就如冰雪消融般消失不見了。不過看她笑得這麼開心，他又有些哭笑不得。虧他還擔心她會被嚇到，急忙跑回來想要安慰她，誰知她非但不怕，還像是把許氏上門找麻煩當成一場鬧劇來看，開心得很。

季霆不自覺的放柔了語氣，問她：「田嫂子和我大嫂打起來的時候，妳當時在哪兒？」頓了頓，又問：「害怕嗎？」

「不怕呀，我在屋子裡，門關著呢。」月寧指指腳下，又指指大門，道：「隔這麼遠的距離，也沒什麼好害怕的。你大嫂在外頭又是拍門、又是踹門的。我怕她踹不開門會想拆了籬笆進來，就讓田嫂子從後窗繞回她家，再出去告訴你娘她們家裡沒人。可你大嫂堅持說你在家，還跟你娘說我病得把你的銀子都花光了，要把我賣了再給你買個健康的媳婦回來，還問田嫂子是不是跟你有染。田嫂子一生氣……就把她給打了。」

語言是門神奇的藝術，一件事情換種說法，效果往往會有所不同。月寧說完看了眼季霆，就怕他會對田桂花打了許氏有什麼看法。

結果，季霆抿著唇什麼也沒說，只是似笑非笑的望著她。

看他的反應，月寧就知道，他肯定是已經知道了事情的始末，不禁就有些心虛。

「嗯……你大嫂可能被田嫂子打得有點慘。」

季霆看她用手指比劃著「一點點」的可愛模樣，也不禁被逗笑了。「沒事的，我大嫂皮糙肉厚，扛揍得很，打慘點還能讓她多消停一陣子，挺好的。」

這果然是親嫂子啊！

月寧目瞪口呆盯了季霆三秒才收回視線，從季霆的幸災樂禍裡，她也看出了他對季文夫妻倆的積怨。不過想到今早那麼多人圍觀也沒有人上前拉架，月寧不禁笑問：「你家大嫂在你們村子的人緣是不是很差啊？你們這兒的人挺有意思的，看人打架了，不但不上前勸架，還在一邊評頭論足的，我估計你大嫂被田嫂子揍的時候，被看熱鬧的人氣得也不輕。」

見月寧笑的開心，季霆忍不住也跟著勾起嘴角。「我以前一年也就回村一、兩次，每次待個一、兩天就走，所以也不太清楚她在村裡人緣好不好。」

看著身前的小女人樂得眼睛都快笑沒了，季霆不禁好笑的問她。「看田嫂子跟我大嫂打架有意思嗎？」

月寧眉眼彎彎的給了他一個肯定的「嗯」音，然後有點小興奮的道：「田嫂子很厲害呢！罵人時說話都不停歇的，你大嫂被她罵得連想插話回罵的機會都沒有。」

月寧興奮完了，才猛然想起來這可不是現代，大梁朝孝字大如天，今天來的除了季霆的大嫂外，可還有他老娘呢。季霆或許會樂見許氏被打，卻不一定能樂見他親娘被人為難。

月寧想著便小心的睨了眼季霆的臉色，解釋道：「田嫂子沒為難你娘，就是罵了你大嫂幾句，是你大嫂死活不肯離開，後來她們才打起來的。」

「我知道。」季霆可不想月寧怕他，他看著她柔聲道：「許氏是自己找死，田嫂子打得好，妳不用擔心什麼。」想了想，又叮囑她。「我大哥、大嫂都不是什麼好東西，日後我若不在家，妳最好別亂走。萬一我有事出門，妳在家也要把院門和屋門都關好，以後不認識的，或是像我大哥、大嫂這些人來敲門，妳都別理，就讓他們以為家裡沒人好了。」

月寧聞言笑容微斂，抬頭看向季霆。誰知季霆也正低頭看著她，兩人的視線在空中相對，月寧從他的眼裡看到了自己小小的倒影。

或許嫁給這個男人也不錯。

腦子裡突然閃過的念頭，讓月寧心頭狂跳，連忙低頭躲開季霆的目光。這真是太瘋狂了！她和這個叫「季霆」的男人認識也才五、六天時間，根本不了解對方，目前只知道他家裡有一群極品親戚，而且還很不受父母待見。

可她現下顯然只能依靠這個男人，月寧的眸光微閃，心下決定要與季霆開誠布公的談一談。她抬頭盯著季霆的眼睛，鄭重道：「季大哥，我能問你一個問題嗎？」

「妳問。」

「你爹娘要是想把我賣了，再重新給你買一個漂亮媳婦回來，你會答應嗎？」

這是什麼鬼問題?!

季霆臉一黑，伸手抓住月寧的手腕，語氣嚴肅道：「有我在，沒人能賣了妳。何況妳的賣身契不是已經給妳燒了嗎？妳怎麼還不放心？」

這動不動就上手抓的毛病，可真要不得。

月寧不滿的往回抽手，可試了兩次都沒能抽出手來，也有點火了，瞪著他，道：

「你別顧左右而言他，認真回答我的問題。」

這都還沒說兩句話就又惱了。季霆看著月寧像隻被惹急了的小奶貓般，凶巴巴威脅著要伸爪子，忍不住就想笑。他忍了又忍才勉強壓住彎起的嘴角，偏頭咳了一聲，才調整好表情，鄭重的向月寧保證。「妳要相信我，月寧，我不會讓別人傷害妳的，就算是我的爹娘也不行。」

月寧對這樣的答案卻不滿意。「如果你爹娘以要與你斷親，或是把你趕出家族，甚至是以族譜除名來威脅你把我交出去，你也不答應嗎？」

季霆本想說他爹娘還不至於這麼糊塗，可回想荀叔那日宣佈他的腿差不多需要百兩銀錢才能治好時，爹娘兄嫂們流露出的神情，他就覺得背脊發涼。看著月寧嬌麗的臉龐，想著貪婪自私又愛占小便宜的大哥、大嫂，耳根子軟又對他沒什麼感情的爹娘……

季霆突然抬起頭，目光堅定的舉起握著月寧的手，道：「我既答應了要護著妳，就不會讓別人害了妳，就是我爹娘也不行，妳信我。」

月寧心裡感動，嘴上卻不肯服軟，微嘟了嘴小聲低哼道：「人心隔肚皮，誰知道你說的話是不是真的。」

季霆頭一次看到她露出這般小女兒的嬌態，心都要飛起來了，他低頭湊近她。「都這麼說了，妳還不信我？」

第六章

這麼大個塊頭湊過來，溫熱的氣息隨之噴灑在月寧的臉上，她感覺到了壓力，下意識往後退，可沒退兩步後腰就頂到了堅硬的灶臺。

季霆眼中笑意一閃，上前一步伸手搭上灶臺，將月寧困在自己和灶臺之間，讓她退無可退，然後又故意一邊俯低身子逼近她，一邊低聲問她：「真的不信我？」

看著逼到眼前的臉，月寧只覺得呼吸到的空氣都染上了濃濃的男性荷爾蒙氣息，她臉上一熱，惱羞成怒的抬手就往他臉上拍去。「你幹麼?走開！」

一聲輕笑從季霆的唇間逸出，感受著臉上月寧手掌柔軟卻微涼的觸感，怕她用力過度會牽動頭上的傷勢，季霆沒敢梗著脖子跟月寧對著來，頭順著她小手的力道微微往後昂。

正想乘機偏頭往那白嫩嫩的小手上親上一口，院外突然響起田桂花的大嗓門。「月寧，何嫂子把妳要的布料都買回來了，妳快出來看看！」

月寧被嚇得差點沒跳起來，見身前的大塊頭還杵著紋絲不動，她著急得抬腳就踹，一邊還低聲威脅他。「你還不快放開？」

「哎呀！月寧身子還沒好，妳叫她出來幹麼？」何氏嗔怪的聲音緊接著響起。「月寧啊，妳就在屋裡待著吧，我們把布料給妳拿進去啊。」

季霆都快哭了。

他旱了二十四年好不容易喜歡上個姑娘，這眼看就要親到小手了，兩位嫂子這麼聯手坑他，良心不會痛嗎？

院門「吱呀」一聲，緊接著便傳來一陣不緊不慢的腳步聲。

月寧急得又踹了季霆一腳。「快鬆開，她們要進來了。」

季霆無法，只能心不甘情不願的放開她，站直身體回頭看向抱著一摞布料進來的田桂花。

「田嫂子，妳怎麼拿著這麼多布料？來，我來幫妳拿一些。」月寧不自然的快走兩步與季霆拉開距離，迎向田桂花時，就看到了跟在她身後進來，兩手還各提著個大包袱的何氏。

「何嫂子，妳怎麼也拿了這麼多東西？」

「幸不辱命，妳要的東西呀，我都給妳買回來了。」何氏笑著向月寧舉了舉手裡的包袱，道：「妳要的布疋針線，我在如意坊給妳全買齊了。要說如意坊真不愧是咱們鎮上最大的布莊，妳要的各色料子和需要的針線，他們那兒都有。」

「哎呀！妳們別傻站在外頭了，進來屋裡說話。」田桂花不滿的埋怨了兩人一句，一邊躲開月寧伸來的手往內室走，一邊不忘對她高興道：「月寧啊，妳今天算是走大運了，何嫂子說如意坊今天正好將一些布料降價出售，粗麻布一疋才三百個銅板，粗棉布也才七百個銅板一疋，妳要的幾個顏色又正好都有，可省了不少銀錢呢。」

月寧聞言好奇的轉頭問何氏。「細棉布也降價嗎？」粗麻和粗棉布她只要了幾疋，細棉布才是大頭。

「像粉紅、嫩綠、淺藍這樣的顏色，今天都比平時便宜，不過像白色、黑色、深藍這些，價格反而要比平時還貴些。」

月寧在心裡默算了下，便有些可惜的道：「那幾個顏色我都只要了兩疋，看來也便宜不了幾個錢，兩相一加減，大概不賺不賠吧！」

月寧為兩人掀簾，等田桂花和何氏進去之後也跟了進去。轉身放簾子時，抬頭見季霆雙手抱胸，背靠著灶臺正含笑看著她。

月寧看見他笑就莫名來氣，瞪了他一眼才鬆開門簾。

季霆忍不住低笑出聲，笑得門簾內的月寧臉上一陣燒熱，暗暗磨了磨牙，才轉身去跟田桂花和何氏整理買來的東西。

何氏掏出清單和一個裝了銀子的荷包塞到月寧手上，笑道：「今天託了妳的福，嫂子我可是在如意坊出了大風頭了，這是剩下的十兩八錢銀子，妳算一算，看看東西對不？」

月寧無所謂的把清單和裝銀子的小荷包往炕頭上的木箱蓋上一扔，拉著何氏笑道：「這哪裡還需要對呀？嫂子妳辦事我還有什麼不放心的？」

她說著轉身去翻那一堆布疋，從中抽出一疋黑色和一疋深藍的細棉布放到一邊，又招呼田桂花幫忙，將粉紅、嫩綠、天藍等色的細棉布各剪了一丈左右出來，折好了一起塞到何氏懷裡。

「我病了這麼些天，多虧了大家幫忙才撿回這條小命，這些料子是我的一點心意，嫂子拿回去給自己和家裡人做身衣裳吧。」

何氏哪裡肯接，急忙要把東西放回炕上，嘴裡連道：「使不得、使不得！大家鄉裡鄉親又沾親帶故的，你們有難處，我們做哥哥、嫂子的給你們幫把手是應該的，怎麼能拿妳東西呢？」

月寧攔著她，一臉認真的道：「嫂子這話說的，季大哥的親大哥、親大嫂還天天上門打秋風，巴不得能把我賣了銀子好給他們享福呢！你們肯給我們雪中送炭，這份情誼我們怎麼都是要記在心上的。這料子嫂子妳只管拿去，以後我們要人幫襯的地方還多著呢，到時候妳別嫌我們煩人才好。」

見何氏還要推讓，月寧往炕上一坐，無賴般推著她的手，笑道：「嫂子妳可別再跟我推了，我如今就跟個紙片人似的，妳再推我就要倒了。」

見何氏果然收了力，月寧忙起身將人往外推，一邊笑道：「我還要扯布一會兒給荀叔送去呢，就不留嫂子了，嫂子妳快回家去吧，一會兒回家晚了姚嬸該罵人了。」

田桂花在旁聽得笑出聲來，何氏也被月寧這滿嘴胡話給弄的哭笑不得，嗔怪的笑罵了一句。「妳這妮子，胡亂瞎說什麼呢？」

「嫂子，月寧既然要送，妳就拿著吧。」田桂花也笑著幫忙勸道：「咱們一家人不說兩家話，妳收了她的東西，以後再多幫襯他們些也就是了。」

「這……」

「哎呀！妳就安心收著吧。」月寧笑嘻嘻的把何氏往外推。「走吧走吧，這天都快黑了，嫂子再不回家姚三哥該著急了，我就不送妳了啊。」

這說的都是些什麼話啊？

何氏都給她氣笑了。

「妳這妮子！哪有妳這樣強逼著人家收禮的？」

月寧俏皮的嘻嘻笑道：「那嫂子這回見著了，以後我要是再送嫂子什麼東西，嫂子可千萬別再跟我這樣推讓了，很累人的。」

何氏聞言，只能好氣又好笑的瞪著她，最後見月寧堅持要送，才勉為其難的抱著一堆布料回家去了。

送走了何氏，月寧跟田桂花說話就隨便多了。她踢了鞋子往炕上一歪，指著擺了半張炕的布疋道：「田嫂子，黑色和深藍那兩疋細棉的，妳自己各扯一丈回去，白的我還有用，就不給妳了，那個粉的、綠的、藍的妳也扯些回去，給自己做幾身衣裳。」

田桂花看她這豪邁的樣子就直搖頭。「妳就是想送謝禮給我們，也不是這麼個送法啊，照妳這樣花費，金山銀山也會被妳敗光了！」

「嗨，不過一點布料子，還能抵得過救命之恩不成？」月寧嗔笑道：「我這條小命多虧了大家幫忙才撿回來，嫂子們的情我都記著呢！何況，銀子是賺回來的，可不是省出來的，只要我的傷好了，還怕沒時間賺銀子嗎？」說著又瞪了眼田桂花，語帶威脅的道：「這點布料也就是我的一點心意，妳可別跟我說不要。妳不要，難道我買這麼多料子放著發霉嗎？」

田桂花爽朗的哈哈笑道：「我要啊，誰說我不要啦？我啊，不只要黑的、藍的、白的，還要妳這粉的、綠的、藍的，非要拿到妳心疼不可。」

月寧故作闊氣的揮揮手，笑道：「妳拿妳拿，喜歡哪個自己拿剪子剪。」

兩人的視線在空中相交，一時都笑了起來。月寧把話說到了這分上，田桂花也就沒跟她客氣，依言將各色布料都剪了一丈下來。

一頓忙活之後，月寧臉上就浮現倦色。

田桂花見了，三兩下把攤了大半張炕的布疋料子都歸置到炕頭的箱子裡，放不下的也都擺到木箱子上頭，然後出去端了藥來給月寧服下，這才收拾了東西回家去。

等季霆洗漱好回屋，月寧早已經睡到人事不知了。

季霆被炕頭木箱子上擺得滿滿當當的東西吸引，見一個鼓鼓囊囊的荷包就這麼明晃晃扔在木箱蓋上，不禁有些無奈的搖了搖頭，暗嘆這小女人也太不把銀子當回事了。窮苦人家誰有銀子不是好好藏著的？也就這女人不把銀子當回事，布料一買就是十幾二十疋，荷包也是隨手亂扔。

將手裡充當油燈的大碗公擱在炕沿上，季霆俯身將睡得極為乖巧的月寧小心翼翼抱起，再又輕手輕腳的挪到炕尾，然後吹熄了油燈，上炕攬著月寧的細腰，閉上眼睛安心睡去。

要是月寧此時醒來，肯定會大罵一句：無恥！

她大概作夢也不會想到，她從炕頭睡到炕尾的真相竟是這樣的。

翌日一早醒來，季霆已經不在炕上了，月寧發現自己又睡到炕尾來了，不信邪的又給自己把了好一會兒的脈，也沒把出個所以然來，只能拍拍額頭，先把這事給撇到一邊。

昨天許氏挨了一頓打，今天季家老大說不準還會上門來找麻煩。

月寧側耳傾聽，沒聽到往日裡季霆在院子裡劈竹篾的「噼啪」聲，便起身下炕，出去一探究竟。可出來一看，她就發現灶臺上正冒著熱氣，灶膛裡還燃著點點餘火，而屋門雖然沒閂，卻是關著的。

月寧走到門邊，透過門縫往外看，院子裡靜悄悄的一個人都沒有，院門還從裡面給閂上了。

「跑哪兒去了？」月寧嘴裡嘀咕了句，從水缸裡打了水洗漱，然後就去灶上找吃的。等到一碗粥下肚，她找了個木盆把碗用水泡上，就回內室去擺弄起昨天買來的布料來。

經歷過一次沒肚兜穿的尷尬之後，月寧是再也不想品嘗那種滋味了。她翻出一疋嫩綠的細棉料子，拿起剪刀剪出需要的大小，就翻出繡花針，細細的縫製起來。

月寧對肚兜這種直上直下，除了遮點、保暖之外再沒一點用處的內衣實在無感。能讓胸部挺拔不垂，穿著不用擔心胸部會亂晃的內衣才是她的最愛。雖然現在沒有鋼圈和小鐵扣，但她能做前繫式的背心內衣，肯定比肚兜好得多。

小小的繡花針拿在手上，月寧起先還有些不適應，可兩針過後她就找到了感覺。前身為了能進宮爭寵，花費十多年苦練出來的技藝絕對是大師級的。

月寧手裡拿著布料，繡花針這邊縫幾針那邊縫幾針，罩杯的形就出來了。腋下用雙層壓邊的方式代替內衣的鋼圈，下圍處緊密的鑲上兩指寬的鑲邊，以便內衣貼身繫攏時，能將胸部托舉起來，達到往中間聚攏的效果。

縫好寬鑲邊，再在鑲邊接合處剪出兩排繫孔細細鎖邊，然後用一條同色的繫帶穿過穿孔，一件內衣就這麼完成了。

事實證明穿內衣和肚兜完全就是兩種感覺。

換上自己做的內衣，除了能讓胸部看起來更加雄偉挺拔之外，月寧主要是覺得很有安全感。

有了第一次成功的經驗，要再做就沒什麼難度了。月寧做了一件嫩綠色的，就又想做件粉色的，想想又覺得既然已經買那麼多布料了，乾脆每種顏色都做一件好了。她把所有料子都搬出來，拿起剪刀愉快的裁剪著。

一公尺寬的布疋，月寧每樣都剪下一尺來。這麼多的料子，做完內衣還能拿來做內褲，邊角料用來做繫帶，正好一點不浪費。月寧也是受夠這時代的闊腿底褲了，那種鬆垮垮、空蕩蕩的感覺就跟沒穿一樣，真的讓人很沒安全感。

等做好了小底褲，她的體力也消耗得差不多了。一感覺到胸悶氣短，就不敢再逞強了，把裁好的布料全捲好塞進木箱子裡。而攤放在炕上的那些布料月寧就懶得收拾了，她去廚房把藥喝了，回內室倒頭就睡。

季霆提著兩隻野雞，披著一身晨光和露水從山上下來，走到自家後院牆外時，他先將手裡的野雞往牆裡一扔，然後用手撐著牆壁借力，輕輕鬆鬆就翻進自家院子。

「回來啦？」馬大龍從自家菜地裡站起來，探頭往這邊看了一眼，忍不住撇嘴道：「你就打到兩隻野雞？」

「這老天要是再不下雨，只怕連野雞都抓不到了。」季霆彎腰撿起地上的野雞，往馬大龍家扔了一隻。「瘦是瘦了點，不過聊勝於無吧。」

馬大龍手一伸就接住了飛來的野雞，目光瞥向季霆的傷腿。「你的腿沒事吧？」

「還不太能使得上力，不過沒事，再養幾天應該就能恢復了。」季霆運動了下傷腿，轉而道：「我不在的時候，我家沒事吧？」

「沒事，弟妹剛剛應該是醒了，不過吃了早飯之後又睡下了。」馬大龍指指季霆家半開著的後窗，道：「我之前聽到弟妹在屋裡翻箱倒櫃的，不過沒一會兒就消停了。」

季霆聞言，嘴角自然而然的彎起一抹寵溺的弧度，笑道：「她的頭痛症還沒好全乎，每日光是忍痛就夠她受得了，不過荀叔說她的傷勢恢復得很好，慢慢會好起來的。」

兩人又閒話了兩句，季霆才從後窗跳回屋裡。

炕上，月寧側著身子睡得正熟，那樣子看起來乖巧極了。只不過見到滿炕扔得亂七八糟的布疋，看得季霆也直皺眉。

「人都還病著呢，就這麼能折騰……」他狀似埋怨，實則寵溺的低聲喃喃自語，在炕前站了好一會兒，才去開炕頭的木箱，準備拿衣服出去洗澡。

可箱子一開，季霆就看到了裡頭一堆被裁剪得亂七八糟的布料。他皺起眉頭，用食指勾起最上面一件嫩綠色的、一邊繫著繫帶的物什拿到眼前打量，可任他見多識廣，也沒看出這東西是做什麼用的。

正當他出神之際，院門突然被拍響了。季霆連忙閃身出去，一見來人是荀元的小孫子荀健波，忙開了門。

「健波，可是荀叔有什麼事情交代？」

「不是我爺叫我來的，季大哥。」荀健波連忙擺手道：「我才從鎮上回來，季文夫妻倆和我是坐同一輛牛車回村的，我聽他們一路上說的那些話的意思，好像是準備讓季大爺出面，要來找田嬸索要湯藥費呢，他們現在往季家老宅去了，你快想想該怎麼應對吧！」

「這都已經分家了，我大哥、大嫂還如此不消停，我爹娘要是也是非不分的話，大不了我們找村長和里正來評評理。」

季霆謝過了荀健波，關好院門，去後院把月寧託付給田桂花照看之後，叫上馬大龍就往季家老宅去了。

季家的大院子裡靜悄悄的，東廂和西廂的門都緊閉著，唯有上房堂屋裡傳來陣陣哭聲。

季文等自家婆娘哭完了，才站出來道：「爹，娘，我說句不中聽的，您二老別見怪。照理說四弟跟那馬大龍好得跟一個人似的，田桂花怎麼會不顧兩家的交情，衝我婆娘動手呢？我們這次不肯給老四治腿，他那媳婦也不是正兒八經娶的，你們說會不會……」

言下之意是懷疑季霆胳膊肘往外拐，攛掇了外人來欺負自家人。

姜荷花沒好氣的啐他道：「你婆娘都胡說田桂花跟你四弟有染了，就田桂花那出了名的潑辣勁，還能顧著兩家的情誼不打她？」

季文一噎，訕笑道：「那，那也不能把人打成這樣吧？娘妳看看，我婆娘這臉都成啥樣了？」

還能啥樣？豬頭一樣唄！

田桂花是打小幹慣了農活的，手裡自有一把力氣，否則也不會打小就有底氣和男孩子打架了。昨天田桂花左右開弓，可沒少搧許氏巴掌，經過這一夜的發酵，許氏的臉除了紅腫之外，更有條條青紫的指印顯現出來，看著那真叫一個慘！

季洪海瞥一眼許氏那腫如豬頭的臉，就忍不住把臉撇到了一邊，才意識到自己的失態，他故作淡定的把手裡的煙袋鍋兒在桌角敲了敲，才慢吞吞的道：「那你想怎麼樣？」

季文一聽有門，立即挺起胸膛，義正辭嚴的道：「當然是找田桂花算帳啊！我婆娘被打成這樣，他馬家難道不該賠我們湯藥費嗎？」

姜荷花更沒好氣了。「那你找馬大龍去啊！這一大早的跑來跟我和你爹哭什麼？也不嫌晦氣！」

季文理直氣壯的道：「瞧娘妳這話說的，誰家出了事情不是一家子兄弟一起上的啊？咱家有四兄弟，我婆娘被打了，我不是回來找您二老商量商量，叫上我兄弟們一起上門去討公道的嗎？」

季洪海和姜氏聞言不由對視了一眼，心裡不約而同想到的都是昨天吃了午飯就趕著出門做工的二兒子，和傍晚才回來就挑了擔說要去縣裡進貨的三兒子。

季洪海現在已經有些後悔聽老大的把家給分了。這家一分，就算田地都還捏在他手裡，可人心散了，家都不好帶了。想著，他就嘆了口氣，道：「老二去鎮上給人做工去了，沒在家；老三也去縣裡進貨了，至於老四，你婆娘就是因為說他和田桂花的閒話才被打的，你覺得他會幫你婆娘出頭嗎？」

季文和許氏聞言齊齊一愣，反應過來後，許氏就跳起來叫道：「公公，你可不能厚此薄彼，怕老二、老三有個閃失就不管我們了啊！我這個季家長媳被人打成這樣，要是咱們季家一點反應都沒有，還不被人瞧輕了去啊？」

見季洪海臉色變了變，季文也立刻湊上去道：「是啊，爹，這次咱們要是不拿出個態度來，別人當咱們家好欺負，以後還不沒事就跑來踩一腳啊？」

姜荷花看著不依不饒的長子和兒媳婦，只能出聲道：「你爹沒騙你們，老二和老三確實不在家，昨兒個就出門去了。」

許氏一聽就一屁股坐到地上，拍著大腿嚎起來。「我的天啊！我的命怎麼這麼苦啊……還以為嫁到你們季家會有好日子過……結果別人想打就打，男人還不幫我出頭，你們季家的男人都是軟蛋啊……」

季洪海的臉一下脹得通紅，怒而拍桌喝道：「閉嘴！妳個敗家娘們兒瞎嚷嚷啥？」

他罵完了許氏，轉頭又罵自己兒子。

「你一個爺們兒，自個兒婆娘嘴有多臭你不知道嗎？平時就知道慣著她，出了事就只會找老子哭訴，老子生你還不如生個番薯！」

季文搓著手賠笑道：「爹，許氏這人你還不知道嗎？她除了嘴巴臭點也沒啥不好的。您看，她給兒子生了兩男兩女，家裡家外的活計也沒少幹，對您跟娘更是孝順有加。這樣的婆娘，就算是為了孩子，我也要給她點臉面不是？」

村子裡多得是碎嘴、好吃懶做還喜歡挑撥人家是非的婆娘，許氏在季洪海和姜荷花看來還真不是個壞兒媳婦。

第七章

季文見老爺子的火氣下去了，趁老倆口不注意，暗暗踢了地上的許氏一腳，拚命使眼色讓她說些軟話哄哄老爺子。

許氏與季文夫妻這麼多年，那默契早就在無數次的合作中培養出來了。她立即一改之前拍腿大哭戲碼，跪著爬行到季洪海的腳邊，淒淒慘慘的啜泣道：「公公，媳婦嘴賤說錯了話，挨了打也認了，可媳婦不服，心裡委屈啊……」

姜荷花張口就罵。「妳不服委屈個啥？田桂花說妳的那些話，難道還說錯了？」一個做人兒媳的，有事不找她這個婆婆，跑去跟公爹哭是怎麼回事？

她罵完又狠狠瞪著季文罵道：「當初分家時，要不是聽了你們兩個眼皮子淺的東西攛掇，我跟你爹怎麼會讓老四出買媳婦的銀子？最可惡的是你們這兩個不爭氣的東西，竟然還多報了四十八兩！你們是存心想讓我跟你爹晚節不保啊，看我跟你爹被人戳著脊梁骨罵，你們就舒心了是吧？」

姜荷花說著悲從中來，掩面就大哭起來。

「這……這也不能怨我們啊。」季文被罵得苦了一張臉，唯唯諾諾低聲辯解。「我又沒跟人說過咱家分家的情況，娘罵我們做什麼？」

許氏聞言也連忙叫道：「婆婆，昨天我跟田桂花對罵，可不就是想讓她閉嘴，別壞了咱家的名聲嗎？咱們家分家那天，除了村長和里正可就沒別人了。田桂花對咱家分家的情況那麼清楚，要說不是老四和她說的，您信嗎？」

許氏一臉的委屈。「媳婦昨天是氣不過，才會口不擇言的拿老四和田桂花說事的。這事擱誰身上，只怕都會如媳婦那般想吧？咱家分家的事情，別人都不清楚，怎麼就田桂花知道得那麼清楚呢？」

季文在旁又幫腔了一句。「他們兩家就隔了一道牆，肯定是老四告訴田桂花的。」

季洪海和姜荷花的臉都沈了沈，顯然是把這話聽進去了。

許氏偷瞄二老的臉色，又裝出一副苦瓜臉喃喃「自語」道：「不都說家醜不可外揚嗎？老四分家的時候什麼都答應得好好的，待分完了家，又把分家的事拿出去宣揚，弄得他好像多委屈似的，爹和娘還這麼護著他！真是太偏心了。」

季洪海和姜荷花一想也對啊。分家時，老四雖然不太情願，可最後不都咬牙應了嗎？家分完了，他又把這事拿出去跟人說道，可不就是想跟人說他們父母兄弟苛待了他嗎？

兩人想著正不悅咬牙呢，就聽院子裡傳來一道男子的譏笑聲。「我長這麼大，倒打一耙的事情也見過不少，可像你們這樣占盡了便宜，還能這麼理直氣壯倒打一耙的，真是頭一回見。」

堂屋裡的四人聞聲都不由嚇了一跳，紛紛抬頭往外看去，就見院子裡不知何時多了兩個高大的身影，可不正是季霆和馬大龍嗎？

季文瞪著兩人驚叫道：「你們是怎麼進來的？」

「當然是走進來的。」馬大龍回頭跟堂屋裡的幾人示意了下大敞著的院門，嗤笑道：「原本見你們正在和季叔季嬸說話，我們還想著等你們說完了再進來，誰知不過是在這院子裡等了這麼一小會兒，就聽到了這麼多有意思的話。」

季文不敢對人高馬大的馬大龍發火，就轉向季霆吼道：「老四，你的規矩都學到狗肚子裡去了嗎？不知道上人家家裡拜訪，要先敲門的嗎？」

季霆深沈的眸子寒光一閃，冷冷看著臉紅脖子粗的季文，道：「大哥又不是不知道，我打小就被爹娘送去當學徒，給家裡賺錢省口糧了，沒有人告訴我回自個兒家也要敲門，這規矩我還真不懂。」

一句話把季文噎了個半死，連季洪海和姜荷花也臊得脹紅了臉。

許氏卻像是抓住了季霆的把柄，跳起來大叫道：「我就說老四對咱們有怨氣吧！公公婆婆你們還不信，現在你們都聽到了吧？都聽到了吧？」

季霆冷冷的瞥了眼許氏，面無表情的一步一步地走進堂屋。馬大龍看戲不怕事大的雙手環抱在胸前，也跟著晃了進去。

季洪海看著滿身冷氣、面無表情的小兒子，不知怎麼就有些腿軟。他強撐著一口氣，色厲內荏的道：「老四，老大媳婦說的可是真的？你對我和你娘當真有這麼大的怨氣？」

季霆看了眼低頭不看他的姜荷花，很認真的問季洪海。「爹，我不能怨嗎？」

季洪海和姜荷花都被他的這句話給問得一愣，就聽季霆緊接著道：「小時候，爹娘對我非打即罵，與寵溺三個哥哥完全不同。我想不明白同樣是你們親生的孩子，為什麼你們會這麼不喜歡我？連我多吃了半個窩窩頭都要把我往死裡抽？後來才知爹娘是嫌我命硬，覺得我會剋了你們……」

季霆說到這裡，就忍不住譏諷的笑了起來，道：「爹娘把我養到八歲，過去整整十六年，我從學徒到鏢師，所得的銀子一分不少的全給了你們。這回受傷回家，我本以為我為家裡賺下了這麼大一份家業，爹娘、兄弟對我總會不一樣了，可誰知……」

他在「誰知」什麼，在場眾人都心知肚明。

季霆看著不敢與他對視的「親人」，雙眼刺痛卻流不出一滴淚來。他如今已經長大成人，已經有了想要相守一生的人，日後娶妻生子，也會過上老婆、孩子熱炕頭的好日子。

眼前閃過月寧乖巧的睡顏，季霆深吸了口氣，目光堅定的看著季洪海道：「過去的事情多說無益，我也不想再提了，如今既分了家，我希望大家以後能安生過各自的日子。爹娘給我買的媳婦，我很滿意，待她傷勢痊癒，我就會與她拜堂成親。所以我不希望再聽到爹娘或是誰再說什麼賣掉她，給我另買個新媳婦的話……」

不賣?!那怎麼行？不把那個女人賣了，她的銀子要從哪裡來？許氏一聽這話，差點沒跳起來，急得一個勁的去扯季文的衣袖，想讓他站出來說服季霆。

可季文此時哪裡還敢多話？他站在季洪海身邊，剛剛看的最是分明，老四剛才看老爺子那眼光就像要吃人似的，他可不是老爺子，他此時要是再跳出來，季霆肯定會跟他翻臉，所以他用力甩開許氏的手後，還暗暗瞪了她一眼，警告她安分。

許氏被季文瞪得縮了縮脖子，可一想到那些飛了的銀子，她就把所有的不甘和不滿都轉向季霆，一雙眼怨毒的盯著季霆不放。

季文和許氏這對夫妻的互動說來話長，可其實也就是幾個呼吸的工夫。

這邊季霆還在跟季洪海說：「還有一件事，兒子希望爹娘能夠成全。」

「什麼事？」

「爹娘既然把我分出去單過了，我希望二老日後也不要再插手管我這一房的事了，我指的是任何事。」

姜荷花一聽這話不幹了。「怎麼？我辛辛苦苦生養了你，還管不得你了？」

「娘是生了我，可娘妳捫心自問，妳有認真養過我嗎？為何從小到大，我只記得日日吃不飽穿不暖，餓得受不了了，去灶上偷了半個窩窩頭，還被妳打個半死？」

姜氏被季霆這話噎得說不出話來，可看著季霆眼裡滿滿的譏諷，她惱羞成怒吼道：「那時家裡六張嘴要吃飯，就我跟你爹兩個人幹活，大家喝的都是野菜糊糊，又不是只你一個人餓肚子！」

季霆嗤笑道：「那為何娘在灶房煮了雞蛋，把三個哥哥叫到灶房一人分了一個，自己吃了一個，還給爹留了一個，卻唯獨忘了我？爹娘心裡既然從來就沒有兒子，為何不乾脆還我們彼此一個清淨？」

姜荷花像是不認識季霆了一般，不敢置信的看著這個向來最沈默聽話的小兒子，在她想來，季霆不叫他們管他這一房的事，簡直就是對他們做爹娘的地位和尊嚴的嚴重挑釁。

她越想越氣，越想越覺得這個討厭的小兒子，是想扒了她臉皮往地上踩，不禁捂著胸口，一手指著季霆叫道：「你個逆子！老娘辛辛苦苦把你拉拔這麼大，你竟然還敢怨老娘沒給你吃飽穿暖？沒給你吃飽穿暖，你能長這麼大塊頭？你們四兄弟，要論誰最高大壯碩，你上頭三個哥哥哪個能比得上你？你現在竟然還敢對老娘說這種話，你個逆子！」

許氏見母子倆鬥上了，眼睛都亮了，誇張的撲到姜氏身邊又是拍胸又是撫背的，嘴裡一邊道：「娘妳消消氣，妳可別嚇媳婦啊，妳要是氣壞了身子可怎麼辦啊……」說完她又向季霆悲悲切切的喊道：「老四，你看你把娘氣的……」

「閉嘴！」馬大龍打雷般的一聲暴喝，嚇得在場除了季霆之外的四人齊齊一個哆嗦，許氏抬頭對上馬大龍殺人般的目光，腿一軟，直接就給嚇跪了。

季文一見大事不妙，機靈的往季洪海身後躲去。

而季洪海和姜荷花則雙雙捂著胸口，全都驚懼的瞪著馬大龍，一副隨時會嚇暈過去的模樣。

馬大龍揮著拳頭惡狠狠的朝許氏威脅道：「臭婆娘，老子忍妳很久了妳知道嗎？還敢趁老子不在家，跑老子家門口詆衊老子的婆娘跟老子的兄弟有染？妳真當老子是好欺負的？」

「沒，我沒有……我……我不說了……我再也不說了。」許氏嚇到身體不停往後直縮，等後背碰到季洪海的腿，她立馬連滾帶爬往躲在季洪海身後的季文爬去。「他爹，救我，快救我！」

季文都快被她這動作給嚇死了。要說村裡打自己婆娘的男人不少，可打別人家婆娘的男人基本是沒有的。誰家有了矛盾，都是揪著對方的男人揍的，他就怕馬大龍會把對許氏的怒氣發洩到他的身上來，這會兒巴不得馬大龍別注意到他才好。

可許氏偏偏要跑到他身後躲著，讓他躲無可躲了。

突然，季文福至心靈，腦子裡靈光一閃，回身就甩了許氏一個巴掌，嘴裡大聲罵道：「妳個敗家娘兒們，爹和娘跟老四說話，哪有妳一個婦道人家說話的分，還不給我老實待著。」說完還回身衝馬大龍擠出一個比哭還難看的笑。

季文的奴才相讓馬大龍眼睛都瞪大了，他似笑非笑的點點頭，又雙手抱胸退回到季霆身後，準備繼續看戲。

看著這樣膽小、不堪的父母和兄嫂，季霆也挺納悶，自己以前是怎麼被這樣的爹娘兄弟欺負到上天無路，入地無門的？

「爹，娘，你們只要答應我的條件，等我成親之日，自然會請爹娘過去，讓新媳婦給您二老磕頭敬茶。爹娘的孝敬，日後也可比照著三個哥哥來……」

姜荷花對自己的權益有著異常的敏感和執著，一聽季霆又說這話，她立即腿也不抖了，身體也不軟了，瞪著眼睛就向他吼道：「怎樣？老娘要是管你那一房的事，你還敢不孝敬我跟你爹啦？」

季霆看姜荷花這樣，心中竟不覺得難過了。「爹娘若是不想安生過日子，這天大地大，我哪裡都可去得，又不一定要住在這荷花村。到時候兒子帶著媳婦一走了之，爹娘別說是想插手管我這一房的事了，每年的孝敬更是一個銅板都撈不著。」

季洪海和姜荷花一聽這話心都涼了，就在季洪海想著要怎麼安撫住這個兒子時，姜荷花已經拍桌而起，衝著季霆嘶聲怒吼。「你要敢走，我跟你爹就去衙門告你不孝！」

季霆目光一寒，出口的聲音也冷了三分。

「娘想告就儘管去告吧！這個家能有如今這番光景是怎麼來的，大家心知肚明。分家的時候，爹娘硬逼著我出買媳婦的銀子，分給我的東西更是連二哥、三哥的三分之一都不到。昨日，娘和三個嫂子趁著我不在家時，上我那茅屋踹門，口口聲聲要將我媳婦給賣了。若非狀告自己的爹娘、兄弟，對名聲有礙，娘真以為，兒子沒想過去告官嗎？」

季洪海一聽這話臉都青了，季文和許氏更是嚇得差點尿了。

姜荷花又驚又怒指著季霆尖叫。「你……你個不孝子，你還想狀告你爹娘兄弟？你是存心不想我們好了，想要弄散這個家嗎？」

「娘不也說要去告我嗎？怎麼娘要告我就這麼理直氣壯，換我找縣令大人評理，就是要弄散這個家了呢？」

見連告官都嚇唬不住季霆，姜荷花慌了，磕磕巴巴指著他罵。「你、你個逆子！」

「夠了！妳個老婆子都在瞎說些啥？」季洪海還真怕姜荷花把小兒子給惹惱了，讓馬大龍借題發揮，在家裡鬧起來，於是只能放軟了語氣安撫季霆，道：「當初決定給你們分家，爹是知道你們都大了，有了自己的想法和心思，打算讓你們自己去過自己的小日子的，誰知這分家還分出怨言來了。既然你不想我和你娘管你的事，我們老兩口自然尊重你的選擇，不過今日之後，你若是遇到了什麼困難，我和你娘也是不會再管你的，這你可得想清楚了。」

季洪海原還想著自己把話說得重些，季霆會有所顧慮。可誰知他連猶豫都不猶豫就重重的點頭道：「兒子既然開了這個口，日後就算窮死，那也是咎由自取，自是不會上門要爹娘接濟的。」

看著決絕的小兒子，季洪海滿心不是滋味，他一早就知道，一旦讓他脫離自己的掌握，想再控制他就難了。可當他瞥見季霆的傷腿時，心裡突然就平衡了。

季霆以前就算再有出息，如今也已經廢了。一個瘸子，既不能下地幹活，又不能上山打獵，以後只怕三餐都成問題，還有什麼出息可言？

「既然這是你自己要求的，我和你娘就照你的意思辦，除此之外你可還有其他事要說的？若是沒事了，你就早點家去吧！」

「兒子倒還真有幾句話要和大哥、大嫂說。」季霆說著，轉頭看向躲在季洪海身後的季文和許氏，冷聲道：「大哥、大嫂莫要以為這世上就你們是聰明人，別人都是傻子。你們算計我，不被我發覺倒還罷了，要是被我知道了，就別怪我這個做弟弟的翻臉無情了。」

季文和許氏臉都嚇白了，可看著季霆撂下狠話後轉身一瘸一拐的離開，他們心裡才升起的那點害怕，突然就煙消雲散了。

季文和許氏的想法其實與季洪海差不多，他們都沒把瘸腿的季霆放在眼裡，沒等他走遠，心底的小算盤就又開始噼哩啪啦的撥動起來。

馬大龍無語的看著季霆瀟灑走出去，也連忙揮著拳頭撂下狠話，道：「昨天許氏嘴賤的事，看在季霆兄弟的面子上我就不追究了。不過我奉勸你們以後安分過日子，沒事別往南山腳那一片去，不然下次要是再鬧出什麼事情來，就別怪我老馬對你們不客氣。」

說完，馬大龍也不管季家四人有什麼反應，追著季霆就出去了。

等馬大龍走遠了，許氏眼珠子轉了轉就習慣性的想要給季霆上眼藥。

「這馬大龍也太欺負人了，他婆娘把我打成這樣，咱們都還沒找他們理論呢！他倒是先跑咱家來威脅人了。」許氏捂著臉嚶嚶的哭。「也怪我和我們當家的好心辦壞事，把老四給得罪了，不然馬大龍怎麼敢這麼欺負咱們啊……」

姜荷花正一肚子氣沒處發呢，聞言就朝許氏怒吼道：「夠了！妳個整天惹是生非的衰貨，妳還有臉在這裡哭？要不是因為妳辦的那些破事涼了老四的心，老娘好好的孝順兒子怎麼會跑來跟老娘鬧？老娘肚子裡爬出來的小崽子，辛辛苦苦拉拔大了還不讓老娘管了，沒良心啊！這以後叫我老婆子怎麼見人啊？」

姜荷花說著說著悲從中來，捂著臉就嚎啕大哭起來，也不知她是真傷心，還是怕這事傳出去後會讓她丟了臉。

季洪海被姜荷花哭到心頭火起，把季文和許氏劈頭蓋臉的臭罵了一頓，然後就把他們給趕了出去。

夫妻倆垂頭喪氣的走在村裡的土路上，在路邊玩耍的村裡孩子們遠遠看到他們，立即嘻嘻哈哈的圍上去又蹦又跳的唱道：「季家大婆娘，嘴臭挨打忙，臉腫得像豬頭，屁股給揍八瓣……」

「去，去，你們敢在這裡滿嘴噴糞，看老娘不打死你們！」許氏咬牙切齒的揮著拳頭，作勢就要打人。可村裡的孩子整天在山間地頭來回瘋跑，別看他們人小，那靈活的身手早就練出來了。

許氏一撲沒撲中，想再撲時孩子們就都有了準備，許氏連孩子們的衣角都沒沾到，反倒讓他們叫嚷得更加興奮了。

「許氏女，惡心腸，哄著公婆買婆娘，買個病婦給小叔，分家趕去住破房。許氏女，毒心腸，一見病婦人漂亮，想拿妯娌換銀兩。許氏女，壞心腸……」

季文臉都綠了，捏著拳頭才想要好好教訓一下這幫臭小子，抬頭就看到周圍幾戶人家的大人都被孩子們的笑鬧給吸引的走了出來，此時大家都正目光炯炯的盯著他們和他們揚起的拳頭看。

季文對上那一雙雙眼立時就孬了。又想到自家婆娘昨天才被田桂花給揍了，他今天回村想叫人去馬家鬧事不成，還被爹娘給趕出來了，他就覺得四周人落在他身上的眼神好像都在嘲笑他似的。

心裡氣得要死，可四周這麼多鄉親們看著，季文還真不敢拿那些臭小子們撒氣，只能用力一甩手，埋頭加快了腳步，逃命似的奔離村子。

許氏才想找自己男人幫忙，誰知一回頭就看到季文走遠了，急得她差點沒跳起來。

「當家的，你去哪兒啊？哎呀！你等等我……」

起鬨的孩子們一見許氏跑了，立即攆著她屁股後頭追了過去，嘴裡還很整齊的叫嚷著：「許氏女，惡心腸，哄著公婆買婆娘……」

夫妻倆被村裡的孩子一路追出村子，直跑了有半里地才狼狽的停下來順氣。季文回頭見孩子們沒追過來，就狠狠的往地上啐了一口。「一群小兔崽子，都給老子等著，總有一天要你們好看。」

許氏覺得她今天真是把這一輩子的氣都受夠了。「當家的，你還沒看出來這是有人在背後害咱們嗎？給老四買的那個女人只花了二兩銀子這事，老四到底是怎麼知道的？再說昨兒個，田桂花那臭婆娘明擺著就是故意想攔著我，不讓我進季老四家的。」

季文一聽這話就指著許氏罵道：「妳個蠢婆娘，妳那腦袋是光長著好看的嗎？怎麼就不想想，季老四跟那馬大龍打小就好得能穿一條褲子，季老四出門了，難道就不會把人放田桂花家，讓田桂花照顧嗎？」

第八章

許氏被罵得直縮脖子，結果一想季文的話，還真覺得是這個理，不禁就有些悻悻的道：「那、那怎麼辦啊？當家的，難道咱們就這麼算了嗎？」說著又懊惱道：「早知道那女人還有得救，咱們就自己請大夫給她治了。這一轉手可就是幾百兩銀子呢，都夠買多少田地了？現在，卻要便宜季老四了。」

許氏光想就心疼得直捶胸口。

「便宜他個鳥！」季文惡狠狠衝荷花村的方向吐了口唾沫，發狠道：「咱們先回去，我一會兒去看看能不能聯絡上那些人牙子，要是能說動他們，讓他們自己過來把那女人給弄回去，我們只管拿錢，那就再好不過了。」

想到賣了月寧能拿到的不菲銀兩，許氏想著想著就忍不住眉開眼笑起來。只是她那臉腫得整整脹大了好幾圈，還青一塊紫一塊的，這一笑起來實在傷眼。

季文恰好就看到了許氏這跟柿子被門夾了似的笑容，他胃裡一陣翻滾，好險沒吐出來。「快走，快走，趕緊回家去！」

季文扭頭就跑，那速度快得就跟背後有惡鬼在攆一樣。

「當家的，你等等我啊。」許氏看不到自己現在的尊容，還以為自家男人是心急回鎮上去找人牙子，心裡歡喜的跺著腳，扭腰嬌嗔道：「哎呀，你跑這麼快，叫人家怎麼跟得上嘛？」

季文受她剛才那一笑的刺激，此時聽許氏發嗲，他頭皮一麻，恨不得能多生出兩條腿，離她遠遠的才好。

見季文越跑越遠了，許氏這才急了，嘴裡一邊罵罵咧咧，一邊提裙狂追。

待兩人走遠了，他們方才站立的地方，路邊半人高的草叢一陣「沙沙」搖動，緊接著便響起一道特意壓低的孩子聲音。「他們走了嗎？」

草叢裡探出一張花貓似的小臉，綁著沖天辮的小男孩往跑遠的兩人背影看了眼，回頭悄聲跟身後的小夥伴道：「他們都走了，還跑得賊快哩。」

草叢又一陣「沙沙」搖動，一張同樣髒污的小臉探了出來。「我大伯和大伯娘果然不是好人，我娘說的話都是真的，可惜我爹不信哩。」季有剛說著就抓住朋友毛豆的手急道：「毛豆，你說我大伯和大伯娘是不是真打算賣掉我季四嬸啊？」

毛豆皺著小臉想了想，撓著頭道：「要不，咱們回家告訴我爹和你娘吧！我爹說大人比小孩子聰明，讓我有想不明白的事就去問他來著。」

季有剛立即重重的點頭，道：「好！那咱們分頭行動，你回去告訴你爹，我回去找我娘。」

「老規矩，事成之後，咱們村口的老槐樹下見。」毛豆行事果斷，話一說完就撒丫子往村子跑去。

季有剛一見小夥伴跑了，也立馬玩命似的往自家的方向跑去，深怕跑得慢了，毛豆一個人就把事情先說了。

月寧在滿室噴香的肉味裡醒來，揉著眼睛看了眼窗外白花花的陽光，推測大概快到午時了，又聽外間有「窸窸窣窣」的聲響，她便慢吞吞的下炕出去一看，果見季霆正坐在門檻上編竹筐。

「你今天一大早去哪兒了？我醒來都沒見到人。」月寧發誓她只是好奇，因為之前每次醒來，如果季霆不在，田桂花也會在屋裡看顧她，今天醒來突然沒見到半個人，這讓她挺納悶的。

「妳是在擔心我？」

月寧不客氣的回了他一個白眼。「我只是好奇，好不好？」

少女活潑靈動的樣子，光這麼看著就讓人覺得心情愉悅。季霆把編到一半的竹筐隨手一扔就拍著手站起來，抬腳往灶臺走去。「我早上上山挖了幾個小陷阱。」

月寧聞言驚訝的低頭去看他的傷腿。「你的腿好了？」她記得他昨天早上還拄著枴杖，裝瘸走路呢。

「嗯，好得差不多了，等再養幾天就能進山打獵了。」鍋裡的野雞已經燉了一早上，季霆一掀起鍋蓋，屋裡的肉香味就更濃了。

「你又燉雞了？」這味道香是香，可月寧聞了卻沒什麼胃口。

「今天燉的是野雞，我早上檢查陷阱時撿的。」季霆拿起勺子在鍋裡攪了攪，一邊拿碗舀雞，一邊道：「現在山上的草木枯得厲害，這野雞大概是少了吃食，比以前抓的雞瘦多了。」

野雞還是雞啊……

月寧探頭往鍋裡看了眼，就見滿鍋的肉塊在漂著黃油的湯水裡沈浮，看得她更沒胃口了。「現在山上是不是枯得連野菜都找不著了？」

季霆聞言，詫異的回頭看她。「妳想吃野菜？」

「也不一定要野菜啦，蘑菇、香菇、青菜、香蔥什麼的，只要別光是肉就成，天天吃雞真的好膩。」月寧愁眉苦臉的抱怨著。

「敢情妳還是個喜歡吃菜葉子的？」季霆好笑的搖搖頭。「早知道妳這麼好養活，我就不給妳尋那麼多老母雞了，就如今這世道，一隻雞要賣半兩銀子呢。」

「要不……你把剩下的雞都拿鎮上賣了吧，我保證未來半個月都不想再吃雞了，真的！」月寧眼見季霆要往她的小碗裡撈雞肉，立即拉住他的衣袖，蠻橫道：「我今天就吃白粥，不吃雞肉，不然我不吃了。」

季霆無奈瞥她一眼，看她態度堅決，也只能答應她。

「我要坐門檻上吃飯，這裡涼快。」

村裡人坐門檻上吃飯的不是沒有，不過眼前的小女人坐門檻上吃飯……季霆眉頭皺了皺，雖然極不贊同，卻還是依言把粥給月寧端了過去，一邊道：「昨天時間太趕了，倒是忘了要去木貴叔家買張桌子和凳子回來。」

「家裡不是有竹子嗎？我看你又會劈竹篾又會編竹筐、竹簍的，自己做幾張竹桌竹凳不就得了？」月寧像隻蝸牛般慢吞吞的走到門口，手扶著門框慢慢坐下，這才伸手接過季霆手裡的碗和竹匙開始吃粥。

「竹筐和竹簍都不難編，一看就會，可竹桌、竹凳都是篾匠吃飯的手藝，要學那個得先拜師才行，我可不會做。」季霆給自己也打了一大碗公粥，又從鍋裡撈了野雞肉放在上頭，然後也坐到月寧身邊，埋頭唏哩呼嚕的吃起來。

以前聽人說吃飯發出聲音，有多粗俗多噁心，月寧原還信以為真，可今天見了季霆這樣大口扒飯、大口嚼肉的樣子，她卻不覺得噁心，反而認為他吃得香極了。

「妳老看著我幹啥？」季霆都被她看得不自在了。

「拿你佐粥啊。」月寧笑得眉眼彎彎。

季霆不自在的咳了一聲，臉都紅了，只不過因為膚色黑，看不太出來。只有那紅透了的耳尖，洩漏了他此時的窘迫。不過見月寧開心，他也就索性破罐子破摔的任她看個夠。

這小女人平時見誰都是三分笑，看似待人熱忱，實則對誰都保持著距離，也唯有被他逼急了，氣得對他拳腳相向時才會露出真性情來。季霆倒沒覺得月寧的性情有哪裡不好，他樂意寵她，也喜歡看她笑，反而是她看人一臉平靜無波的時候，會讓他覺得渾身不自在。

最近為了把這小女人的膽兒養肥，他可沒少挨她的花拳繡腿，好不容易才把她寵得不怕他了，考慮到月寧打人的力氣有限，他也皮粗肉厚，他打算就這麼繼續縱著她，讓她在暴力女的路上走得更遠些。

待月寧把碗裡的白粥吃完，季霆都已經好胃口的在扒第二碗粥了。月寧拿著空碗，一手撐著下巴看著他道：「我教你做竹桌、竹椅吧，很簡單的。」

「妳跟人學過？」話一出口，季霆自己先否定了這個可能性，一個大家閨秀怎麼可能跑去拜篾匠為師呢？

果然，就見月寧搖頭道：「這個哪裡需要學啊？只要有一把力氣，想想也知道該怎麼做啊。」

季霆心想，他竹桌、竹椅也見過不少，別說靠想的，他就是用看的也不知道怎麼做。不過這小女人說的話若是為真，豈不是說明了他比較笨？

季霆揉了把臉，感覺和月寧說話什麼都好，就是這種腦袋跟不上的感覺，實在太糟心了。

「竹桌、竹椅很好做的，我畫個圖給你你就知道該怎麼做了。」月寧從地上撿塊小竹片，在夯得硬實的地面輕輕畫起來。她是學過畫的，所以只需寥寥幾筆就將桌椅畫出來了。月寧一邊解說一邊不時在上面圈圈點點，和季霆詳細解說幾處彎折的竅門。

季霆聽完，兩、三口把碗裡的粥吃光，起身將竹筐等物收了起來，重新從東屋裡搬了四根三公尺多的粗毛竹出來，根據月寧的說明，就蹲在地上搗鼓起來。

月寧長這麼大，一直以為手起刀落、一刀兩斷是形容劈西瓜的，誰知今天竟有機會見識竹子被一刀兩半的畫面。她滿眼的小星星幾乎都要滿溢出來了，崇拜的看著季霆道：「季大哥，你會不會輕功啊？就是那種一飛幾丈高，能在空中飄來飄去的功夫？」

季霆聽了，笑得半天都沒直起腰來，好半晌才道：「能在空中飄來飄去的那是鬼，不是人。練武也只是能讓人身體強壯點、力氣比一般人大些、行動上快速敏捷一點，如此而已，可沒有妳說的那麼神奇，妳別被那些說書人和話本子給騙了。」

月寧對這個回答不是很滿意，可回憶了下前身買的那幾個會拳腳功夫的家丁，好像還真沒見誰能飛簷走壁的，於是就有些意興闌珊了。她傷勢未癒，在門檻上坐了會兒，喝了藥就被季霆趕回內室休息去了。等晚上她醒來，季霆已經用竹子成功折騰出了一張歪歪斜斜的桌子。

雖然這張桌子的四角不太對稱，桌腳也是長短不一的，不過季霆頭一次做就能做成這樣，已經算很不錯了。

「拆了吧！桌腳劈短了還可以做兩張椅子，桌面上的竹條拆下來還可以繼續用，四角護邊沒用了，就劈了當柴燒吧。」月寧很中肯的給出建議。

季霆笑著應了，卻盯著歪斜的竹桌挪不開眼。這是他做的第一張桌子，雖然做壞了，可桌子的框架已經做出來了，他還是很有成就感的。「一會兒我再給妳做張好的。」

兩人正說著話，外頭突然傳來一陣不輕不重的拍門聲。

月寧好奇的往外探頭，卻被季霆一把拉住。「妳回屋裡待著，我出去看看。」說完也不等她說話，就跛著腿往外走去。

月寧看著之前還說自己腿好得差不多了的某人，以著像是被截肢了似的姿勢往外走，只覺得哭笑不得。她知道自己的臉容易惹禍，所以也不爭著出去。不過她也沒聽話的回內室去，而是轉身走到水缸邊，沾濕手指在窗戶一角輕輕戳了個小洞，然後瞇著眼睛往外看。

外頭，院門一開就露出門口一大一小兩個身影來。

「二嫂，剛子，你們怎麼來了？」在自家門前看到這個素來不愛管閒事的二嫂，季霆還是挺驚訝的。「有事嗎？」

黃氏一看季霆冷淡的神情，也知道是自己以往的處事方式，讓小叔寒心了，便也不多廢話，低頭對小兒子道：「有剛，你把早上追你大伯和大伯娘出村後聽到的話，一五一十說給你四叔聽。」

季有剛立即挺直了小胸膛，把季文和許氏的話都學了一遍。

「本來我早上就該帶剛子過來找你的，只是你早上才在家裡說了那些話，我怕萬一被人看到我帶著剛子過來你這邊，傳出什麼不好聽的給他爺和他奶聽到……」

「二嫂不必多言，我明白的。」季霆鄭重衝黃氏抱拳道：「多謝二嫂上門告知此事，日後待小弟有能力了，自有相報。」

旁邊的季有剛見季霆光謝他娘，不謝他，急得直蹦。「四叔，四叔，還有我呢！這事是我聽來的。」

季霆莞爾，伸手摸了摸他的頭，道：「四叔謝謝剛子了，要不是有剛子來告訴四叔此事，四叔還不知道你大伯和大伯娘還在打你季四嬸的主意呢。等你季四嬸好了，四叔就去鎮上給剛子買糖吃，好不好？」

季有剛忙不迭的用力點頭，眼睛都亮了。

「那我們這就回去了，你跟弟妹自己小心些，晚上別睡死了，一定要關好門戶啊。」黃氏牽起季有剛的手就要告辭。

季霆點點頭。「嫂子放心，我知道怎麼做的。」

黃氏也怕耽擱久了被人看到，拉著季有剛便急匆匆走了。

「娘，四叔要是買了糖給我，我能不能分一些給毛豆啊？」

季有剛走出老遠才想起自己的小夥伴，邊邁著小短腿小跑著跟上黃氏的腳步，邊道：「大伯和大伯娘的話是我跟毛豆一起聽到的，我們說好了我回家告訴妳，他回家告訴他爹，可他爹今天去鎮上賣柴火了。」

黃氏低頭對季有剛說了句什麼季霆沒聽清，不過聽著小姪子純真的童言，季霆感覺自己因爹娘冷透了的心，似乎又有了點溫度。

關好了院門，季霆回屋就見月寧沒事人般慢吞吞的往內室去，他看了眼窗紙上多出來的小洞，無奈的搖搖頭，什麼也沒說就去給她舀粥倒藥了。

等月寧吃過飯，洗了澡，又喝過藥睡下，季霆這才在院子裡起了個火堆，一邊借著火光研究怎麼做竹椅，一邊等著訪客上門。

要說毛豆的爹王鐵柱可是季霆的老友，王家就住在季家老宅的東首，兩家就隔著道牆，他沒被送去鏢局當學徒之前，王鐵柱一直是他最好的玩伴。後來兩人的年紀慢慢大了，雖然聯繫不多，感情卻並沒有淡。

南山坳這一片因為地處村外，再加上各家又住得遠，夜裡稍有點聲音就能傳出老遠。馬大龍又帶著田桂花去榆樹村接孩子了，因此這地方到了晚上就更加安靜了。

「沙沙」的腳步聲從遠處傳來時，季霆就了然的放下竹筒，起身往院門走去。

「石頭，我來了，快過來給我開門。」王鐵柱透過籬笆牆的縫隙看到院子裡有火光，便笑著小聲叫喚起來。

季霆背靠著大開的院門，好笑的看著王鐵柱揹著個大麻袋，手裡還掛著個大竹籃子，偏偏還走路不看路，他這麼大個人站在這裡竟然也沒看到。

「你眼睛往哪兒看呢，門早就給你開了。」

王鐵柱聽到聲音扭頭，見季霆正好整以暇的看著他，不由得怪叫道：「嗨，你開門就早說啊！沒見我揹著東西嗎？」他把手裡的籃子塞給季霆，就揹著麻袋徑直往院子裡走去。

季霆邊關門邊道：「你自己的日子也不好過，怎麼又給我送東西來？」

「我的日子就是再不好過，也比你好過些。」王鐵柱反駁完了，才又道：「聽說你託健波跟村人買菜吃，我就給你都拔了點，等你吃完了再讓健波去我家拿吧。」

「如今的蔬果精貴，你這一籃子瓜果拿到鎮上賣，少說也能賣個一兩多銀子了。」

王鐵柱原本一腳已經邁進屋子裡去了，聞言沒好氣的回頭瞪他，道：「就是再能賣銀子，我還能少你一口瓜果吃嗎？要是照你這麼說，當初若不是你讓我多打了一口井，我家如今連喝水都成問題，還哪來這麼水靈的菜吃啊？」

「得了，你就當我什麼都沒說，等兄弟度過了難關，日後再好好謝你吧。」

王鐵柱這才放過他，揹著糧袋進了東屋。

季霆走到火堆前，一邊蹲下把地上劈出來的廢竹料扔進火裡，一邊等王鐵柱出來。

「你大哥、大嫂還在打你媳婦的主意，打算拿她去賣錢，你知道不？」王鐵柱出來就把自家兒子告訴自己的話跟季霆說了一遍。

「畢竟是一個娘肚子裡爬出來的親兄弟，殺是不能殺了，反正他已經有了間雜貨鋪子，等我的腿好了，就去套他麻袋。」

「要不還是讓我來吧？你手勁重，萬一要是打超過了，不好辦。」

季霆睨了他一眼，哼道：「這是我自己的家事，你就別蹚渾水了。倒是你，毛豆都六歲了，你再不抓緊生一個，等老了就生不出來了。」

王鐵柱瞪起眼嚷嚷道：「好好的說你的事呢！你少給我轉移話題，再說又不是我不想生，這不是你嫂子懷不上嗎？」

季霆老神在在回道：「荀叔說男人要是太過勞累了，那玩意兒也會沒力氣的。」

王鐵柱想到自己打工回來，每次都累得想睡上三天三夜，就沒話說了。

季霆也不管他，自顧自的把挖好缺口的竹子放在火上燒烤，然後彎折出該有的弧度，把椅子腿套住。

「我回去了，你自個兒在這待著吧。」半晌之後，王鐵柱似終於想通了，扔掉手裡的竹篾，拍拍手站起來。

「路上黑，帶根火把照明吧！」季霆去院子一角翻出一根用破布和松脂自製的火把，點燃了遞給王鐵柱。

「那我走了，你菜吃完了叫健波去我家拿。」王鐵柱邊說邊往外走，步子邁得很大，一副很急的樣子。

季霆笑著應了，將人送到門口，看王鐵柱走遠了才關上院門，回來將東西收拾收拾，熄滅了火堆，帶著一臉的笑，安心關門回屋睡覺去了。

第二天一大早，月寧看著從後窗透進來的灰暗光線，發現自己竟然又睡在炕尾，不禁怨念的往自己晚上睡下的位置瞄了眼，怎麼都想不通自己白天睡覺都好好的，怎麼一到晚上睡覺就挪位置呢？

要不是這兩天她醒來時，季霆都已經不在炕上，她都要懷疑是那男人動了手腳。想不通的問題，月寧如今也沒有腦力去想。院子裡噼噼啪啪砍竹子的聲音又脆又響，聽著很是熱鬧。她穿好衣服，一邊十指如飛的將一頭長髮編成辮子，一邊往外間走去。

外頭的屋門大敞著，門外的屋簷下不知何時多了兩張膝蓋高的竹椅，而季霆正光著膀子，揮汗如雨的劈竹子。

月寧過去探頭看了眼，見地上已經躺了一堆長短不一的竹筒，看樣子像是準備做桌腳的，便抬頭向季霆看去，誰知他也正目光灼灼的看著她。她不禁心頭一顫，有些不自在的扭頭躲開他的視線，清了清嗓子才道：「你這是準備做竹桌嗎？」

季霆看著她泛紅的耳尖，嘴角無聲的咧了咧，抹了把汗，指著門前的兩張椅子衝月寧笑道：「我照妳說的用那張做壞的桌子搭了兩把椅子。這竹椅和桌子的作法差不多，這回我知道怎麼做了，今天中午肯定能叫妳用上新桌子。」

月寧見他興致這麼高，便也笑道：「好，那我就等著你的新桌子了。」

見她一笑，季霆就像打了雞血般充滿了力量，心情飛揚的繼續搗鼓竹桌去了，完全忘了月寧傷勢未癒，往日這個時候，他該幫月寧盛粥、倒藥了。

第九章

月寧洗漱完了，探頭見季霆還在那裡忙著，便自己挽了袖子往灶臺走去，伸手試了下鍋蓋的溫度，就將之掀起。鍋裡食物的香味蒸騰上來，月寧只聞著那股味道，眼睛便忍不住亮了亮。只見鍋裡的白粥間混雜著切碎了的綠葉，細看之下還有撕得細細的雞肉絲，一看就讓人有食慾。

月寧頓時就笑眯了眼。她昨天才抱怨沒菜吃，今天鍋裡的雞絲粥就加了青菜，她感動得扭頭往大門外看了眼，雖然這位置看不到那個熊一般壯碩的身影，心裡卻有著說不出的溫暖

剛出鍋的粥熱氣滾滾的，月寧把粥舀好放在灶臺上晾著，見季霆還沈迷在製作竹桌中不可自拔，便轉身去屋裡翻出黑色的細棉布，照著季霆的尺寸裁剪起來。

季霆身上的衣服已經打了不少補丁，他既然對她好，月寧便也決定投桃報李，先給他做兩身換洗的衣裳出來。

大梁朝的男裝呈兩極化，如富貴人家的常服和外裳，有些甚至做得比女服都複雜精緻，但如季霆這樣整天做粗活的普通百姓，衣服的款式都是怎麼簡單怎麼來。

有了之前做內衣的經驗，月寧如今縫起衣服來走線又快又工整，兩隻袖子沒兩下就縫好了。她抖開正身的布料正準備繼續縫製，突然想到上一世看到的馬褂式樣，拍拍額頭，又重新拿剪刀裁了件超大號的無袖馬褂，邊角料則都細細的裁成細布條，用來做布扣。

季霆心神都在做竹桌上，眼角雖瞄到了月寧出來，見她坐在椅子上縫衣服，也就安心忙自己的了。

有人說認真工作的男人是最有魅力的。月寧看季霆做竹桌，魅力是看不出來，倒是覺得他就像個得了新玩具的孩子似地起勁，看著還頗有趣的。

馬褂式樣簡單，月寧素手起落，衣服很快就成型了。那邊季霆也終於把竹桌做出來了，他繞著竹桌轉了一圈，左右打量著，喜得嘴角止不住的往上翹。他想叫月寧來看，抬頭見她正安靜的坐在屋簷下低頭縫衣裳，素手起落間她嫻靜優雅的模樣，美得像一幅畫。

季霆看癡了，不忍打擾她，想了想便拿起石銼，仔細的打磨起竹桌上的毛刺來。

「石頭，你這一大早的在院子裡折騰啥呢？我前幾天不是才幫你劈了好幾捆竹篾了嗎？」馬大龍睏倦的聲音嚇了院裡專心做事的月寧一跳。

矮牆那頭，馬大龍肩上掛著條白色布巾，正睡眼惺忪的一邊揉眼屎，一邊瞇著眼睛探頭往他們院裡看。看這樣子，應該是被季霆弄出的噪音給吵醒的。

月寧往製造噪音的季霆看去，他卻一點都沒有擾人清夢的自覺，衝馬大龍朗聲笑道：「馬大哥早啊，你們是昨天半夜回來的吧？我正在做竹桌子呢，家裡沒桌又沒凳的，來個人連坐的地方都沒有，太不方便了。」

馬大龍原本惺忪的瞇瞇眼，立即就瞪大了。「你小子還會用竹篾做桌子?!不錯嘛！這我得過去瞧瞧！」他直接手在矮牆上一撐，「咻」的一聲跳進院子。

月寧看著那堵足有她胸部高的矮牆，嘴角忍不住就抽了抽。

馬大龍繞著新出爐的竹桌這瞧瞧那摸摸，不時還要問上兩句，嘴裡不時「嘖嘖」有聲。季霆也不藏私，對他有問必答。

竹桌的作法本就簡單，季霆一陣解說之後，又有已經做好的竹桌和竹椅參考，馬大龍聽得兩眼放光，抓耳撓腮的纏著他，要和他一起也做一張桌子。

季霆被纏得沒辦法，往屋簷下低頭縫衣服的月寧看了一眼，看她嘴角含笑，今天精神似乎還不錯的樣子，便勉為其難答應了。

不過這會兒季霆也記起來，該給月寧盛粥倒藥了，他去井邊洗了手，就忙不迭的往屋裡去。可才走到門口，他就看到灶臺上擺放的一大一小兩個冒著熱氣的碗。屋裡除了他和月寧沒別人了，此時灶臺上擺著的兩碗粥，不用想也知道應該是那小女人舀好放在那裡晾涼的。

季霆扭頭去看月寧，目光從她蒼白的臉上，移到她細白的纖纖十指上，這才注意到她手裡拿著的布料是黑色的，而且看那樣式大小好像還是他的。季霆的眼睛一下就亮了，像是想到了什麼，他嘴角微勾，一抹喜意就從眼角眉梢透了出來。

馬大龍蹲在地上挑揀著能用的竹筒，根本不知道季霆此時的心理變化，只低著頭叫道：「石頭，這些邊角料也僅夠做一張竹椅的了，你那屋裡還有竹子沒？」

季霆被他這一嗓子喊得回了神，穩了穩飛揚的心緒，才道：「竹子還有。」

「那我去搬幾根出來，你來教我怎麼做。」馬大龍說著拍了拍手上的灰，自動自發起身去屋裡搬竹子了。

季霆乘機湊到月寧身邊，兩眼放光的伸手輕輕碰了下她的胳膊。「月寧。」

「啊？」月寧茫然的抬頭。

季霆想問她是不是在給自己做衣裳，又怕這衣服不是做給他的，他現在自作多情的問出口反而尷尬，只好道：「馬大哥要搬竹子出來，我幫妳把椅子挪到那邊去，省得不小心碰到妳。」

不過是挪個地方，月寧自然毫無異議，乖乖起身讓季霆幫她把椅子擺到窗檯邊去，一點都沒發覺他的糾結。

田桂花起床後沒見到自家男人，從屋裡出來往這邊院子裡看了一眼，見季霆三人正各忙各的，也沒出聲，甩著手就回屋做飯去了。

再說前一天，季文夫妻倆匆匆趕回鎮上之後，季文與許氏交代了一聲，兩人就在鎮門口分了手。

許氏懷著要讓季霆好看，把他那個半死的媳婦賣了，好收穫一大筆巨財的美夢，高高興興回了自家的雜貨鋪。

季文興沖沖的去了當日碰到那幫人牙子的小客棧詢問，只可惜任他如何套交情，客棧掌櫃也只回說那幫人牙子只是偶爾會在這客棧落腳，別的就一問三不知了。

季文無奈，只能從小客棧裡出來。站在街上，他抬眼看著滿大街或揹著行囊準備返鄉，或蹲在街旁乞討的難民，看著他們有些人身上雖然破舊，卻仍能看出好質地的衣服，突然就想到了多年前還在土裡刨食，每天為了多賺十文錢，天沒亮就要起床趕到鎮上給人打短工的自己。

又想到他當初看到月寧像個破布娃娃般被人甩到板車上，要送去亂葬崗扔掉時的情景。那個女人本應該死的，他季文身為季家長子，也不過就是娶了個村姑過日子，那季石頭怎配有個那麼漂亮的女人當媳婦？

心頭湧上來的強烈不甘，以及想到轉手賣掉月寧後的收益，讓季文重新進到小客棧裡，他摸出一錢碎銀遞給站在櫃檯內的中年男子，笑道：「掌櫃的，那些人牙子若是再來你這兒投宿，煩勞你一定派人去告訴我一聲，我手裡可是有筆好買賣想和他們談呢。」

中年掌櫃瞇起眼，臉上堆著笑容，眼底卻飛快的閃過抹輕蔑之色。「季老闆最近可是發財了？前些日子才買了個人回去，這是又準備要買人？」

福田鎮就這麼點大，附近十里八村的人就沒幾個不認識季霆的，季文哪裡敢向掌櫃的透露詳情啊？畢竟私賣弟媳的名聲可不好聽。他嘴裡打著哈哈，只道：「掌櫃的可要把我這事記在心上啊，那些人要是再來你這兒，可一定要派人去告訴我一聲，到時候，在下必定另有重謝。」

「忘不了，忘不了。」掌櫃的將手裡的一錢碎銀在手裡拋了拋，有些意味深長的笑道：「我就算不看季老闆的面子，還能不看銀子的面子嗎？這事我記下了，季老闆就放心吧。」

這天下，誰還不喜歡銀子啊？季文覺得掌櫃的這話實誠，便放心的回家去了。

看著季文走遠的背影，掌櫃的又將手心裡的一錢銀子往上拋了拋，「嘿嘿」低笑一聲，轉身就進了後院。

後院的堂屋裡，十來個大漢正打著赤膊，圍著桌子大口吃喝。見掌櫃的進來，就有人嚷嚷道：「老四，小順說外頭有人打聽咱們，你可知來人是個什麼路數？」

被稱為老四的中年掌櫃渾不在意的笑道：「十多天前你們押貨往南去時，不是有個傻子攔著你們，硬是把那個快斷氣的女人給買走了嗎？方才來的就是那個傻子。我上次派人查過，他名叫季文，在鎮上開了間雜貨鋪，有個弟弟是個鏢師，倒勉強也能算半個江湖中人，不過聽說半個月前走鏢時傷了腿，已經廢了，沒啥威脅。」

坐在首位的那個落腮鬍大漢卻放下酒碗，不贊同的抬頭看著掌櫃的，道：「他打聽咱們的目的，你知道？」

「說是想跟咱們談筆買賣。」掌櫃的說到這個，還故意抛了抛手心裡的一錢碎銀，笑道：「瞧見沒？這銀子就是他給我的打賞。」

眾人聞言，看著掌櫃的正抛著玩兒的那一塊小得可憐的一錢碎銀，紛紛哈哈大笑起來。

待得眾人笑畢，落腮鬍大漢衝掌櫃的道：「派人去打聽一下他買去的那個女人如今在哪兒，咱們吃這口飯的，還是要小心為妙。那女人是我們半路搶的，生得那樣一張好臉，又一身的細皮嫩肉，也不知道是個什麼來歷，那時要不是看她確實快死了，送到南邊那就是棵妥妥的搖錢樹。如今那姓季的既然找上門來，想來這其中必定出現了變故，你先派人去查查是怎麼回事，咱們再看要怎麼處置這姓季的。」

掌櫃的答應一聲，招呼眾人吃好喝好，便轉身到前頭安排去了。

季文絲毫不知自己上門找人牙子想要轉手賣掉月寧，已讓這群人牙子對他生出了殺心，一整天都沈浸在賣了月寧之後，從此過著人上人的生活，而季霆受不住打擊，一輩子過得淒淒慘慘的幻想中，心情飛揚，一連幾個熟客進鋪子買東西都送了添頭。

弄得這幾個熟客紛紛抬頭望天。奇怪，今天太陽也沒打西邊出來，怎麼向來最是摳門不過的季家老大，會突然轉了性子，捨得送東西給他們做添頭了呢？

客棧掌櫃派出去的人，不到晌午就把季家的情況打聽清楚了。一群幹慣擄人買賣的黑人牙子，一聽季家的種種鬧劇，差點沒把嘴巴給笑歪了。

為首的落腮鬍大漢當即拍板。「這活幹得。」

活著的月寧，對於他們這些人來說，那就是一棵搖錢樹，只要能把她完好無損的送到南邊，就能給他們賺到無盡的財富。

最為難得的是，這事還有季文這個大伯哥擋在前頭做擋箭牌，他們只需給季文一點好處，就能全無後顧之憂的帶走月寧，在手續上還是合法的，這樣的買賣簡直是打著燈籠都沒地方找。

於是不到傍晚時分，季文就等到了客棧的店小二前來報信。知道把月寧賣給他的那夥人牙子到了福田鎮，季文高興得差點沒跳起來，和許氏一路小跑著去了小客棧。

待到半個時辰之後出來，兩人埋著頭，腳步匆匆的往家裡跑，那模樣讓路上的行人都不禁頻頻回頭看他們。

是夜，天邊缺了一塊的月亮賞臉的灑下大片銀光，為土路上疾行的五個黑衣大漢照明了前行的方向。荷花村村口的大槐樹下，幾隻在樹下露宿的土狗一聽有生人靠近，紛紛跳起來「汪汪」狂吠。

五個黑衣人被幾隻土狗弄了個措手不及，眼神狠戾，紛紛出手。幾道細薄的黑影自幾人手裡飛出，融入夜色裡，下一刻便響起一片土狗的「嗷嗷」慘嚎聲。

原以為不入村就不會驚動村子裡的狗，誰知還沒到村口就被幾隻土狗給喊破了行蹤，五人站在那裡一時全沒了主意。

一人略顯驚慌的低聲問道：「怎麼辦？」

為首的一人沈聲道：「先等等看。」

等等看什麼呢？這些人自然是想看看，村裡的人是否會被狗吠聲引來，若是來的人多，他們也就只能撤了。

時間一點點的過去，槐樹下的幾隻土狗低嗚著聲息漸弱，荷花村裡一片寂靜，不說住在村子裡的人家，就是村口的幾戶，也沒人因狗吠聲而起身查看。

五個黑衣人站在那裡默默對視了會兒，都不由得「嘿嘿」的悶聲笑了起來。

「就這警覺性，以後咱們要是手裡沒貨了，倒是可以考慮從村子裡挑幾個顏色好的女人掠走。」此話一出，幾人紛紛點頭表示贊同，顯然甚得眾人心意。

沒一會兒，樹下的土狗就全沒了聲息，荷花村裡仍舊靜悄悄的，好像就連雞鴨牛馬等牲畜都睡著了。

幾人皆放鬆了心情，不無得意的嗤笑一聲，這才不緊不慢的抬腳往不遠處的山腳而去，卻不知他們這慢吞吞的做事態度早就惹人不滿了。

季霆自從聽說季文會找人來擄月寧，就想好了應對辦法，村口大槐樹下會有那麼多狗，就是他事先安排的，而安排之二，自然就是他的好鄰居兼好師兄馬大龍。所以村口那邊的狗吠聲一起，兩人就醒了。馬大龍點了田桂花和幾個孩子的睡穴，就出來查看情況了。

季霆在屋裡檢查過門窗都已經從裡面閂好了，又點了月寧的睡穴，站在炕前不放心的打量了她好幾眼，這才拿著自己的大刀從後窗翻出來，反手掩好了窗，摸黑從後院繞到前院來。

馬大龍立在兩家間的矮牆上，手搭著涼棚眺望大槐樹的方向，一邊不耐煩低聲罵道：「這群龜孫子到底打哪兒來的？出來混之前，家裡長輩都沒教過他們怎麼偷雞摸狗嗎？大半夜的跑出來擾人清夢也罷，還不知道索利些，做事這麼不敬業，是怎麼活到這麼大的？看看、看看，鬧出這麼大動靜了，還不知道要趕緊行動，一個個的杵那兒當柱子呢！」

季霆很無奈的看著他，道：「你站在那裡是深怕別人看不見你嗎？還不趕緊下來。」

馬大龍不在意的「嘿嘿」笑道：「咱們這一片有南山擋著，太陽曬得到，月亮曬不著，打村口那邊過來，看咱們這兒都是黑乎乎的，就憑那些癟三，你以為他們能看得到我？」話雖這麼說，他還是從矮牆上下來了。看季霆還伸手去推自家的屋門，他身體往後一靠，手搭著矮牆斜睨著季霆，取笑道：「都已經從裡面上閂了，還不放心啊？你這未免也太小心了吧？」

「小心無大錯。」季霆就地坐下，開始動手拆起大刀上纏著的黑布來。「一會兒咱們動作快點，不然等把師傅他們驚動出來，少不得又得挨訓了。」

「這又不是說不驚動就能不驚動的，對方有五個人呢，也不知道身手如何。」馬大龍隔空往姚家的方向看了一眼，想到姚鵬的火爆脾氣，就忍不住心裡發怵的縮了縮脖子。「要不……咱們把他們引到別處解決？」

季霆連個眼神都懶得給馬大龍，豎耳傾聽了片刻，發現並無腳步聲靠近，才不屑的低嗤了一聲，道：「這夥人敢半夜跑來擄人，辦事卻如此沒經驗，也不知道季文是打哪兒找來的這麼一夥人。」

「你管他打哪兒找的，一會兒把人解決了就全丟山裡餵狼去。」馬大龍說完又幸災樂禍的笑起來。「等那夥人牙子明日發現不對，你猜他們會不會拿你那便宜大哥出氣？」

季霆正拿著裹刀布來回擦拭著閃著寒光的大刀，聞言只是低聲冷笑。「種什麼因，得什麼果，這麻煩是他自己惹來的，是死是活都得他自己受著。」

「喲！這是終於想通了？」馬大龍像是看到了什麼稀奇似的，正想再調侃季霆幾句，卻聽幾道微不可聞的腳步聲自村口方向不緊不慢的往這邊靠近。

馬大龍嘴角一抽，這回真是連吐槽都懶了，提著鐵棍走到季霆身邊，微不可聞的問他：「直接上還是搞埋伏？」

半夜跑出來偷雞摸狗，還能這麼不著急的，一看就知道是江湖菜鳥，這樣的人就算身手再好也有限，所以馬大龍以一個江湖老鳥的眼光直接判定了這些人的危險指數。

「埋伏吧。」

江湖中死於意外的高手從來不少，就是對方武功再菜，季霆也不會拿自己和馬大龍的安全開玩笑，畢竟他們身後是全無縛雞之力的女人和孩子，他賭不起這個萬一。

「一會兒全部敲暈了，帶去後山再補刀，記得別留下痕跡。」

「這還要你說？」馬大龍輕嗤一聲，兩步躥回自家院裡，靠著矮牆一蹲就看不到人影了。

季霆左右看看，第一次後悔自己當初圖省事只搭了個籬笆牆了事，這處處都是窟窿眼兒的籬笆牆，就算對方再菜，這麼近的距離也能把院子裡的情況看清楚了，搞得他現在想埋伏人還沒地方藏，實在太尷尬了。自家的屋頂倒是剛修過，不過想想自己的身材，他還是歇了躲屋頂上的心思，閃身站到了屋角的陰影裡。

「從村口過去，山腳下第二家。」

「兩家連在一塊，圍著籬笆牆的茅屋，應該就是這一家了。」

五個黑衣人慢吞吞的過來，竟還一路念念有詞，聽得躲在矮牆邊的馬大龍差點沒笑出聲來。要不是此時正值深更半夜，外頭那五個人也是一身黑衣，蒙頭遮臉的模樣，他還真會以為這些人是過來走親戚的呢。

五個黑衣人才在院門前站定，就聽一人很白癡的問了一句。「咱們怎麼進去啊？」

「廢話，自然是翻牆進去了，你難道還指望會有人給你開門不成？」被罵的那人直接伸手輕推了下籬笆牆，一排竹籬笆立即搖了搖，用實際行動證明它們雖然叫籬笆牆，但真的不適合攀爬。

五個黑衣人頓時都有些傻眼，一人忍不住吐槽道：「這季老四要不是藝高人膽大，就是實在窮得沒法子了，不然住在村外的荒山腳下，還修個只能當擺設的竹籬笆牆，既防不住蛇蟲鼠蟻，也擋不住野狼野豬，圍著圖好看嗎？」

被說中心事的季霆黑著臉，站在屋角的陰影裡，也覺得自己太傻太天真了！

「你管他圖什麼。」為首的黑衣人不耐煩的罵道：「別忘了咱們是來幹麼的，老七，你去把門撬開。」

叫老七的黑衣人低低答應了一聲，拔出匕首上前熟練的開始撬動門閂。匕首在門縫裡連番動作，院門沒兩下就被撬開了。

那叫老七的黑衣人一馬當先走進了院子裡，另外四個黑衣人見狀立即歡快的跟上。

第十章

馬大龍數著腳步聲，悄悄自矮牆邊探出頭來，手裡的鐵棍對準走在最後的黑衣人，衝著他的後脖頸就是重重一下。

季霆幾乎同時閃電般從屋角的陰影裡飛撲出來，手中刀背狠狠砍向站在門前正打算撬門的老七。

突然撲出來的人影和破風聲嚇了幾個黑衣人一跳，走在最後的黑衣人直覺想要閃躲，卻聽前邊同伴活像個被人逼著扒光衣服的貞潔烈女般尖聲叫道：「有埋伏！」尖細的高音嚇得幾人同時一個哆嗦，受到攻擊的兩人回神再想閃躲已經來不及了。先後兩道擊打肉體的「嘭嘭」聲響起的同時，「哢哢」的骨頭碎裂聲也清晰的傳進了眾人的耳朵裡。

幾乎同時，南山上的夜鳥「嘩」的一起全都撲騰著亂叫亂飛起來。

鬧出了這麼大的動靜，一頓臭罵肯定是逃不了了。馬大龍一時怒從心起，出手就用了全力，趁著三個黑衣人還沒反應過來，他腳下一蹬矮牆就飛身躍起，手裡的鐵棍從上而下，朝著最近一人的頭頂就狠狠擊了下去。

「去死吧！」

只聽「啪」一聲悶響，又一黑衣人應聲倒地。

那邊季霆也已兔起鶻落般又解決了一人。

「老七，五哥……」場中唯一還站著的黑衣人已經嚇得只知道尖叫了。

這宛如被人蹂躪般的尖細嗓音，落在馬大龍和季霆耳裡，聽得兩人大恨不已。要不是這混蛋像個娘們兒似的亂叫，哪會驚動五十公尺外的姚家人？那一家子男人個個都是練家子，他叫成這樣還會聽不到？

作為一個偷雞摸狗被發現的壞蛋，竟然不知道安安靜靜挨悶棍，實在是太可恨了！季霆抬腳將那還在大吼大叫的黑衣人踹倒，馬大龍眼明手快的一棍子下去，世界頓時就安靜了。

這一切說來話長，可實際上從馬大龍和季霆開始動手，到打倒最後一個黑衣人，總共也不過幾息時間。

被驚起的夜鳥揮著翅膀還在天上「嘎嘎」亂叫，馬大龍拄著鐵棍，只覺無比憋悶，因為他已經聽到遠處響起的開門聲了。他轉頭去問低頭查看黑衣人情況的季霆。「怎麼辦？」

「驚都驚動了，還能怎麼辦？」五個黑衣人，四個頸骨碎裂，一個被爆頭，都死得不能再死了。季霆將五人身上搜出來的錢袋都收了，聞著空氣裡濃重的血腥氣，不禁朝馬大龍埋怨道：「你下手太重了，那些東西濺在地上很難清洗的。」

「那就別洗了。」馬大龍對此渾不在意。「回頭我上山打頭野豬回來，不就什麼都解決了？」反正豬血和人血都是同顏色，只要他們不說，誰知道地上濺的那些東西是人身上的，還是豬身上的啊？

「解決什麼？石頭，大龍，你們這邊出什麼事了？」院外的黑暗中傳來一道蒼老的詢問聲，隨著幾道腳步聲接近，三道高大的身影出現在季霆家的院門口。

季霆忙迎過去，道：「師傅，我們沒事，就是來了五個闖空門的，不過剛剛已經被我和馬大哥解決了。」

「闖空門的？什麼來路？」姚鵬大步走進院子裡，看了眼地上倒伏著的幾道黑影，不待季霆回答便吩咐道：「點個火把過來。」

季霆敢說不嗎？他不敢，所以只能無奈的去柴堆裡找出火把來點燃。

火光一亮，院子裡的情景對於夜視能力極好的幾人來說一目了然。姚鵬一見地上的狼籍和一地的黑衣人，便瞪著兩人斥道：「胡鬧！弄成這樣要是收拾不乾淨，嚇到了女人和孩子，我看你們怎麼辦？」

「誰知道敢半夜上門擄人的壞蛋，軟蛋得打個架還會學女人一樣尖叫啊？」馬大龍低聲抱怨著，碰到個不走尋常路線的壞蛋，他們也很無奈的好不好？這不是一時氣憤，沒收住手嘛……

他們都覺得很委屈，不過對上姚鵬的怒目，兩人也只能乖乖低頭聽訓。

「還杵著裝什麼柱子啊？還不趕緊收拾！」姚鵬火大的一瞪眼，馬大龍和季霆趕緊一個跑去打水，一個過去搬屍體。

姚鵬看馬大龍連平時捆野豬用的繩子都拿出來了，便知道他們要將屍體扔到後山去，忙招呼身後的兩個兒子。「錦華，錦富，你們也過去幫忙。」又把燃著的火把熄了，吩咐季霆道：「先不忙沖洗院子，我幫你在這裡看著，你跟他們先一起把這些東西扔後山去。」

以在場四人的體魄來說，要把地上這五人弄上山還是很輕鬆的。四人將五個黑衣人一一捆綁好，馬大龍一人揹了兩個，其他人一人揹一個，四人腳步如飛的直接從季家後院，翻過土牆上了山。

南山往南再翻兩個山頭，就會進入深山範圍，今年的天旱得連山裡的動物都餓瘦了。半夜正值野獸出沒的時候，幾人才剛走到深山周邊，飄散開來的血腥氣就讓深山裡的野獸跟打了雞血一樣的沸騰起來。

遠處林子裡的獸吼一聲接一聲的響起，動物的奔跑聲在寂靜的山林裡，雖然距離尚遠，卻聽得四人寒毛倒豎。

馬大龍當機立斷，一邊把背上的黑衣人扔下，一邊道：「就扔這兒吧！山裡的野獸都餓得狠了，一聞到血腥味就全像蒼蠅一樣撲過來了，咱們快走，不然一會兒就走不了了。」

四人動作飛快的收了繩子，扔下五個黑衣人就腳底抹油，一個比一個跑得快。待他們跑到對面山頂上再回頭看時，恰好看到那一處山林裡飛射出無數的灰影。那一雙雙在黑夜裡移動的幽綠色獸眼，看得四人都忍不住倒抽了一口冷氣。

以他們四人的武功自然不會怕這些狼，不過山上狼群的數量如此之多，若是天再旱下去，群狼在山上找不到食物就會下山覓食。而他們這些住在南山山腳下的人家將會首當其衝。別家人也罷，季霆家的那個籬笆牆在狼群面前根本形同虛設，而兩家之間的那道矮牆，連帶馬大龍家也會有危險。

「老子明天一早就找人把矮牆砌成高牆。」馬大龍發狠般的瞪著遠處山林裡的獸眼，嘬了嘬牙花子，扭頭問季霆。「你呢？你家那個破籬笆牆修不修？」

季霆笑道：「你砌牆的時候，順便幫我把院牆也砌了吧！我那茅屋估計也住不了多久，要是起新屋的話，那三間茅屋就送你了，你現在幫我砌圍牆也就等於是在給你自己砌。」末了還問馬大龍。「聽到這個消息，驚不驚喜？」

「驚喜你妹！」馬大龍甩頭就走，邊走邊忍不住抱怨。「我信你才有鬼，你那茅屋要不是只有一張炕，你能跟那姓月的小姑娘打得火熱？一看你那模樣就知道你肯定還沒得手，你捨得現在就起新房？」

季霆摸了摸鼻子，悻悻道：「月寧姓陳，不姓月，月寧只是她的小字。」

馬大龍哼了一聲，繼續嘮叨。「就沒見過一個姑娘家不跟人說名字，只讓人叫她小字的。姑娘家小字不是只給親近之人叫的嗎？你家那位怎麼這麼與眾不同？」

兩人說著話，腳下也走得飛快，崎嶇的山路，在摸黑前行的四人看來跟平路也差不了多少，就是閉著眼睛都能走下山。

「她說她自小被養在莊子上，又是庶女，可能對自己的家族有心結吧？」季霆想到這個就想嘆氣，他想給月寧一個盛大的婚禮，三媒六聘明媒正娶，可聽她的口風，她的家世實在不是他能高攀的。要是不想到手的媳婦飛了，他唯一的辦法就是先斬後奏，先把人娶回家生了娃娃再說。

馬大龍嘖了一聲就不說話了。姚家兩兄弟從頭到尾都只微笑著聽他們說話，並不發表看法。幾人下山的速度比之上山快了一倍都不止，沒一會兒就回到了季家。

姚鵬大馬金刀的在院中的井口上坐著，見四人回來，才問了句。「都處理好了？」

馬大龍道：「過了今晚，那五個人保證連個骨頭渣子都不會剩下。」說著，又將在山上看到的狼群數量說了。「我們才走到周邊就聽到了林子裡的獸吼，只能扔下東西趕緊撤了。」

姚鵬微微沈吟了下，便示意季霆等人，「狼群的事情明天再說，你們先把院子沖洗乾淨吧。」說著也不理自己的兩個兒子，背著手便走了。

福田鎮上，小客棧的後院裡燈火亮了一整晚，可直到天邊泛白，堂屋裡的眾人也沒等到早該回來的人。

「大家收拾收拾，咱們先去南邊，老四這幾天注意一下外頭的風聲。」坐在首位的落腮鬍大漢面色沈重，他抬頭環顧了眼眾人，沈聲道：「若是老五他們只是被絆住了，那是再好不過，等他們回來了，老四你立即安排車馬讓他們南下。可若是他們遭難了，你派人弄清楚對方是什麼來頭，等這邊的風頭一過，老子就回來給他們報仇。」

底下一個大漢突然出聲道：「四哥不是說那個叫季霆的小子已經廢了嗎？照理說不可能有意外啊，大哥，你說老七他們會不會是碰上同道了？」黑吃黑的情況在江湖中並不少見，畢竟當初那個叫陳芷蔓的女人，也是他們從混過界的黑牙子夫妻手裡搶過來的。

落腮鬍大漢搖頭。「若是同道，不會不知道規矩。」在道上，碰上同道中人，只要交出貨物是可以保命的，可都這個時辰了，幾個兄弟還沒回來，落腮鬍大漢就知道他們應該凶多吉少了。

「不管他們出了什麼狀況，咱們南下的行程不變。老四，這裡就交給你了，要是碰到危險你也別硬扛，留得青山在不怕沒柴燒，只要有命在，銀子總會賺回來的。」

叫老四的掌櫃躬身應是，看著眾人隨著落腮鬍大漢魚貫而出，他扭頭看了眼無人坐的五張椅子，微不可見的嘆了口氣。

翌日起床，月寧除了洗漱吃飯，一整天都忙著在屋裡做衣服。

季霆見她不出門，倒是鬆了口氣，忙叫上馬大龍和姚家兄弟，一群人進進出出的將昨夜為了消除痕跡而弄得坑坑窪窪的院子修整好，然後一群人就這麼大咧咧的坐在院子裡，小聲商量起怎麼對付山上的狼群來。

可此後幾天，月寧都在忙著給自己和季霆做衣服，根本就沒時間搭理季霆。

季霆等了兩天都沒等到自己的新衣，一連幾天都小心覷著月寧的臉色行事，深怕把她惹惱了，他的衣服就與他永無相見之日了。

這日恰逢荀元上門看診。給月寧細細把了脈之後，荀元滿意的點點頭，笑道：「恢復得不錯，腦中的血塊已經散了，這幾天頭應該不疼了吧？」

月寧乖順的點頭答道：「昨日起來後就不疼了，就是坐臥時一站起來就會眼前發黑，頭暈目眩的。」

「這都是正常的，妳這次傷得凶險，能撿回一條小命已是萬幸，受傷之後氣血兩虧，這頭暈目眩的毛病沒三五個月養不好，所以記得，妳坐臥起身時一定要慢慢來，切不可著急。平日裡也要注意多休息，重活、累活一律不能幹，若是覺得無聊了就在屋裡繡繡花，像是燒火、打水一類的活計都交給石頭做，妳就不要沾手了。」

月寧覺得荀元有些小題大作了，看了眼面露憂色的季霆，臉上微微笑道：「我哪裡就這麼嬌氣了？就算做不得重活，燒個火、打盆水的力氣總還是有的。」

荀元不滿的哼了聲，不去看月寧，反而瞪著季霆道：「你們別當老夫是在說笑！就小丫頭這虛弱的身子骨，若是頭暈時恰好站在灶邊或井邊，到時候一頭栽下去，磕了碰了，可不是好玩的。」

季霆嚇得連連點頭保證。「家裡的活都有我呢，月寧在屋裡好好養著就行了。」

荀元這才滿意，又對月寧道：「再吃三帖散瘀散鞏固一下，就可以改吃養血補氣的湯藥了，好好養上三五個月，妳這病也就能好得差不多了。」

月寧忙微笑著起身向荀元福身道謝，然後才道：「都說是藥三分毒，喝了這麼多天的苦藥汁，我也真的是喝怕了，荀叔，你看我能不能不喝那養血補氣的藥，改買些枸杞紅棗泡茶喝？」

季霆聞言就想反對，可月寧一個惡狠狠的眼刀掃過去，他就孬了。

荀元沒注意到兩人的眉眼官司，想著月寧的話，微微斟酌了下便點頭道：「喝枸杞紅棗茶雖然效果差了點，不過勝在溫和無害，東西也便宜，一直喝著也無礙。」

能不必喝那苦死人的中藥，月寧高興得差點沒跳起來，她喜笑顏開，連聲向荀元道謝。

季霆送荀元出門。

出去時看到擺在門後的枴杖，荀元拿起來看了看，笑問季霆。「你這腿還不準備好嗎？」

季霆笑了笑，目光溫柔的回頭往內室看了眼，嘴裡道：「如今的世道還不太平，我不放心出門。」

荀元了然的點點頭，笑咪咪的揹著藥箱徑直走了。

內室裡，月寧喜孜孜的跑去炕頭，把木箱裡前些天做的新衣裳都翻了出來，左挑挑右揀揀的選著出門要穿的衣服。

季霆送完荀元回來，掀起門簾就看到月寧跟隻快樂的小花蝴蝶一樣，一邊哼著小調，一邊埋頭在鋪滿炕的各色衣裳裡挑挑揀揀。

看著這滿炕的各色衣裳，季霆還是挺驚訝的，他雖然知道月寧託姚家的何嫂子買了不少布疋回來，可就月寧虛弱的身子骨，一天也做不了多少時間的針線，她是怎麼做出這麼多衣裳來的？

他眼尖的看到一件嫩綠色的裙子下邊，露出了一個折疊整齊的黑色衣角，想到月寧前幾天在做的那幾件黑色男裝，他的心臟都跳快了半拍。一黑一嫩綠疊放在一起的衣裳，讓人看著有種異樣的親暱感。他心頭就像是有羽毛輕輕撩過般，那種莫名的癢意讓他轉頭去看月寧。

少女精緻的臉上帶著愉悅的微笑，一雙漂亮的大眼因笑而微微彎起，掩在兩扇黑睫中的美眸閃著星辰般的碎光，美得他心跳都有些不受控制起來。

她是他的，這一輩子只能是他的。

季霆深邃的眼底似有火光閃過，心裡要娶眼前女子為妻的念頭越發堅定。怕嚇著月寧，他忙穩了穩心緒，力持平靜的揚起一抹微笑，這才邁步走進屋裡，柔聲道：「這是在做什麼呢？」

「挑衣服啊！」她一手白色短衫，一手深藍色繡白色鈴蘭花的布裙，轉身給了季霆一個大大的笑臉，很是愉悅的道：「我頭疼的毛病好了，以後就不用總悶在屋子裡了。到了這裡之後我連門都還沒出過呢，等我換身衣服，咱們出去轉轉吧！」

季霆看著她仍顯蒼白的臉色，很想搖頭拒絕，可月寧亮晶晶、猶如星辰般的美眸，和嘴角含帶的笑意，讓他怎麼都說不出拒絕的話來。他苦惱的揉了揉眉心，發覺自己對著月寧滿含期盼的眼，根本沒有抵抗力。他捨不得讓她不高興，他喜歡看她笑，看她的眼裡染上笑意，兩眼亮晶晶比星光更加璀璨的樣子。

「那我出去守著，妳換衣服吧。」答應的話說得太過順口，說完季霆就後悔了，不過看著月寧蒼白的小臉難得因興奮而染上一點緋色，他無奈揚起一抹苦笑，只能亡羊補牢的加上一句。「不過現在的天氣熱，咱們只能在附近逛逛。」

月寧才不管去哪兒逛呢，關了這麼久，她只要能出門放風就很滿足了。

大熱的天，出門自然要穿涼爽些。月寧最後選了嫩綠色的長裙，而見到底下的黑衣讓她微微愣了下，忙開口叫住季霆。「季大哥，前幾天我給你也做了幾身衣裳，你拿去試試看合不合身，若是不合身，我再改改。」

月寧說著，抱起那疊細棉的黑色布衣，一股腦兒的全塞到季霆懷裡，然後揮揮小手開始趕人。「你去試試看，要有哪裡不合的，再告訴我。」

季霆抱著一疊衣服被月寧推出內室，站在那裡愣了半天才哭笑不得的搖搖頭。他之前心心念念惦記了幾天的新衣，沒想到這麼容易就到手了，而且看著這厚厚的一疊還不止兩身。他把衣裳珍而重之的放在竹桌上，去院子裡打了桶水，將身上擦洗了遍，才回屋關上門，將幾身衣裳一一試過。

月寧目視能力了得，做的衣裳，季霆穿著不大不小正合適，針腳也細密整齊，就是這款式看著跟時下的衣裳不太一樣。前頭三件長袖的衣褲，季霆試過之後都覺得極好，就是這最後一身衣裳，衣服少了袖子，褲子也短了一大截，穿上之後褲腿只到膝蓋，涼快是涼快了，就是怎麼看怎麼怪。

這樣的衣裳在家裡穿穿還行，要是穿出去，就算不被人打死，也得被別人的唾沫星子給淹死。季霆摸著身上的衣裳，又揉了揉眉心，覺得這衣裳只要不讓他穿到外頭去，只在家裡穿穿，逗逗小女人一笑，倒也無傷大雅。

月寧換好了衣服，就開始整理炕上扔得亂成一堆的衣服，一邊揚聲問：「季大哥，你試好了嗎？」

「啊？」季霆深怕月寧讓他就穿著這麼身沒袖子少褲腿的衣服出門，趕緊把衣服脫了，一邊將一套長袖的穿上，一邊道：「還沒呢，妳等等，我馬上就好。」

等換回了一身長袖的衣褲，季霆才把剩下的三身衣服整齊疊好，捧著走到門簾邊。

「月寧，我能進來嗎？」

「進來吧，衣裳合身嗎？」月寧一邊疊衣服一邊回頭，見季霆掀簾進來，忙過去繞著他轉了一圈，滿意的點點頭，帶著點小得意的笑道：「看你穿著挺合身的，應該不用再改了。」

「不用改、不用改，衣裳正合身。」季霆稀罕得摸摸身上的衣服，低頭看著手裡疊好的另外三身，一顆心頓時又暖又甜。他長這麼大，還是頭一回收到小姑娘給他做的衣裳呢，特別是這姑娘還是自己看中意了的，那心裡就別提有多美了。

這一高興，那套沒有袖子還短了半截的衣褲，也就不算是個事了。

季霆麻利的把自己的新衣服收進衣箱，看月寧仍不緊不慢的疊著衣服，雖然手癢得很想上去幫她，可想了想，還是把這念頭給按下了。

姑娘家的臉皮薄，衣裙就算是沒上過身的，在兩人的身分沒有真正確定前，季霆也不打算當著她的面去碰。雖然月寧養傷的時候，換下來的髒衣服基本都是他給洗的，不過這件事她不知道啊。

既然月寧不急，季霆就更不急了，他在炕沿坐下，好整以暇的看著月寧收拾。也不知是不是人長得好看，做什麼事看起來都很賞心悅目，反正在季霆看來，她就算只是疊個衣服，那一舉手一投足之間似乎都帶著一種說不出的韻律，看得他都捨不得挪眼。

第十一章

不過看著看著，季霆就忍不住皺眉了，鄉野女子整天忙於勞作，膚色普遍都黝黑粗糙，月寧頂著這麼張白淨漂亮的臉，要是走進村子裡，少不得要被那些三姑六婆指點說道。想到村裡那些什麼都敢往外說的三姑六婆，季霆就有點排斥讓月寧出門。可月寧是個大活人，不是木頭娃娃，他不可能一直把她關在家裡不讓她出去。

季霆坐在那裡皺眉想了會兒，突然出聲道：「月寧，妳上次買的布料裡可有白紗？」

「有啊，你要用嗎？」月寧也沒多想，直接從木箱裡翻出整疋的白紗遞過去。

季霆見狀，皺起的眉頭這才鬆了開來，站起來笑道：「我那裡有斗笠，妳給自己做個帷帽吧。」

怕月寧多想，他又直言解釋。「村裡的女人膚色都黑，妳頂著這麼白淨的一張臉出門去，被那些大娘、嬸子們看到了，少不得要被人說道的。」

誰都不會喜歡被人當猴子看，可戴著帷帽出門，難道就不會被人說道了嗎？月寧好笑的看著他，很認真的道：「我覺得不管我戴不戴帷帽，她們都會對我指指點點，你信不信？」

信，他當然信。可荷花村是個大村落，不算外村南山坳山腳這一片的這幾戶人家，光村裡就有兩百多戶，總人口近千人。

林子大了什麼鳥沒有？

村裡喜歡偷雞摸狗的閒漢、懶漢不少，這些人平時對著村裡的女人都能流著口水意淫半天，要是看到月寧，還不知道會怎麼樣呢？

季霆只要一想到那種情況，就抑制不住的想殺人。早知道會有這一天，當初村長媳婦把他家分家的內幕當笑話傳播出去時，他就該站出來制止了。

那時聽到村裡人議論他爹娘有多偏心，大哥、大嫂多不是東西，二哥、三哥悶不吭聲，其實心裡都在憋壞主意，他心裡不知道有多痛快，可現在冷靜下來想想，後悔也已經來不及了。他家這事就是把雙刃劍，事情傳出去，他爹娘和三個兄弟雖然都會被人說道，可他和月寧也跑不了。

季霆可以打包票，月寧現在只要一走進村子裡，大家百分百都會跑出來看稀奇。到時候他們在前頭走，後頭全村的男女老少一邊跟著他們散步，一邊對他們指指點點。那種場景，季霆光想想就忍不住頭皮發麻，所以這帷帽無論如何都得戴。

「如今的太陽太曬人了，妳戴了帷帽也能擋一擋陽光。」季霆說著就去東屋拿了個竹編的斗笠過來。

月寧接過來看了看，見只是頂普通的斗笠，做工跟她以前在景區旅遊時看到的路邊攤也沒什麼區別，便拿出剪刀剪了段白紗蒙在斗笠上，給針穿上同色線，就飛快的縫製起來。

月寧如今對這些縫縫補補的事情特別擅長，明明從沒做過的東西，可拿著斗笠，她只用目測就知道要用多少白紗、怎麼縫製才會讓做出來的帷帽既結實又美觀。

一頂漂亮的帷帽，月寧只用了不到兩刻鐘就做好了。她剪斷線頭，拿在手上打量了兩眼就迫不及待的戴到了頭上。

「怎麼樣？」

季霆微笑點頭。「好看！」

月寧回他一個大大的笑容，撫著因腦後有傷只簡單紮了辮子垂在胸前的長髮，轉身飛快的將針線和剪刀都收進笸籮裡，白紗放回木箱。她迫不及待想要出去看看，就算外面四處都是窮村破屋，她也想看看。

「走吧。」季霆起身衝月寧伸出手。

月寧條件反射般的把兩手藏到了身後，等動作做完了她才反應過來，自己有些反應過度了。不過她跟季霆如今的關係正處於不清不白的尷尬境地，牽手什麼的，還是算了吧。

月寧微紅著臉瞪著季霆不說話。季霆挑挑眉，忍不住又想逗她，手便也就一直這麼伸著等她不肯放下。對於他這樣無賴的行為，月寧是絕不會妥協的，她努努嘴，道：「你走前面，我在後面跟著。」

沒牽到小手，季霆自然不甘心。「妳身子骨弱，還是我扶著妳走吧。」

月寧笑看向他的「傷」腿。「你不裝瘸子了嗎？」

作為殘障人士，你自己走路都還要人扶呢，所以扶我就算了吧！

季霆臉一黑，很想說自己的腿打今兒起就好了。可想到自己那對不省心的父母和大哥、大嫂，他覺得這瘸子還是得繼續裝下去，才是最省心省事的。

月寧看他這一臉無奈糾結的表情，忍不住就笑出了聲。

「別笑！」

不笑才怪！月寧衝他皺了皺鼻子，表情好不得意。

季霆故作無奈的搖搖頭，轉身往外走，他的臉一轉過去，苦瓜臉就變成了燦爛的笑臉。月寧能對他露出笑臉，他整顆心都要飛起來了，哪裡會有半點的不高興？會故意擺出個苦瓜臉，也不過是想逗她高興罷了。

出大門時，季霆順手拿過擺在門邊的木枴杖，非常順溜的往腋下一拄，就一瘸一拐的往外走去。

月寧跟在他身後，看他學瘸子學得那樣逼真，笑得根本停不下來。

有這麼好笑嗎？季霆無奈回頭，道：「別笑了，被人看到了會起疑的。」

「好吧，好吧，我不笑了。」說是不笑，可月寧嘴角的笑容怎麼都止不住，趁季霆鎖門的工夫，她從他的左邊晃到右邊，再從他右邊晃到左邊。

「又怎麼了？」季霆這回是真無奈了。

月寧扶了下頭上的帷帽，感覺有這層白紗擋著，她就是笑季霆，他也看不到，便覺有意思極了。「你這腿是不打算好了嗎？」

「不是不打算好，而是不能這麼快就好。」季霆把月寧當自己的另一半，所以家裡的事情不管是好的還是壞的，他都不想瞞著她。「妳如今的身子還需要靜養，我這腿暫時瘸著，咱們的日子才能過得安生。」

月寧想到兩次鬧上門的許氏，和「大名鼎鼎」的季文，便對季霆生出無限同情來。

兩人出了院子，季霆關好了院門才問月寧。「想去哪裡逛？」

月寧看著兩個揹著背簍從眼前跑過的孩子，往山那邊看了看，轉頭指著遠處的大槐樹問季霆。「村子是在那裡嗎？」

「嗯，那是村口的大槐樹，我們這村子叫荷花村，村裡幾乎家家戶戶的門前都有水塘，大家在水塘裡養些荷花、菱角和魚蝦之類的東西，一年到頭也能多個進項。這次大旱多虧了有這些水塘，否則我們村的人只怕也要出去逃難了。」

月寧走到土路中間，好奇的左右看了看，又問：「咱們這片為什麼沒水塘。」家家戶戶的門前都有水塘，會是怎樣的一種景色，月寧還真想像不出來。

季霆往她身後的小樹林指了指，道：「妳身後的這片小樹林裡就有一個一畝大的水塘，不過這林子是村裡的荒地，裡頭的水塘也沒人打理，除了會生些蟲蛇外也不會有別的東西，所以村裡人一般也不會往這裡頭去。」

月寧又指著一個看到他們就跑得飛快的孩子，問季霆。「那孩子揹著背簍是要去山裡找吃的嗎？他好像很怕我們？」

「他們不是怕妳，是怕我。」季霆好笑的糾正她，又為她說了我們而隱隱開心，完了又忍不住問她。「我長得這般模樣，一般男人見了都怕，更遑論那些孩子了，可妳似乎頭次見我，就並不怕我……」

「你又不會吃人，我為什麼要怕你？」她心說：壯碩的肌肉男姑娘我見的可多了，前世的球場上，那些球員哪個不是又高又壯的？論肌肉，季霆也就比一些健美先生誇張那麼一點點，又不是異形，有什麼好怕的？

季霆看著月寧因抬頭而露出帷帽外的下巴和一小截白皙的脖頸，那嫩得彷彿能掐出水來的膚質，讓他偷偷嚥了口唾沫，很想告訴她，他是不會吃人，不過「吃她」，他還是很樂意的。

「吱嘎」一聲門響，隔壁的院門突然被拉開，兩個揹著小背簍的孩子蹦蹦跳跳的從裡頭跑了出來，身後還跟著同樣揹著背簍的馬大龍。

月寧撩起白紗，瞪著大眼直盯著兩個孩子看。「馬大哥，這是你家的孩子嗎？你孩子都這麼大了呀？」

「是呀！」馬大龍看了眼月寧身後的季霆，笑道：「你們這是要出門？」

季霆道：「荀叔說月寧恢復得很好，所以我們想在附近轉轉。」

馬大龍招呼兩個孩子叫人，一邊指著兩個孩子介紹道：「大的那個八歲了，叫慧兒，小的這個六歲，叫建軍，老大馬建康今年十歲，現在在鎮裡上私塾，要沐休的時候才能回來。」

馬慧兒睜著好奇的大眼，脆生生的叫了一聲。「季嬸嬸好！」

馬建軍立即也鸚鵡學舌般，跟著喚了一句。「嬸嬸好！」

月寧的笑容僵在臉上，心裡氣憤的想著：為什麼是嬸嬸，叫姐姐不行嗎？再不然叫阿姨也成啊。

季霆卻覺得兩個孩子這一聲嬸嬸聽著悅耳極了，朗聲笑道：「真乖，等過兩天，石頭叔去鎮上就給慧兒和建軍買錦福記的酥糖吃，好不好？」

「好～～」兩個孩子拉長聲音大聲應著，高興得見牙不見眼。小小的馬建軍一點都不怕季霆，撲過來抱住季霆的大腿，糯聲道：「石頭叔，你買酥糖的時候能不能也給我大哥買一點，大哥在鎮上讀書，吃不到酥糖好可憐的。」

長得跟田桂花就像是一個模子印出來似的馬慧兒，連忙上前把馬建軍從季霆的腿上扒拉下來，很有姐姐模樣的訓道：「笨軍兒，都跟你說了石頭叔的腿受傷了，你怎麼還隨便亂抱？」

在場三個大人這才注意到馬建軍剛才一興奮，撲上去抱住的正是季霆的那條「傷得很嚴重的傷腿」。得虧附近除了他們幾個就沒有別人了，否則季霆長久以來的偽裝，可就要被人給發現了。

馬建軍被慧兒訓得一愣一愣的，呆呆的看了看自己抱著的腿，仰頭問季霆。「石頭叔，你不疼對不對？你看你都沒有哭？」

月寧噴笑出聲，見兩個孩子都朝她看來，忙捂嘴轉過身去笑。

馬慧兒覺得一定是小弟問了很蠢的問題，才會讓漂亮的新嬸嬸發笑，於是抬手衝著馬建軍的後腦杓就是一巴掌。「笨軍兒，你忘記爹說的男兒有淚不輕彈了嗎？石頭叔是男孩子，就是被你弄疼了也會忍著不哭的，你還不趕緊鬆手？」

馬建軍委委屈屈的「哦」了一聲，摸著後腦杓癟了癟嘴，強忍不哭出來。

月寧看著兩個孩子的互動，被萌得不行。忙上前蹲下，安慰的摸摸他的頭，柔聲哄道：「建軍乖，姐姐知道你不是故意要弄疼你石頭叔的，對不對？」

嬸嬸變姐姐，這輩分還不亂了套?!

季霆忍不住咳了一聲，低聲提醒月寧。「這可不能亂叫，我跟馬大哥是師兄弟，妳要是讓孩子叫妳姐姐，這輩分可就亂套了。」

月寧不在意的道：「沒關係，我不介意改口叫馬大哥和田嫂子叔叔、嬸嬸。」

「妳不介意我介意！」季霆的臉都黑了，心說：好好的妳改口叫我兄弟叔叔，那又要叫我什麼？想到新婚之夜，他一掀蓋頭，新娘突然開口衝他叫叔叔，季霆整個人都要不好了。

馬大龍看他吃癟，在一旁抱著肚子哈哈大笑。心裡正委屈得不行的小建軍，被他爹的笑聲嚇到，當場「哇」的一聲大哭起來。

田桂花的河東獅吼緊隨而至。「馬大龍！你是不是吃飽了撐著？老是欺負我兒子算是怎麼回事啊？」

馬大龍秒孬，大聲衝屋裡的田桂花表清白。「不是我，妳兒子是石頭弄哭的。」

被波及的季霆面無表情的斜了他一眼。「你這麼冤枉我，良心不會痛嗎？」

馬大龍肅然指出。「我兒子是碰了你的腿才被我閨女教訓哭的，歸根結柢，你才是罪魁禍首。」

季霆不理他，轉頭和慧兒道：「慧兒，軍兒之前一直都沒哭，是妳爹笑得太大聲了，把他嚇著，他才哭的，對不對？」

月寧眼睜睜看著馬大龍和季霆在小建軍「啊啊」的哭聲中，還只顧著你來我往的鬥嘴，一點都沒有去哄馬建軍的意思，只覺得傻眼。

這都是什麼人啊？怎麼做人爹和做人叔叔的？

月寧看了眼同樣沒反應過來的慧兒，忙過去蹲下，摸著小建軍的頭輕聲安慰。「軍兒乖乖，不哭了哦，你石頭叔壯得像頭大黑熊一樣，輕輕碰一下不會疼的，你看你石頭叔都沒有喊疼，對不對？」

馬建軍聞言，抽噎著對季霆道：「石頭叔，軍兒、軍兒不是故意要弄疼你的。」

媳婦兒都出聲哄了。季霆一改面對馬大龍時的面無表情，在月寧身邊蹲下，柔聲哄他道：「軍兒沒有弄疼叔叔，快別哭了，男子漢大丈夫，流血不流淚，再哭可是要被人笑話是鼻涕蟲的。」

「軍兒才不是鼻涕蟲呢！」馬建軍倔強的回了一句，抽抽噎噎的抬手左一下右一下的抹臉，好好的一張小臉，在他的努力下頓時就成了大花貓。

月寧忍著掩面的衝動，起身想帶小傢伙去洗臉，可誰知她才剛站起來，眼前突然一黑，整個人就不受控制的往後倒去。

「小心！」季霆連忙扔了枴杖抱住她，攬著她靠在自己身上，這才皺眉責備道：「苟叔不是交代過妳，坐臥起身時都要慢慢來嗎？妳這麼急著起身做什麼？」

「我只是想帶小建軍去洗個臉。」月寧覺得挺冤的。要不是這兩個做爹做叔叔的不作為，她至於出這個頭嗎？

驟然起身的眩暈感比月寧頭天醒來時，那種天地翻轉的感覺要輕多了。可因為之前她的頭一直痛著，所以她平時做什麼都是慢吞吞的，現在頭痛好轉，她反倒失了謹慎。這一下起身，要不是有季霆在旁及時出手，她這會兒只怕早就栽地上去了。

慧兒拉著月寧的手，安慰道：「嬸嬸別著急，慧兒帶弟弟去洗臉，嬸嬸不難受。」

月寧忍不住笑起來，忍著難受睜開眼睛，朝慧兒笑道：「嬸嬸休息一會兒就不難受了，慧兒先帶弟弟去洗臉吧，這都快成大花貓了。」

等兩個孩子進屋去了，馬大龍才看著季霆皺眉道：「這就是你說的恢復得很好？我怎麼覺得她像是更嚴重了呢？」

「她這本就是要命的傷勢，能救回一條小命已是謝天謝地了，苟叔說她傷了根本，如今這是氣血兩虧，只能慢慢調養。」

馬大龍聞言便撇嘴道：「她身子骨弱成這樣，你不讓她好好的在屋裡歇著，帶著她亂跑什麼？」

「她在屋裡悶壞了，有我護著，帶她出來走走也沒什麼大礙。」季霆不悅的瞪著他，道：「要不是急著想帶你家建軍去洗臉，她也不會暈成這樣。」

什麼意思啊？馬大龍扠腰擺出茶壺狀，道：「你既知道她會頭暈，就該一直扶著她，別自己沒本事就跑來怪我。」

月寧見兩人當著她這個當事人的面，旁若無人的吵架，不禁惱道：「喂！我一個大活人站在這兒，你們別無視我的存在成嗎？」

「成啊。」馬大龍莞爾。他已逞了口舌之能又逗了月寧，就沒再為難他們兩個，趕小雞似的道：「你們剛剛不是打算要出門嗎？去吧去吧，我也回去看看我兒子怎麼樣了。」

馬建軍剛才哭成那樣都沒見他哄一下，現在擺出這副慈父樣給誰看啊？月寧很想罵馬大龍一句，可這傢伙動作飛快，她還來不及張嘴，他就把門關上了，害得月寧只能站在那裡乾瞪眼。

等眩暈感一過，月寧就推開了季霆，從他懷裡退了出來。「走吧！」

「去哪兒？」季霆看著空了的懷抱，心裡好不失落。

月寧指指南山坳的方向。「咱們也去山上看看。」

「那裡是南山坳，裡面是個三面環山的碎石山谷，從那裡倒也能上山，不過山路難行。大雪封山的時候，就是山上的野豬都沒從哪裡下過山，所以村裡人才會放心讓孩子們在南山坳裡玩耍。」季霆一邊說話，一邊彎腰撿起地上的枴杖。

「那為什麼剛剛那些孩子們都從這個方向上山？」

季霆很耐心的解釋。「他們不是要上山，而是要去南山坳挖野菜。」

「天氣旱成這樣，現在還會有野菜嗎？」月寧驚喜，強烈要求道：「我要去南山坳。」

「那就去看看吧！」季霆想不通南山坳有什麼好看的，不過既然月寧想看，那他就帶她去看好了。

從季家茅屋到南山坳的山谷，也就兩里多，可月寧卻前後歇了五次才走到谷口。季霆幾次勸月寧等身子養好了再來，都被她倔強的拒絕。

好不容易走進南山坳，月寧累得隨地找了塊大石頭，一屁股坐下就不肯起來了。

季霆哭笑不得的挨著她坐下，取笑她道：「妳說妳這麼倔強圖什麼？」

「自然是圖看美景啊。」月寧抹著滿頭的虛汗，也笑了起來。

這一地的石頭，哪裡美了？

南山坳三面環山，只有一條路與外界相通。谷內約近兩頃左右的面積，遍地都是亂石，最大的石頭兩、三個成人都懷抱不過來，小石子遍地都是。

山坳的石頭縫裡除了能長些野菜、荒草，什麼都長不了，就是最厲害的莊稼人，看到這滿山谷的石頭也要望而卻步。這也是這裡水源雖多，卻沒人肯在這裡開荒定居的原因。

「這裡好漂亮啊！」月寧看著滿山谷的石頭感嘆。

季霆腳下一個趔趄，差點沒一頭栽倒。他看了看因乾旱而變成光禿禿的三面山壁，又看了看遍地的大小石頭，想不通這荒山亂石的哪裡漂亮了？

不得不說，這就是眼界的差別了。季霆看到的是荒山亂石，而月寧看到的卻是三面環山的風水寶地。

這南山坳的西北南三面山體上滿是掉光葉子的樹木，林間數條溪流乾枯後的痕跡很明顯。看得出來，如果不是因為乾旱，這裡的水源定是極豐沛的。而從山壁上長著的粗壯樹木來看，山谷裡的石頭也不是近期被水流沖下來的，想來沒有土石流問題，安全無虞。

月寧從沒看過這麼奇特的地形，只一眼就喜歡上了這裡。她滿腦子都是將這個山谷占為己有的念頭，兩眼發光的轉向季霆，激動道：「季大哥，這個山谷是無主的嗎？要多少銀子能把這裡買下來？」

「妳想買下這裡？」季霆詫異的挑起眉。「妳買這裡做什麼？這裡連地下的泥裡都是石頭，種不了東西的。」

「誰說這裡種不了東西？把大石頭整頓乾淨了，不就想種什麼就種什麼了嗎？」月寧興奮到小臉都染上了緋色。

三面山壁上的樹木長得那麼粗壯，在月寧看來，這滿谷的亂石根本不是問題。

季霆見她這麼激動，有些發愁的揉了揉眉心，道：「南山坳這種種不了東西的山谷，根本不會有人買，但是有官定價，妳想要買，這價格也便宜不了。」

第十二章

月寧像是被兜頭潑了盆冷水，瞬間就冷靜了下來，她小心翼翼的問道：「要很多銀子嗎？」

季霆沈吟了會兒，很中肯的道：「三、五千兩白銀是少不了的。」

月寧環顧四周，就以她眼睛現在看到的三面青山和山谷的面積來看，只賣三、五千兩白銀絕對物超所值。可就算只要這麼點銀子，對於現在只有幾十兩財產的她來說，也不便宜了。

「季大哥，你可不可以借我點銀子？」

季霆苦笑道：「我的銀子妳想怎麼花都成，不過就我那點私房，離妳買下南山坳這個目標還遠得很呢。」

月寧看著四周想了想，指著南面的山壁道：「要不……咱們先買下南面那一塊地，等以後有銀子了再接著買其他的？」

南面的山壁緊挨著出谷的大路，天氣不旱的時候，山上還有道不大不小的瀑布，飲水肯定是不用愁的。買下這裡建房，除了地段偏僻、出入不方便之外，整理整理，比住茅屋肯定是要強些的。

季霆計算著自己的那點私房，半晌才點頭道：「我手裡還有八十五兩銀子，這裡的地不值錢，一兩銀子一畝地應該就能買得下來。算上打點書吏和交契稅的銀子，買下五、六十畝地應該不成問題。」

月寧眨眨眼睛，古怪的看了他一眼，有些不能理解季霆的金錢概念。她之前拿出五十兩的銀票給他，他說自己有銀子，讓她自己留著花。當時她還以為季霆真的手有鉅款呢，沒想到就八十多兩銀子。月寧默算了下自己那一大木箱的布料所能創造的價值，以及藏鞋子裡的銀票和箱子裡放的十幾兩散碎銀子，一種隱性富豪的感覺頓時油然而生。

她指著南面山壁道：「我可以做繡品賣，再加上的十多兩銀子，就地取材的話，買個二、三十畝地，建座二層的石頭小樓肯定也花不了多少銀子。」

「我手裡的銀子足夠買地建房了，妳既然喜歡這裡，那咱們就買。至於妳的銀子，就好好收著，以後給自己買花兒戴。」

這話的意思涵義很深啊……一抹嫣紅飛上雙頰，月寧輕咬著紅唇，只覺得心臟跳得又響又快，她深恐季霆發現，鴕鳥的轉頭不敢去看他。

季霆自然沒有錯漏了月寧的心跳，他嘴角不自覺地翹了翹，心裡頗有種親手逮到的小獸終於肯與自己親暱的驚喜感。「那就這麼說定了，等會兒回去，我就去找村長談買地的事。」姑娘家的面皮薄，他沒敢再逗月寧，看著山谷南面的亂石地，想著自己將在這裡築起兩人未來的家，也抑制不住興奮的傻笑起來。

八十多兩銀子，一半用來買地、打點、交稅，一半用來建房，應該也足夠了。至於銀子花用完了要怎麼辦？季霆一點都不擔心，他有手有腳，能打獵會種田，還怕賺不到銀子嗎？

「四叔！」

幾個稚嫩的童音在兩人不遠處響起，將季霆飄遠的思緒拉了回來。

月寧聞聲轉頭，就見三男兩女共五個孩子站在不遠處，正眼帶好奇的看著他們。

月寧確定自己不認識這些孩子，轉頭看向季霆。「他們是？」

「老二和老三家的孩子。」季霆淡淡的指著幾個孩子給月寧介紹。「三個男孩是我二哥季武家的，大的叫季有德，今年九歲，老二季有恆，今年八歲，小的那個叫季有剛，今年六歲。兩個女孩是我三哥季雷家的，大的那個叫季夏荷，今年七歲，小的那個叫季秋菊，今年五歲。」

說完，又指著月寧對幾個孩子道：「這是你們季四嬸，叫人。」

五個孩子立即懂事的拖著嗓子齊聲喊道：「季四嬸好～～」

月寧被喊得怪不好意思的，不過現在聽著這聲季四嬸，她倒也沒了之前的排斥心理。一邊撩起帷帽上的白紗，她一邊半蹲下身子衝幾個孩子笑道：「你們好！」

「哇！」五個孩子瞪大眼睛，看著月寧露出的臉齊齊驚嘆。

季霆看著這樣巧笑嫣然的月寧，心裡忍不住一陣的泛酸，看向幾個孩子的目光都有些不善起來。這小女人從沒對他這麼笑過，對著這群小屁孩才見面卻笑得這麼開心，真是氣死人了。

「行了，時辰不早了，咱們該回去了。」季霆伸手拽起月寧，轉頭對幾個孩子冷冷的道：「野菜挖到了就早點回家去，大旱還沒過去，外頭不安全。」

幾個孩子被季霆的冷臉唬得縮了縮脖子，看著有些害怕。季有德年紀大些，知道季霆的話是為了他們好，當下上前一步，有模有樣的衝季霆作了個揖，嘴裡恭敬應道：「我知道的四叔，我現在就帶弟弟、妹妹們家去了。」

季有德的這番做派讓季霆多看了他一眼，淡淡的「嗯」了聲，就不再理會他們，拽著月寧轉身就走。

腋下挾著根木枴學瘸子，走路還能這麼飛快的，還真沒誰了。

月寧被季霆拽得差點絆倒，忙急急叫道：「停停停！你慢點行不行？本姑娘身嬌體弱，可跟不上你這風一般的速度。」

季霆腳步一頓，偏頭看著身邊氣喘吁吁的小女人，心道：這身嬌體弱倒是真的。他心下一嘆，伸手將月寧撩起的面紗放下，遷就著她的速度慢慢往南山坳外走去。

兩人身後，季家的五個孩子也跟著他們慢慢的往外挪。同村的孩子從他們身邊跑過了好幾批，有與他們相熟的孩子出言邀請，也被他們搖頭拒絕了。

季霆感知敏銳，自然知道身後跟了五條小尾巴，他只是不想理會而已。而月寧的傷勢未癒，體力也有限，她卻堅持不要季霆幫忙，自己硬撐著一口氣埋頭走路，根本就無心他顧，就更不會注意到季家的五個孩子一直跟在他們身後了。

直到看著月寧進了山腳下的小茅屋，幾個孩子站在院外相互對視一眼，這才「呼啦啦」的一起往荷花村飛奔而去。

月寧強打起精神，就著季霆打來的水擦洗了下身子，勉強穿好衣服就癱在炕上昏睡了過去。

季霆在井邊洗好澡，就拿著木盆回了屋，可他豎尖了耳朵也沒聽到水聲，內室裡只有月寧輕淺的呼吸聲。他奇怪的走到門簾邊，試探的出聲道：「月寧，妳洗好了嗎？」

已經累到睡著的月寧自然不可能回答他。

季霆心臟一縮，就怕月寧出事，忙伸手一把掀起門簾，然後就看到了炕上安靜沈睡著的少女。他幾步過去執起月寧的手腕，雖然不懂醫，但他感覺她的脈搏尚算有力，知道她是累壞了，只能無奈嘆口氣，從木箱上拿下薄被給她蓋好，這才收拾了炕沿的木盆和月寧換下的髒衣服，端著出去了。

雖然那次的事情並沒有留下活口，可出了江湖中人試圖闖空門的事之後，季霆卻是再不敢把月寧託給田桂花單獨照看了。既然不好出門，那就只能請村長來一趟了。

季霆做事向來雷厲風行，買地建房的事情既然已經決定了，他就想要儘快把事情落實。季霆出門隔著矮牆衝馬家屋裡喊了一聲。「馬大哥，嫂子，在家嗎？」

「在家，在家。季大兄弟，你大哥陪兩個孩子上山玩兒去了，你找你大哥有事啊？」田桂花原本正在屋裡給女兒做新衣裳，聽到聲音，忙放下手裡的活從屋裡走了出來。

季霆這時也想起來了，之前他們碰到馬大龍和兩個孩子時，他們是揹著背簍的，不由拍拍額頭，笑道：「其實也不是什麼大事，就是我想找村長談點事，可又不放心留月寧一個人在家，就想讓馬大哥幫我去請村長過來一趟。之前我在門外還碰到馬大哥和兩個孩子正要出門呢，這出門轉一圈回來，倒是給全忘光了。」

田桂花聞言爽朗的笑道：「嗨！我還當是什麼事呢，不就是請村長過來一趟嗎？我去幫你叫。」前幾天有黑衣人闖進季家的事，田桂花私下已經聽馬大龍說過了，此時倒是很能體諒季霆。

「那就有勞嫂子幫我跑一趟了。」

「你跟我還客氣啥?!」田桂花嗔怪的白了季霆一眼，解了身上的布圍裙往門前的竹椅上一放，就出門往村口去了。

村長來的速度很快，季霆這頭燒好了熱水，才舀出來擱在堂屋裡新做的竹桌上晾涼，田桂花就帶著村長進了院子。

「季霆啊，聽大龍媳婦說你找我有事？」村長名叫姜金貴，是個五十出頭，頭髮半白的老頭。照季母姜氏這邊的關係算起來，季霆該叫村長一聲表舅，且這親戚關係還是未出五服的那種。

「哎，是我找您。」季霆忙拿來竹椅，請村長和一起進來的田桂花在堂屋新做的竹桌前坐下，並將兩碗還冒著熱氣的白開水推到兩人面前，訕笑道：「水剛燒好，村長和嫂子晾晾再喝。」

姜金貴不在意的揮揮手，注意力全在挨牆擺的竹桌和季霆拿來的竹椅上頭，他這裡摸摸那裡摸摸，一臉的讚嘆。「你這桌子和椅子看著倒挺別致的，前天荀元那老頭還跟我炫耀你和馬大龍給他做了一套竹子的桌椅，就是這個嗎？」

季霆笑道：「給荀叔做的桌子要比這張矮，適合放院子裡坐著喝茶用。」

姜金貴「嗯」了一聲，大爺似的在竹椅上坐下，卻也不說話，眼睛直盯著那竹桌挪不開眼，這意思真是再明白不過了。

季霆只好道：「您要是喜歡，我改明兒也給您做一套。」

姜金貴這才滿意。「你找我來，所為何事啊？」

季霆把自己想在南山坳買地建房的事說了，又道：「您也知道我的情況，被我娘和大嫂她們一鬧，如今人人都知道我媳婦活了。我現在是一步都不敢離開家，就怕媳婦會出事。我的腿現在這個樣子，只想安生過日子，南山坳那地方偏僻，正適合我們。」

姜金貴不得不承認季霆這想法不錯，沈吟半晌，道：「南山坳那片亂石地雖然人厭狗棄的，可你要是真要買，按朝廷律令，最低也要一兩銀子一畝，這事你可得想清楚了？畢竟南山坳那地方起房子還行，可種不了東西。」

「本也沒指望能在那裡種出什麼東西來，我就是想圖個清靜。」

姜金貴這才滿意，點頭道：「那你打算買幾畝啊？」

「三十畝。」

姜金貴下意識的點點頭，可反應過來就睜大了眼睛，不敢置信的揚高聲音。「多少？」

「噓！」季霆緊張的揮手低叫。「哎喲我好表舅，您可千萬別嚷，我媳婦可正在裡屋睡著呢。」

姜金貴瞪了瞪眼，手指著季霆想罵卻又不知道該罵什麼，只能對空揮了揮拳頭，咬牙道：「別告訴我，你不知道三十畝地有多大？你說，你在南山坳那種地方買那麼一大片廢地，是想幹麼？」

季霆苦笑道：「院子要是小了，有人敲門就不能不應了。」

這話說得隱晦，可姜金貴和田桂花都聽懂了。兩人一想也是啊，就姜荷花和季文夫妻倆那三個不省心的，季霆就算把房子建到南山坳去，也難保他們不過去鬧。季霆這屋子若是圈個三十畝的院子，院門離屋子老遠了，到時候姜荷花就是想上門鬧，人家不應門，也沒人會說什麼，畢竟人家的院子老大了，在屋裡聽不到院門響也很正常不是嗎？

「好小子，這種辦法都能想得出來，可真有你的。」姜金貴想通了之後，不禁放聲大笑。

季霆和田桂花急得連忙舉手就唇。「噓！」

姜金貴連忙捂嘴收聲，幾人作賊似的豎起耳朵聽動靜，見沒吵醒內室的月寧這才鬆了口氣。

姜金貴又問季霆。「你銀子湊手不？要是不湊手，表舅先借你。」

「我媳婦逃難時在身上藏了銀票，她把銀子都給我了。」季霆掏出一包銀子攤在桌上，道：「我腿腳不便，不方便出門，這裡是四十兩銀子，三十兩用來買地，另外十兩，就拜託表舅你幫我上下打點一下，順便把地契給辦下來。」

南山坳那種廢地，三十畝的契稅最多不過一、二兩銀子，算上打點書吏、請客吃飯，花用也不會超過五兩。姜金貴只在心裡微微這麼一算就不禁心跳加速，他鄭重向季霆保證道：「這事你就放心交給表舅吧，表舅一定給你辦得漂漂亮亮。」

「表舅，這買地的銀子是我媳婦的，所以這地契上的名字也要寫我媳婦的。」季霆說著，手指沾水在竹桌上飛快的寫下陳芷蔓三個字。

「你是認真的？」

季霆重重點頭，道：「買地的銀子是我媳婦出的，這地也算是我媳婦的嫁妝了，地契上寫清楚了，也省得我爹娘和大哥知道我要起新房後，以為我藏了私房，又要來鬧。」

別人姜金貴不好說，以季洪海和姜荷花兩口子的脾性，這種事還真有可能發生。

「你放心，表舅知道該怎麼做了，我今天就跑一趟鎮上，明兒就帶書吏來量地。」姜金貴說完收起銀子，就匆匆告辭走了。

等人走遠了，田桂花才開始數落季霆。「你讓嫂子說你什麼好？就南山坳那種種不出東西的壞地，契稅最多不過一、二兩銀子，就算要打點書吏，你給村長五兩銀子也就夠了，怎麼就給了十兩銀子呢？就算那銀子是你媳婦的，可她的銀子也不是大風吹來的啊。」

季霆笑道：「嫂子說的我都明白，可自打我回村，村長真沒少幫襯我，要是用這五兩銀子能還了村長的人情，日後遇事能多偏向我一些，小弟覺得給這五兩就值了。」

「原來你打的是這個主意啊。」田桂花恍然大悟。「還真別說，理還就是這理。那成，既然你心裡有數，那我也就不多廢話了。」

田桂花說完衝季霆擺擺手，非常乾脆轉身走了。

月寧這一覺睡過了午飯，直到太陽快要西落了才悠悠轉醒。

「看妳還逞強不？身體沒養好就敢亂來，還不要我扶，現在吃到教訓了吧？」季霆直接把水端到炕上讓月寧洗漱，一邊還不忘碎碎念。

月寧被念得頭暈，只好裝可憐道：「我渾身沒力氣，都快難受死了，你就別再念了。」

「該！」季霆話說得狠，可卻把月寧照顧到無微不至，「賢慧」的忙進忙出，又是端粥又是端藥的。

超負荷的運動對於大病未癒的月寧來說，無疑是有害無益的。她吃了一小碗粥，喝了藥之後，連一刻鐘都沒堅持住，就又再次沈沈睡去。

季霆不放心的跑去請了荀元過來給她把脈，得知她只是累著了，需要好好靜養，這才放下心來。

第二天一早，一輛青布馬車就從荷花村的大槐樹前駛過，一路直奔季霆的茅草屋而來。也不知是五兩銀子激發了村長大人的熱情，還是姜金貴本就是個行動派，竟是一大早就帶著書吏上門來了。

「石頭，石頭，在家嗎？」馬車才剛停穩，姜金貴掀起車簾就衝著季家院子裡大喊了起來。

屋裡，季霆正把早飯給月寧端到炕上，聽到外頭的叫喚，忙撿起扔到角落的木枴出去，一邊揚聲應道：「在家呢，等等啊。」

姜金貴將車簾拉開，讓季霆看清楚他車裡坐著的另一名青衫男子，嘴裡道：「趕緊上車，早點把事情辦完了，我還得把大人送回鎮上呢。」

馬車上的青衫男子季霆還認識，正是縣衙裡專門負責收稅、量地的書吏，跟姜金貴同名不同姓，叫鄭金貴。他朝鄭金貴抱拳，笑道：「原來是鄭大人駕到，有失遠迎，萬望恕罪、恕罪啊。」

鄭金貴矜持的回禮笑道：「季鏢師客氣了。」

「還請大人和表舅稍待片刻，我跟我媳婦交代一聲就來。」

姜金貴催道：「你快點啊。」

「哎，這就來！」

鄭金貴看著季霆一瘸一拐的背影，遺憾的搖頭嘆道：「這季家老四也算是條漢子，真是可惜了！」

姜金貴自然知道他在可惜什麼，季霆在和順鏢局走鏢十多年，在穀和縣也算是小有名氣的人物了，如今瘸了一條腿，誰人見了不唏噓感嘆？昨天之前，他也和鄭金貴一個想法，只不過在見到了那四十兩銀子之後，他就再也不這麼想了。

放下車簾，姜金貴一臉神秘的衝鄭金貴笑道：「鄭大人這聲可惜可能說早了，我猜那小子可能因禍得福了呢。」

鄭金貴聞言不由「哦」了一聲。「不知姜村長何出此言？」

姜金貴就指指季家的茅屋，道：「鄭大人應該也聽說了，季家給那小子買了個快死的女人做媳婦的事吧？」

鄭金貴點頭。

「季家那兩個老的都是拎不清的，這事關係到季霆的前程……」姜金貴故作神秘的一笑，道：「咱們是老交情了，我將這事讓大人知道，大人可得保守秘密，不要傳出去哦。」

鄭金貴哈哈笑道：「我，姜村長還不放心嗎？儘管道來就是。」

「我昨日聽季霆那小子說，他媳婦逃難時在身上藏了銀票，許是因為傷重欲死，那些人牙子竟也沒人搜她的身，倒是讓季霆這小子得了便宜。他今日買地的銀子，就是他媳婦給的。我估摸著那小子既然肯拿三十兩銀子買南山坳的地，想必肯定會留足了銀子給自己治腿的，您說是不是這個理？」

「你是說……」

姜金貴篤定的道：「我猜那小子的腿，估計再兩、三個月也就能好了。」

「若當真如此，那這季霆還真是因禍得福了。」鄭金貴說著點了點頭感嘆。

而這頭季霆裝瘸回屋之後，把木楞一扔，還來不及跟月寧說話就從後窗翻了出去。月寧看了差點沒把嘴裡的粥噴出來。這都什麼毛病啊？放著好好的大門不走，翻窗比較好玩嗎？更何況那窗戶才多大，季霆那麼大塊頭，不但沒被卡住，翻窗的動作竟比猴子還靈活，真是奇了怪了。月寧發誓，她以後再也不相信科學了。

馬大龍正在後院整理菜圃，季霆隔著矮牆跟他交代了一聲，讓他幫忙看顧月寧，就又從後窗翻回屋裡。

「你是怎麼做到的？」月寧瞪大了眼睛也沒看清楚他是怎麼進來的。

「什麼？」

月寧指指後窗，伸手比劃著大小，道：「你怎麼沒被卡住？」

這樣孩子氣的月寧，讓季霆忍不住笑了起來，道：「我會縮骨功。」

月寧驚奇的上下打量他。「這世上還真有縮骨功啊？那你能把自己縮小成孩子嗎？」

「縮骨功只是易容術中的一種，雖然能改變身形，卻也有一定限度的。如我這般的體形要是能縮成幼兒，那就不是武功了，而是妖怪！」季霆把藥碗放到炕沿上，交代月寧道：「村長帶書吏來量地，我跟他們去一趟，妳在家好好歇著。有事就喊馬大哥，田嫂子一會兒就過來陪妳，南山坳那邊一完事，我就回來。」

「知道了，你安心去吧，我就在家裡待著哪兒也不去，不會有事的。」

季霆想說：咱們家的麻煩從來都是自己找上門的，妳在家待著才讓人不放心呢。

第十三章

田桂花帶著針線笸籮進了院子，季霆這才一瘸一拐的出門上了姜金貴的馬車。

田桂花沒等馬車走遠就門上了院門，進屋之後更是直接把大門也給門上了。

月寧見了就笑道：「嫂子這順手關門的習慣好，咱們這一片位置偏，這習慣要好好保持才行。」

「妳當誰家都像妳家這麼鬧心啊？」田桂花不客氣的白了她一眼，道：「咱們這一片，山上不時會有野獸下來，沒有一點本事的人，可不敢住這兒。」

她遙指姚家方向。「何嫂子那人妳是見過的，他們那一大家子人，不論男女老幼可都是會功夫的。我家妳熟，就不用說了，荀叔他們家，荀叔喜歡在院子裡養蛇、養蟲，所以那院裡院外灑了不少的毒粉，這附近的人去請他看診，也都只敢站得遠遠的朝院子裡喊人，根本沒人敢進他家的院子。也就是妳家，院牆一推就倒，屋裡還藏著妳這麼個大美人，最重要的是石頭的腿還『廢』了。」

月寧聽得瞠目結舌，敢情這南山腳下，就她和季霆是最好捏的軟柿子啊？

「看來我們家還真是危機四伏啊，我好怕呀！」

田桂花被她逗得直笑，說：「妳表情也太假了，明明一點都不害怕。」

「天塌下來有季大哥頂著，他塊頭大，他要是頂不住了，我再害怕也來得及。」月寧笑著把藥喝了，去裡屋拿了昨晚才起了個頭的繡品出來，就與田桂花隔著竹桌相對而坐，一邊聊天一邊做起繡活來。

田桂花見她的繡繃之外還連著一大團的白綢，不由驚訝道：「呀！妳這是要做大幅的繡品嗎，這繡的是啥呀？」

「心經。」月寧頭也沒抬的回道：「原本繡經書應該用金線的，可那東西太貴了，而且繡好後若是沒人識貨的話容易賠本，所以我退而求其次，用黑線來繡了。」

田桂花伸手小心翼翼的摸了摸月寧繡好的幾個飄逸字體，一臉羨慕的道：「月寧啊，嫂子不識字，妳給嫂子說說這幾個字是啥意思？」

「這幾個字從頭數過來，讀作『觀自在菩薩，行深般若波羅蜜多』，我手裡現在繡的是個『時』字，後面還有一句『照見五蘊皆空，渡一切苦厄』。這句話的意思是……」

月寧一邊繡，一邊細細向田桂花解釋經文意涵。

「我好像聽懂了，可又好像啥也沒懂。」田桂花蹙著眉頭撓了撓頭。

月寧笑道：「我也不甚明瞭其中深意，只是為了刺繡才背了通篇經文而已。」

「妳這經書繡好了，就會有人買嗎？」

月寧雖不懂繡品的行情，可腦中卻有前身有關刺繡的所有記憶。

「大戶人家的夫人、太太們一般都喜歡禮佛，可比起抄在紙上的經書，這繡在白綢上的經書看著無疑更華麗精緻。那些夫人、太太們不會在意銀子，她們為了心中所求，也為了自家的臉面，還是非常捨得花個幾百兩銀子，買幅既能讓自己長臉，又能討得佛祖歡心的經書供在佛前的。」

「幾……幾百兩？」田桂花不由咂舌。「乖乖！繡經書原來這麼值錢啊？」她低頭掰著手指頭算了算，不由頹然道：「我和妳何嫂子給鎮上如意坊做繡品，一個荷包八文錢收，帕子是五文錢，我原本還以為這價錢已經夠高了，可跟妳這經書一比，我們簡直就是要飯的。」

「這怎麼能一樣呢？我繡的是大幅的繡品，嫂子妳跟何嫂子做的是普通的荷包帕子，這兩者是不能放在一起比的。」

田桂花自然知道兩者是不能這麼比較的，她悠悠嘆了口氣，道：「我也只是隨口說說，一個荷包能在如意坊賣八文錢，我已經很知足了，妳一定不知道，咱們荷花村能在如意坊接到活的人，可沒幾個。」

月寧心說：我一直在屋裡養傷，除了妳們幾個自動送上門來的女人，在這村裡誰也不認識，好不好？

田桂花見月寧不搭腔，便湊過來自動揭曉答案，道：「妳一定想不到你們老季家除了老大媳婦外，妳另外那兩個妯娌都有一手好繡活吧？整個荷花村能在如意坊接到活的也就八個人，你們老季家一家就占了兩個。」

田桂花說完，看了看月寧手裡的繡繃，忍不住又道：「看妳這一手繡藝，妳若想，去如意坊一準也能接到活做的。」

「我才不要做荷包、帕子這些零工呢。」月寧嘴角帶笑，眼睛卻不離手裡的繡繃，右手的繡花針飛快的在白綢上走著線。

「這些普通的繡品賺不了幾個錢的。我要做就做大幅的繡品，像是大幅的屏風或是桌屏之類的，只要能繡出來，大幅的繡品可比荷包帕子賣的價錢要多。」

田桂花見月寧說的篤定，也心動不已，可想想自己一不會寫字，二不會幾個花樣子，就是求了月寧給她畫好花樣子，她也不一定能繡出來，便也只能歇了那點心思。

兩人手裡有事情在忙，偶爾有一搭沒一搭的聊上幾句，時間倒也過得飛快。

等外頭的土路上傳來一陣車馬聲時，田桂花忙跑到門邊，透過門縫往外看，見到季霆正好從馬車上下來，便轉頭衝月寧笑道：「是妳家石頭回來了。」說著除下門閂，把大門拉開。

月寧腿上的白綢面積不小，便也就沒放下繡品起身去迎，只探頭往外看了看。可因為角度緣故，她只看到一輛馬車從門前駛了過去。

「既然季霆回來了，那我就先家去了。」田桂花邊說邊飛快的收拾好自己帶來的繡品，朝月寧笑了笑就扭身出了屋子。

月寧出聲挽留。「嫂子，再玩會兒吧。」

「不啦，時辰不早了，我該回家做飯啦。」田桂花腳步快，說話的時候，人都快走到院門口了，她跟正要進門的季霆打了聲招呼，才回頭向屋裡的月寧道：「等歇了晌，我再到妳家玩。」

屋裡的月寧聞聲一笑，揚聲應道：「好！」

送走了田桂花，季霆鎖了院門進屋，反手把大門一闔就將木枴扔到了牆角。他轉頭看著坐在椅子上的月寧，又看了眼她手裡的繡繃，蹙眉問道：「我出去之後，妳和田嫂子該不會一直坐在這兒吧？怎麼不去炕上躺著？」

「我也不能總在炕上躺著啊，躺多了身子反而不舒服。」月寧不在意的笑笑，低頭重新拿起了繡繃。

季霆一步過去，用了點巧勁就把繡繃從她的手裡搶了過去。「妳都做了一個早上了，先歇會兒再做，正好我有事跟妳說。」

月寧一聽這話倒真不好再跟他搶了，便問他。「什麼事？」

「買地的事。」季霆把手裡的繡綳連同那一大團白綢小心的放到竹桌上，然後拉過一張竹椅在月寧對面坐下。「鄭書吏剛剛給咱們量了地。因為滿地的石頭不好測量，鄭書吏就以那個瀑布為中心，往東量了十二畝，往西量了二十三畝，地契上就只寫三十畝。西面圈進來的地，把西邊山頭流下來的另一條小溪也圈進去了，如此一來，咱們就有了兩個水源。如果真像妳說的那樣，南山坳的土地往下挖一、兩公尺就能耕種，那咱們這回可真是賺到了。」

月寧好笑道：「這才哪兒到哪兒啊？等咱們攢錢把整個南山坳包括三面山頭都買下來，你再來說這賺到的話也不遲。」

「整個南山坳……」對於月寧訂立的這個目標，季霆都忍不住撓頭。南山坳的地就算便宜，那也是要真金白銀去換的，谷內近兩頃的地，換算成畝數就是兩千畝，買地加上契稅就得兩千多兩銀子。

季霆過去十年加起來也沒賺到過這麼多銀子，掰著手指頭數數，他覺得等自己賺夠銀子能把南山坳買下來時，恐怕也已經老到牙都要掉光了。不過這話他可不敢說給月寧聽，沒得讓她小看了自己。

日子平靜的過了兩天，第三天一大早，姜大村長又上門來了，這回是來送辦好的紅契的。彼時，季霆正在院子裡做竹椅，而月寧則坐在一邊刺繡。姜金貴來得突然，月寧來不及退避就被撞見了，也只能硬著頭皮衝他行了個福禮。

姜金貴長這麼大，見過的漂亮女人也有不少，可樣貌跟個仙女似的大姑娘，他還真是生平頭一回見。「妳就是石頭的媳婦吧？妳可別叫我村長啊，咳，妳婆婆是我的族妹，妳就跟著石頭喊我一聲表舅吧！」

月寧從善如流的又朝姜金貴福了一禮。「月寧見過表舅。」

「好，好。」姜金貴也是見過世面的人，知道受了月寧這個禮就得給見面禮。他往懷裡掏了掏，摸出一塊足有二兩的碎銀遞給月寧，笑咪咪的道：「來，這是表舅給妳的見面禮，拿去買肉吃吧。」

這大概是月寧聽過最樸實的話了。她見過長輩給錢讓買花戴、買新衣裳、買小玩意的，讓買肉吃的還真是第一次。她扭頭去看季霆，卻見他正撫額做懊惱狀，她幾乎都能讀出他此時的心聲了。

畢竟是親表舅，就算再丟臉，咬著牙也得認啊！

月寧莞爾，轉身衝姜金貴道：「表舅屋裡坐，家裡也沒茶葉，就只能請您喝熟水了。」

姜金貴看著舉止優雅，人還漂亮得像朵花兒似的月寧，心裡各種羨慕嫉妒季霆的狗屎運，臉上卻仍是一副長輩的慈祥模樣，笑咪咪道：「妳家的情況我最是清楚，熟水就很好了，解渴。」

季霆一把拉住想要去倒水的月寧，把她放在桌上的繡品又塞回她手裡，道：「水我來倒，妳先回屋去吧，我跟表舅要談點事。」平時連月寧吃頓飯，他都深怕她端碗會累著，恨不得自己親手餵到她嘴裡，哪裡會捨得讓她給姜金貴端茶倒水啊？

有外人在場，月寧也不會駁季霆的面子，聞言得體的轉頭朝姜金貴點頭笑道：「那表舅你坐，月寧先行告退了。」

姜金貴心裡不想讓她走，畢竟這麼一個大美人，平時可是見不到的，擱眼前看著養眼也好啊。可男人說話婦人回避本就是規矩，而且季霆都開口了，他媳婦都跟他告退了，他要說不讓人走，那成什麼了？

姜金貴心裡有些不得勁，面上卻端著笑，和藹的揮手道：「去吧，去吧。」

季霆把月寧送到內室門口，幫著掀起簾子，看她進去了，這才轉身招呼姜金貴。

「表舅你坐，我給您倒水。」

姜金貴看著他那個樣子牙都快酸倒了，心裡直呸：有了媳婦眼裡就沒表舅的兔崽子，誰還沒個媳婦啊？把媳婦護得跟眼珠子似的給誰看啊？

「表舅，你有啥事要跟我說，直說就是，能辦到的我肯定沒二話。」季霆把一碗白開水放在姜金貴面前，順手拉了張竹椅在他身邊坐下。

「我是想問問你，你買了這地是準備馬上起房子呢？還是想先擱著以後再說？」

季霆指指自家院子裡的籬笆牆，道：「表舅您看看我這茅屋的院牆，這籬笆牆擋人都不頂事，更別說今年冬天，山上餓得發慌的野獸十有八九會下山來找吃的了。不重起個結實點的房子，我也沒法安心過冬啊。」

姜金貴可不信季霆的說詞，沒好氣的哼道：「籬笆牆不頂事，你找人起個結實的高牆，不比在南山坳買三十畝地省錢？」

季霆只是一笑，道：「我這腿還傷著，我媳婦的身子也還需要好好靜養，實在是禁不起我娘和大哥、大嫂這三天兩頭的過來鬧了。搬到南山坳去，隔得遠了，我們才能安生過日子啊。」

姜金貴聽他這麼說，心裡也是唏噓，不過這也正中了他的下懷，便道：「如今旱情還沒過去，不說福田鎮上有不少難民，就是咱們荷花村，大家如今不能耕地又不能種藕養魚的，都閒在家裡呢。表舅就是想跟你討個人情，如果條件允許的話，希望你請人起屋子時，就在咱們自己村裡找人。畢竟這年頭大家都不容易，天再旱下去，許多人家就要斷糧了，大家鄉裡鄉親的，能幫一把是一把，這對你以後在村子裡的生活也是有好處的。」

災年的勞力是最便宜的，鎮上那些難民每天只需東家提供兩頓飽飯，就能給人賣命。可要是請村裡人幫忙起房子，只請吃兩頓飯肯定是不行的。

姜金貴也知道自己這話有些為難人，可他身為一村之長，眼見村裡有些人就要揭不開鍋了，總不能眼睜睜看著他們餓死。

可他的想法雖好，卻忘記了還有一句話叫做「己所不欲，勿施於人」。這世上誰也不是傻子，季霆手裡雖然還有點銀子，可他的銀子也不是大水沖來的。村長上嘴皮和下嘴皮一碰，他就得幫村裡那些窮得揭不開鍋的村民？縣太爺也沒有你村長牛逼啊。

季霆肅容道：「表舅，我知道您這個村長不好當，可您也得體諒體諒我啊，我分家的時候是個什麼情況，您也是知道的。我與媳婦一個要治腿，一個要醫頭，如今都還吃著藥呢。要不是我娘和大哥大嫂三不五時的跑來鬧，我也不會想到要在南山坳那種地方買地建房子。再說，我買地的銀子還是我媳婦的呢，她要不是看家裡就要揭不開鍋了，也不會把身上藏的銀票拿出來。我們就是知道現在人工便宜，才會在這時候買地準備起房子的，若要按表舅你說的那樣，我們這房子也不用起了。」

姜金貴的臉沈了下來，皺著眉頭不高興的看著他道：「我也沒叫你拿銀子出來救濟，就是想讓你請人時多想想村裡人，左右你起房子都是要請人的，你請別人什麼條件，給村裡人也什麼條件就成了。」

話說得輕巧，事情若當真有這麼容易，這世上還會有「升米恩，斗米仇」這句話嗎？

見季霆一臉的不以為然，姜金貴也不敢強逼，緩了下臉色轉而打起苦情牌來。「石頭啊，村裡有幾戶地少人口多的人家是真的快揭不開鍋了。如今這個年月，大家能有口吃的也就不圖啥了，你考慮考慮，村裡老實肯幹的年輕後生還是很多的。」

季霆在心裡暗暗搖頭，姜金貴有自己的想法，可他也有自己的考慮。「村裡人多嘴雜，我為什麼不想在村子裡招人，圖的是什麼，表舅你還不明白嗎？如今招難民幹活，我只需招待他們兩頓飯就成了，可一個村的鄉親就不好只用兩頓吃的打發吧。」

季霆說到這裡看了眼臉色難看的姜金貴，摸著自己的傷腿嘆道：「您看我這腿這樣，就是想賺銀子也有心無力了，我媳婦身上帶的那點銀子，如今也是用一點少一點，要是在村裡請人幹活的話，就算他們不洩漏我這裡的事，多出來的花銷我也得好好斟酌，看要從哪裡擠出來才成啊。」

姜金貴見他一直推託，本想說你媳婦不是會刺繡嗎？可人家媳婦病中做的繡品，賣了銀子養活自己夫妻就已經夠不容易了，他要是還逼他們接濟那些與他們不相干的鄉親，那就太過無恥了。

心知自己打的算盤只怕是要落空了，姜金貴嘆了口氣，嘴裡喃喃抱怨道：「說來說去都怪你爹娘太過偏心了，拿了你的賠償銀子買了三大屋的糧食，卻不肯分你半點……但凡你手頭寬裕點，表舅今天都要逼你一逼，可惜……唉……」

手頭寬裕了就得讓你逼著日行一善？這是什麼道理？

季霆眸光閃了閃，道：「要說房子也不是說起就能起的，我媳婦明天就要換藥了，眼下還不知道大夫會給開什麼藥，要是藥錢太高了，說不定我還得把自己給賣了呢。」

理想和實際相差得太遠了，姜金貴的目的沒能達成，鬱悶得端起面前的白開水當白酒一樣一口喝乾，放下碗後嘆了口氣，總算是把心裡的那點不甘給放下了。

季霆一路把姜金貴送出大門，等人走遠了就直接把院門給上了閂。沒了外人看著，他也懶得再裝瘸子了，把木枴提在手裡，三兩步就回了屋。

「人走了？」

月寧聽到動靜從內室裡探出頭，見季霆正在閂門，便大大方方的走出來，和他抱怨道：「你們村這個村長可真不是什麼好人，他自己不忍心看村民挨餓，竟然想逼你去接濟那些人？我還真沒見過比這更無恥的人了。」

「村長人不壞，就是有些想當然了。」行走江湖這麼多年，他見過的人多了，如姜金貴這樣的人不能說他壞，只能說他的想法是好的，只是用錯了方法。畢竟，當初他也受過村長幫忙，真沒法說對方有什麼壞心。

季霆拉著月寧在椅子上坐下。

月寧紅著臉往回抽被他抓著的手，季霆卻不肯放。「別鬧，我有事和妳說呢。」

「你說事就說事，抓著我幹麼？」

季霆嘿嘿一笑，故意湊近她輕聲道：「妳是我媳婦，我不抓妳的手，還能抓誰的？」

月寧差點沒一巴掌呼他臉上。「誰是你媳婦，男女授受不親你懂不懂，趕緊給我放開。」

「男女授受不親？」季霆好心情的笑看著她，道：「咱們同床共枕都快一個多月了，前大半個月，妳吃喝拉撒可都由我侍候，衣服也都是我洗的，妳現在跟我說男女授受不親？」

月寧的臉一下脹得通紅，她一直以為她的衣服都是田桂花幫忙洗的，現在聽季霆這麼說，她就想到了她的貼身小褲褲和小內衣。

季霆看她這樣，眼角眉梢都染上了笑意，故意慢悠悠道：「而且妳別忘了，我如今身上穿的、箱子裡放的也都是妳做的衣服，咱們共處一室，同床共枕都這麼久了，妳現在才想與我分清楚，不覺得太晚了嗎？」

可不是？雖然他們啥都沒幹，可在旁人的眼裡，她跟季霆只怕早就不清白了吧。

季霆見她一副生無可戀的樣子也不生氣，只是好笑的拿指頭輕輕戳她的臉，道：「妳別看我長的不怎麼樣，可我身體好，力氣大啊；上山能打虎，下地能種田。家裡的活我一個人就能包了，做我媳婦真正不虧。」

憑良心說，月寧也覺得給他做媳婦不虧，可這鄉下地方，他們又天天睡一張床上，她是真的沒辦法接受隨便一點頭，就要被睡的命運啊。

月寧鮀鳥的不想理他，可季霆卻不想放過她，手指改戳為撫弄，羞得月寧抬手就拍了過去。「你別太過分了！」

眼見月寧因氣憤，整個人都變得精神了，一雙美目更是閃動著點點靈光，漂亮得叫人移不開眼。季霆心頭怦然，故意湊近她，壓低了聲音道：「妳今天要不把話說清楚，我還會更過分，妳信不信？」

他這樣擺明了要耍無賴的樣子，月寧還真不敢不信，咬著唇瞪了他半晌，最終只能妥協道：「我若嫁你，你能保證一輩子寵我愛我，只對我好嗎？就算以後富貴了，也不納通房、小妾、平妻、外室什麼的？」

第十四章

季霆沒想到他只是習慣性的想逗逗她，竟把小女人的真心話給逼出來了。他驚喜之餘，連忙坐正身體，指天發誓道：「我發誓，我季霆這一輩子不管是窮是富，都只娶妳一個，只對妳一個人好。除了妳，我誰都不要，咱們家以後絕不會有那些亂七八糟的事情，我發誓。」

季霆急著表明心跡的樣子，讓月寧忍不住心頭竊喜，她咬住想要揚起的嘴角，嘟了嘟嘴，道：「那成親之後，家裡的銀子要給我收著，家裡的事情大的歸你管，小事得我說了算，有人欺負我，你要第一個出來幫我，別人說我壞話，你要幫我打回去。」

季霆聽著她撒嬌的軟糯語調，看著她含羞帶怯的嬌態，一顆心都快化了，傻笑著連連點頭道：「咱家沒大事，都妳說了算。」

答應得這麼順溜，是不是真的啊？

月寧歪頭看他。「那要是你違誓了呢？」

季霆連忙舉手指天。「我若違誓就天打雷劈，不得好死，死後蟲噬獸咬，不得全屍！」

這誓發得可真夠毒的！古人講究死後入土為安，最怕的就是不得好死，死無全屍什麼的。他把誓言發得這麼狠，月寧也不知道該說什麼了，想了想便繼續和他提要求。

「你得三媒六聘正經的娶我過門，而且我不要在這茅屋裡成親，你得給我起新屋子，房子還不能小了。」

「都依妳，我什麼都依妳，媳婦——」季霆一臉狂喜的往前一撈，就把月寧給摟進了懷裡。

月寧被抱著動都動不了，鬱悶得只想罵娘。「誰是你媳婦了？我還沒嫁給你呢，你少占我便宜。」

季霆也不回嘴，就只抱著她，下巴靠在她肩上「哧哧」的直笑。

見他這麼高興，月寧不知怎麼的，心底竟也有點點喜悅蕩漾開來。可兩個人這麼抱著也很奇怪，她動了動肩膀，道：「你重死了，快起來。」

「再重妳也得受著，誰叫妳答應給我做媳婦了呢，這才哪兒到哪兒啊？以後還有妳……」季霆急急剎住到了嘴邊的話，恨不得給自己一巴掌。

好不容易氣氛好，可別嘴賤！

「還有我什麼？」月寧語氣不善的推他。

季霆求生慾極強的立即道：「沒什麼，我就是想和妳說說搬家的事，南山坳那裡要開始起房子了，我怕我顧不上妳。」他抓著月寧的手，把當初季家分家的情況又仔細和她說了一遍，想讓她對自己的父母和大哥、大嫂有個更清楚的認識。

月寧聽他說完了，只問：「你分家的時候，都請誰做見證了？」

「村長和里正，還有姜氏一族的族長。」

月寧覺得他這事辦得還不賴，遂滿意的點點頭，道：「錢財乃是身外物，放棄些財物換個清淨日子倒也值得，何況你還得了二十兩銀子和一間茅屋不是？」

季霆整個人都快要飄起來了，他覺得月寧就是他的知音。他當初看到她時，也是這麼想的，她的美好讓他相信這就是老天對他多年受到苛待的補償，這是老天爺送給他的良緣，他得要把握住才行。

季霆對月寧笑得越發溫柔，道：「我之所以把分家的事跟妳再說一遍，就是想說咱們買地、起新屋的事不能自己出頭，回頭我就說那地是姚家的。村長那裡，肯定是不會出去亂說的。起房子之前，咱們也要搬到姚家去住，不然我怕事情多了會顧不上妳。」

見月寧點頭，季霆笑道：「妳大概沒見過農村是怎麼起房子的吧？在村子裡起房子，關係好的四鄰都會過來幫忙，村長讓我招村裡人起房子，除去他自己的私心外，其實說來也是好意。畢竟如果能趁這次起房子與村裡人打好關係，日後我們有個什麼事情，村裡人也會過來幫襯我們的。」

既然要對外宣稱那地是姚家的，就算請了村裡人來幫忙，那人情也是記在姚家頭上的，哪裡會有人記他季霆的情？說來說去，都是病弱的她拖累了他，不然只有季霆一人的話，天下哪裡去不得，何須留在這荷花村受氣？

「那妳先歇著，我去找馬大哥商量一下起房子招人的事。」扶著月寧回到內室，季霆兩步來到後窗，一個縱身就翻了出去。

這人上輩子是作賊的嗎？明明有門可走，為什麼一定要跟這小窗戶過不去呢？

月寧無語的搖搖頭，靠在炕上，拿起繡繃一邊飛針走線，一邊聽兩人的聲音從敞開的後窗飄進來……

「師兄，村長剛給我送地契來了，你明兒幫我去鎮上招人吧。」季霆毫不見外的聲音傳來，讓月寧忍不住就勾了勾嘴角。

想想季霆那自私貪婪的大哥、大嫂，再想想田桂花對她無微不至的照顧，季霆與馬大龍是真的比親兄弟還親，這兩人說話都不知道客氣。

之前馬大龍向季霆討教竹桌竹椅的作法時是這樣，這次季霆請馬大龍幫忙招人也是這樣。

「要整理三十畝的石頭地可不是個小工程，現在離臘月也只剩四個月了，今年入冬前也不知道會不會下雨。」

季霆從井裡提了桶水上來，一邊幫馬大龍給菜地澆水，一邊道：「下不下雨的要看老天爺的意思，左右咱們這裡不缺水吃就行了，回頭你幫我多招些人過來幹活，我想在入冬前把房子給建起來。」

「你小子手裡還有多少銀子啊？就南山坳那一地的亂石，我看得招個百來人才成吧。」

季霆嘿嘿笑道：「你別看那一地的石頭，石頭多，也有多的好處。那些大石頭我想讓人全部鑿成差不多大小的，留著用來砌圍牆，這樣不就省下一筆材料錢了嗎？至於那些混在泥裡的就不管了，反正我這是起房子，又不是要開荒種糧食，到時候用大木樁子直接夯實了，上面鋪上青石板，也不會有什麼影響。」

馬大龍知道季霆這些年攢了不少私房，再加上上次從那些黑衣人身上搜出來的銀子，他也不怕季霆銀子不湊手，道：「招難民幹活得供飯，做飯的婆子得找可靠的，以免給人偷了糧食。而且你這次招的人多，還得找幾個自己人做監工。」

「做飯婆子我想就在村裡找，不過這事得麻煩嫂子，村裡的人我只混了個臉熟，性情怎麼樣還是嫂子清楚些。」

馬大龍點頭，道：「成。回頭就讓你嫂子去村裡找人，一百來張嘴要吃飯，至少要找七、八個人才能做得過來，就你家這情況還得找那口風緊，做事也實在的才成。」

季霆對他的調侃一點也不在意，又說起監工的人選來。「姚二哥和姚三哥，再加上柱子和你，這就四個人了，健波和立強也都大了，讓他們幫你們跑腿打雜，這麼多人應該夠了吧？」

連早些年逝世的姚大哥長子立強都安排了，說來說去就沒有他自己?!

馬大龍直起腰來，神色不善的瞪著他，道：「你給我們都排上事了，那你自己呢？」

季霆抬頭衝他咧嘴笑道：「我一個瘸子可幹不了什麼重活，最多也就能給你們管管錢、算算帳，順帶再幫忙盯著大家幹活，別讓人偷懶了。」

裝瘸子裝得這麼一本正經，你也是個人才啊！

「一會兒讓你媳婦到我家待著，咱們叫上人去姚家商量商量，要是沒問題，我明天就去鎮上招人和聯繫泥瓦匠。」誰叫這是自己的親師弟呢？給他做牛做馬，馬大龍也只能咬牙忍了。

等兩人把幾壟菜地侍弄好，季霆就渾身汗濕的翻窗回來了，被汗濕透的布料緊黏在身上，更顯得季霆一身肌力感十足。

月寧看著他這副寬肩窄腰大長腿的樣子，只覺得濃濃的雄性荷爾蒙氣息撲面而來，烘得她的臉一下就紅了，忙轉身掀開箱子，抓出他的衣裳扔過去。「一身臭汗，還不快去洗洗。」

季霆一把接住衣服，訕笑著往外挪。「我這就去洗、這就去洗。」

梳洗換衣後，季霆就把月寧移交給了田桂花，然後就和馬大龍勾肩搭背的往姚家去了。

田桂花笑著調侃月寧。「季霆那臭小子這回可算是栽妳手裡了，妳看他到哪兒都不放心讓妳一個人在家待著，就怕季家那些人突然鬧上門來會傷了妳。」

這個時候，她是不是該害羞的紅著臉，嗲嗲的叫聲「嫂子」？但關鍵時候，月寧發現自己的臉並沒有聽從指揮，於是只能尷尬的笑笑。

院外一陣細碎的腳步聲響起，慧兒和小建軍像兩頭失控的小牛犢子般，滿頭大汗的衝進來。「娘！」

「娘！我們回來了！」

「哎喲！怎麼跑這麼急啊？看看這一頭的汗！」田桂花忙去浸濕了棉布巾子，給兩人擦汗。

小建軍被田桂花按著擦汗，慧兒見月寧坐在那裡看著他們，朝她靦腆的一笑。「季四嬸！」

「乖！」月寧寵溺的看著她，道：「嬸嬸家裡有白麵，中午給慧兒做雞蛋餅吃，好不好？」

慧兒忍不住嚥了口口水，卻懂事的搖了搖頭。她記得娘說過，白麵和家裡的雞都是石頭叔要買給漂亮嬸嬸補身子的，那雞生的蛋自然也要留給嬸嬸補身子了。

「我要吃雞蛋餅。」被田桂花按著擦汗的馬建軍，一聽到吃的就高興的跳了起來，推開田桂花的手扭身向月寧叫道：「季四嬸，我也要吃雞蛋餅！」

「好，那咱們中午就做雞蛋餅吃。」

「這可使不得！」田桂花忙道：「如今的雞蛋可金貴著呢，都是留著給妳補身子的，可不能這麼隨便浪費了。」

「嫂子說這話我就不愛聽了，這怎麼是浪費呢？」月寧故作不滿的板起臉道：「我有事尋妳幫忙的時候，妳二話沒說就幫了，怎麼我想給慧兒和小建軍做口好吃的，妳就跟我見外起來了？合著妳是覺得我這人只能共患難，不能共富貴是吧？」

「說啥患難、富貴的，咱們整天這抬頭不見低頭見的，我也不過就是幫忙端個湯藥、遞碗水的……」見月寧面無表情直瞪著她，田桂花連忙氣弱討饒。「好，好，是我說錯話了，妳愛給他們做什麼就做什麼吧，嫂子啥也不管了。」

「這才對嘛！我不拿嫂子當外人，嫂子也該拿我當親姐妹來往才是。」月寧又轉頭對慧兒笑道：「一會兒慧兒幫嬸嬸的忙，好不好？」

慧兒兩眼亮晶晶的忙點頭答應。「好！我給嬸嬸幫忙。」

小建軍高興的拍著手，繞著田桂花轉圈圈。「哦！有雞蛋餅吃了。哦！有雞蛋餅吃了。」

「這孩子！」田桂花又好氣又好笑的扭頭去看月寧。

月寧向她微微一笑，慢吞吞的起身，道：「我回去拿白麵和油。」

「妳坐著吧，我去給妳拿。」田桂花把手裡搓過一遍的棉布巾子遞給慧兒，讓她自己擦臉。她往前院走了兩步，想了想又停下來，道：「我還是從後院過吧，現在村裡往南山坳挖野菜的孩子多，萬一被人看到我從妳家拿東西，傳出什麼話讓季家那些人鬧上門來，可就不好了。」

家有極品親戚，就是這麼愁人，連吃口好東西都得前怕狼後怕虎的，難怪季霆買隻雞、買塊地都不敢說是自己的。要是以後他們賺了銀子也得這麼東藏西掩，每天吃糠咽菜的做個「低調」的富豪，那活著還有什麼意思？

月寧一邊在心裡暗道自己該找個時間好好跟季霆談談這事，一邊走進廚房。馬家廚房的東西可比季家的齊全多了，雖然那些廚具在月寧看來，都簡陋到不能再簡陋，可有總比沒有好。

「嬸嬸，給，雞蛋。」慧兒雙手提著個大竹籃子，努力往月寧面前遞。

月寧伸手去接，入手的分量讓她連忙把竹籃放到灶臺上。竹籃子上蓋著塊藍色麻布，她把布掀開，就露出裡面小半籃的雞蛋來。土雞蛋個頭都只有兩、三個鴿蛋大小，要做夠兩大兩小夠吃的雞蛋餅，這小半籃子雞蛋就是全磕完了，只怕也就勉強。不過她要是真把雞蛋都用了，田嫂子只怕要瘋吧？

以雞蛋為主的雞蛋蔥油餅是做不成了，月寧想了想就決定做雞蛋煎餅。作為一個合格的吃貨，她前世唯一拿得出手的就是廚藝了。拿了個大大碗公擱在灶臺上，月寧就開始磕起雞蛋來。

慧兒呆呆的看著她兩手如飛，雞蛋只在碗口上輕輕一磕，蛋殼就被扔到了一邊，好半晌才回過神來，大叫道：「夠了夠了，嬸嬸，雞蛋都要被妳磕完啦！」

月寧看看碗裡的蛋液，又看了眼竹籃裡的蛋，心說這都還不到一半呢，可看著慧兒正拿看敗家子的眼神看著她，月寧也只能作罷了。

田桂花很快就把白麵拿了回來，可一見灶臺上的蛋殼，她的臉色都變了。「月寧，妳這是想做什麼啊，怎麼磕了這麼多雞蛋啊？」

「我想做雞蛋煎餅，這個不會太費雞蛋。」

田桂花瞪著灶臺上快要堆成小山的蛋殼，就差直接咆哮出聲了：妳是在逗我嗎？這還叫不費雞蛋，那什麼才叫費雞蛋啊?!

月寧假裝沒看到她呆滯的表情，笑咪咪問：「嫂子，咱們這附近可有豬肉賣？」

「有的。」田桂花有些頭重腳輕的喃喃道：「咱們村裡的劉屠戶每天都會跟附近三個村的屠戶分一頭豬，他家就住在村口那裡。」

月寧掏出一小塊一兩的碎銀，衝一旁的慧兒道：「慧兒，妳去劉屠戶家買十斤五花肉回來，要是劉屠戶家有豬大骨，妳也買幾根回來，咱們加了大蘿蔔熬湯喝。」

慧兒接了碎銀，卻拿眼睛去看田桂花。

田桂花衝她點頭笑道：「既然嬸嬸讓妳去，那妳就趕緊去吧，快去快回啊。」

「哎，我知道啦，娘。」慧兒高興的跑出去，在院子裡拿了自己的小背簍揹上，就往村子的方向跑去。

「姐姐，等等我。」馬建軍一見慧兒跑了，也忙顛顛的跟著跑了出去。

田桂花一路看著兩姐弟跑遠才回過身。

月寧看她這樣就感嘆道：「這兩個孩子可真要好。」

「慧兒是個懂事的，打小就知道幫忙帶弟弟，以前老大在家的時候，三個孩子吃住都在一處，大的會讓小的，軍兒也喜歡黏著哥哥、姐姐。可自打老大去鎮上上私塾之後，慧兒和軍兒都有些不習慣，所以兩個人就更加形影不離了。」

月寧想到季霆家的情況，笑著搖頭道：「要我說，這孩子之間的感情好，其實是父母教得好。咱們不看別的，光看季家四兄弟就知道了。」

季霆四兄弟如今已經成了整個穀和縣父母教育孩子的反面教材了。

田桂花笑了笑，一邊挽袖子一邊轉移話題道：「妳想做什麼？我來給妳打下手吧。」

月寧也不跟她客氣。「嫂子家裡可有黃瓜、胡蘿蔔、香蔥、青菜或酸菜這些東西？」

「有，都有。」

月寧一聽便高興起來。「胡蘿蔔有兩根就夠了，黃瓜要多些，來個四、五根吧，青菜四、五顆，香蔥有個四、五株也就行了，至於酸菜，能切一盤子的量應該也足夠了。這麼多東西做出來，足夠七、八個人吃了。」

田桂花聽了也不多問，點點頭就轉身往外走。「行，我這就去給妳弄來。」

趁著田桂花去拿配菜的工夫，月寧又多磕了幾個雞蛋，然後飛快的將竹籃用布蓋好，提了放到牆邊，再將灶臺上一堆蛋殼裡的蛋清用手指都摳乾淨，這才將蛋殼全都倒到簸箕裡毀屍滅跡。

拿了個乾淨的木盆，月寧放了兩碗白麵進去，可看看那碗雞蛋液，想著田桂花當時肉痛的表情，她又舀了兩碗白麵進去，用涼開水將蛋液攪拌兌開後，倒進木盆裡和麵粉攪拌成淡黃色的麵糊，這才停下手。

「嬸嬸，我們回來了！」慧兒人沒進門，就先大聲的嚷嚷起來。

「真好，嬸嬸正等著慧兒買肉回來呢。」月寧誇獎地摸摸慧兒的頭，讓她先帶著小建軍在院子裡玩會兒，拿著她買回來的肉和豬大骨在井邊清洗乾淨後，這才拿到廚房處理。

五花肉外層的肥肉，月寧切下先放到一邊，準備一會兒用來熬油。其餘的則全都切成一指來厚、巴掌大小的肉排，放到洗淨的大鍋裡，倒水，放入生薑除味。

可等蓋上鍋蓋，月寧卻發愁了。「慧兒，妳會不會燒火啊？快來幫幫嬸嬸！」用慣了瓦斯爐，月寧拿打火石還真沒辦法。

「來了。」慧兒拉著弟弟蹦蹦跳跳進來，熟練的從柴堆裡抓出一把乾草，然後拿著打火石「啪啪」打了兩下，乾草就竄起了火苗。

「慧兒好棒，好能幹啊！」月寧用力拍手，對這種神動作表達崇拜之情。

慧兒被她誇得小臉紅撲撲的，抿著小嘴笑，那模樣可愛得讓月寧差點想將人抱在懷裡使勁親上兩口。目光轉向坐在小板凳上眼巴巴望著她的小建軍，月寧誇道：「軍兒也好乖，姐姐幫嬸嬸燒火，軍兒就乖乖坐在這裡，等嬸嬸給你做好吃的，好不好？」

「好！」小建軍兩眼亮晶晶的猛點頭，那可愛的模樣萌得月寧忍不住伸手，也在他的小腦袋上摸了摸。「真乖！」

火一起來，空著準備熬油的鐵鍋就冒起縷縷煙氣來，月寧忙將灶臺上的東西都挪到一邊，飛快的把事先放在一旁的肥油切片，鋪平在鍋中。

等鍋底有了油汁，月寧把所有肥肉鏟到一塊，蓋上鍋蓋，就拿著竹篩，給另一口鍋裡的肉排撈起浮沫來。等肉排去完了血水，她才把肉排全部撈出來，洗鍋倒油後便開始煎肉排。

肉排要兩面都煎至略帶焦黃，然後倒入與肉排齊平的水，放入鹽、酒、醬油和糖，大火熬煮兩刻鐘左右。

可火一大，另一口鍋裡的油就開始滋滋作響。月寧連忙掀開鍋蓋，拿鏟子將肥肉翻炒了下，任其被熬出的油浸沒。一時間，油香味瀰漫到整個廚房都是，直把慧兒和軍兒饞得拚命嚥口水。

「哎喲，這是在熬油嗎？聞著可真香啊！」田桂花挎著個竹籃進來，朝向她看來的月寧笑道：「妳要的黃瓜、青菜、胡蘿蔔和酸菜，我都已經洗過了。」

「太好了！嫂子幫我拿幾個空碗過來吧，我這就把東西切了。」月寧上前想接籃子。

田桂花卻讓開了，笑道：「還是我來切吧，妳的病還沒好呢，可不能操勞。」

「不過是切幾根黃瓜胡蘿蔔，又累不著人，不礙事的。」月寧笑著提過籃子放到灶臺上。

田桂花只得眼巴巴的跟在後面看著，見月寧擺好砧板就拿出黃瓜飛快切了起來，只見月寧手起刀落，那速度把她都看呆了。「原來妳會做飯啊？」

第十五章

「會一點。以前閒來沒事時，我自己也會下廚搗鼓些吃的。」

月寧回頭朝她微微一笑，手裡的刀卻並未停頓，把田桂花給嚇得膽顫心驚直叫。

「妳、妳專心切菜，別看我啊！」

「沒事的。」月寧一點都沒有嚇到人的自覺，菜刀接連不停的將黃瓜和胡蘿蔔切絲，青菜和酸菜切段。

可任月寧切黃瓜的動作再快，熬油的鍋裡也因為火太旺，油渣眼看著再熬下去就要焦了。

月寧連忙端起砧板把位置讓出來，招呼田桂花。「田嫂子，快！先把油渣撈起來，不然就要熬糊了。」

「好，好，我來。」田桂花也是下廚小能手，撈個油渣、舀個油啥的，完全就是小意思。

另一口鍋裡的肉排被大火煮得「咕嘟」直響，空氣裡全是濃濃的肉香味。月寧掀開點鍋蓋看了眼，朝慧兒笑道：「慧兒，現在可以減柴火了，肉排再小火燜煮一會兒就可以出鍋了。等嬸嬸煎好了餅子，咱們就能開飯了。」

慧兒和小建軍聞言，臉上的笑容瞬間就燦爛起來，空氣裡的肉香味讓兩個孩子饞得直嚥口水，那樣子別提有多可愛了。

月寧看著忍不住抿嘴笑起來，一邊捋袖子準備煎餅皮。她煎餅皮的技術是一等一的，用木勺舀上半勺雞蛋麵糊，微斜著沿鍋壁飛快的轉個圈。淡黃的麵糊一面熟一面沿著鍋壁流到鍋底，形成一張完美的餅皮。

月寧左手在餅皮上輕輕一撚，再飛快的拎起翻個面，右手的木勺在餅子上一壓，左手再帶著餅皮在鍋裡轉個圈，一張餅皮就完成。月寧左手拎起餅皮扔進一旁乾淨的木盆裡時，右手已經重新舀起麵糊，在鍋裡又畫出了一個形狀完美的圓，那行雲流水的動作看得田桂花都呆了。

如此煎了三塊餅皮，鍋裡的油也乾了。月寧重新往鍋裡加了油，一邊招呼田桂花。「嫂子，妳看看那口鍋裡的肉排入味了沒有，挾一塊出來試試味道，要是行了就拿竹篩撈出來，肉湯另外拿碗盛了放著，以後還能拌飯吃。」

「好，我來試試。」田桂花看著兩個孩子小脖子都快仰到天上去了，笑咪咪的挾了一塊肉排出來，吹了吹就咬了一小口。「淡了點。」

小建軍聞言就蹦了起來，急不可耐的扯著田桂花的衣角叫道：「娘，給軍兒也試試，給軍兒也試試！」

那饞樣兒逗得田桂花和月寧簡直忍俊不禁。

「好好，也給你試試。」田桂花拿了個小碗把肉排放進去，轉手遞給他。「拿去吧，要跟姐姐一起吃啊。」

「嗯！」小建軍板著小臉，嚴肅的接過碗，一轉身就衝慧兒咧開了嘴。「姐姐，我們吃肉。」

兩姐弟你一口我一口，推讓著吃一塊肉排，那姐友弟恭的模樣看得田桂花欣慰不已。

月寧笑看了兩姐弟一眼，對田桂花道：「嫂子將肉排都撈出來吧，淡一點也沒事，待會兒我用肉湯再調點蘸醬，吃餅子時刷上，味道就正好了。」

田桂花一手菜盆，一手竹篩，三兩下就把一鍋肉排都給撈了出來。

月寧看鍋裡還剩下小半鍋肉湯，就與田桂花商量。「嫂子，你們吃不吃辣？蘸醬我看要不就做兩份吧，一份放辣，一份不辣的。」

田桂花爽朗的笑道：「都做辣的也沒事，我們家都能吃辣。」

合著就她一個人不能吃辣啊？月寧笑得好不尷尬。「還是做兩份吧，我在喝藥，不能吃辣的。」

「哎喲，妳看我。」田桂花忙輕拍了拍自己的嘴巴，訕笑道：「我把這麼重要的事都給忘了，那咱們就做兩份蘸醬。」

灶堂裡的火小了，月寧這邊煎餅皮的速度也就慢了下來。趁著等餅皮熟的空檔，她騰出手來把青菜和胡蘿蔔也放肉湯裡燙了。

等青菜和胡蘿蔔起鍋了，月寧就往肉湯裡加了鹽，又兌了兩勺芡粉倒進去勾芡，還讓田桂花切了香蔥灑進去，最後看差不多了才讓她分兩個碗將醬汁盛起來。

「嫂子，酸菜就妳來炒吧！不過酸菜要切細些，一會兒包在餅皮裡才好吃。」要不是酸菜味重，她要用手翻餅皮，碰了酸菜容易串味道，月寧也不想麻煩田桂花。

「我就怕我炒得沒妳炒得好吃。」田桂花一邊刷鍋，一邊笑道：「看妳這又是煎薄餅子，又是燙菜的講究樣兒，我就知道妳這餅子做得肯定好吃。我們鄉下人家，平時做個餅子吃也是做最省事的那種，就是發了麵之後，往麵團裡包餡料進去，然後放鍋裡烙熟就行的那種乾餅子。那餅子吃著雖然也香，可乾巴巴的，沒妳做的餅子這般油汪汪的，光聞就叫人忍不住流口水。」

「得虧我知道嫂子的為人，不然聽妳這麼說，都要以為妳這是在罵我敗家了。」月寧接著和她說起大戶人家後宅裡的各種彎彎繞，完了又道：「還是嫂子好，心裡怎麼想就怎麼說，跟妳說事最省心了。」

田桂花聽了忍不住哈哈笑道：「瞧妳這話說的，我要是心裡多幾個彎彎繞，還不得懷疑妳是在背地裡罵我沒腦子啊？」

月寧聞言一愣，隨即也笑起來。

「妳們在說什麼呢，笑得這麼開心？」院子裡響起馬大龍帶笑的聲音，田桂花連鏟子都來不及放下就快步走了出去，看著站在院子裡的季霆和馬大龍，驚訝道：「你們怎麼回來了？」

「這都大中午了，我們還不能回來吃飯啊？」

季霆也笑道：「嫂子在家裡做什麼好吃的呢？我們在姚家聞到香味，都坐不住了。」

田桂花看著突然跑回來的兩人，腦子裡只有一個念頭：今天的午飯夠不夠吃啊？想著月寧煮的那一大鍋肉排，和正在煎的那一大盆餅皮，她不由得慶幸月寧做的東西夠多，不然說好要在姚家吃的兩人突然跑回來，她還得重新弄飯。

「不是娘做的，是嬸嬸做的。」小建軍從廚房裡跑出來，衝著季霆和馬大龍炫耀道：「嬸嬸做了肉，還有雞蛋煎餅，還有……還有菜。」

季霆臉上的笑容一下就沒了，腦子裡閃過月寧去南山坳時，明明累得都走不動了，還硬不要他幫忙的倔強模樣，眼裡的擔憂就掩飾不住的流露了出來。「師兄，嫂子，你們先聊著，我進去看看月寧。」

季霆邊走邊說，話說完了人也已經進了廚房，根本就沒有給馬大龍和田桂花說話的機會。

田桂花揚揚手裡的鏟子，好笑的對馬大龍道：「我跟你有啥好聊的？我這才洗乾淨了鍋，正準備炒酸菜呢。」

馬大龍朝她擠擠眼，低聲笑道：「他這才新婚燕爾，一看不到媳婦就心慌，咱們也是過來人，我當初不也是這麼黏著妳的嗎？」

田桂花被他說得老臉一紅，嬌嗔的低聲罵了他一句。「你當著孩子的面胡說什麼呢？老不正經！」

馬大龍嘿嘿笑了兩聲，低頭問兒子。「軍兒可嚐過嬸嬸做的肉了，好不好吃啊？」

小建軍兩眼放光的猛點頭。「好吃，嬸嬸做的肉可香了。」

田桂花看了眼跟兒子逗趣的丈夫，又往廚房看了看，再瞧著手裡的鏟子，一時都不知道自己該不該進去。

而此時的廚房裡，月寧正手忙腳亂的一邊往燒乾水的鍋裡添油，一邊往另一口鍋裡倒麵糊。季霆進去時看到的，就是她左右開弓，忙得不可開交的模樣。

「季四叔！」慧兒首先發現了進來的季霆。

季霆「嗯」了一聲，轉頭就對上月寧望來的清澈美眸。

「你們不是去姚家商量事情了嗎？怎麼回來了？沒在姚家吃午飯嗎？」月寧一開口就是一串問題，心裡卻在慶幸自己方才多舀了兩碗白麵出來，不然多了兩個大男人吃飯，這午飯就尷尬了。

季霆不動聲色的打量著她的臉色，見她精神看起來還好，才笑道：「妳們這邊做飯的香味都飄到姚家去了，我們在那邊聞著香味饞得不行，也就沒心思商量事情了，所以準備先回來吃了飯再過去。」

「我這邊快好了，等嫂子把酸菜炒好就可以開飯了。」月寧說著看了眼才添了油的鍋，就見那鍋裡竟然已經開始冒煙了，她「哎呀」一聲，連忙端起砧板，將酸菜倒下去。鍋裡爆起「刺啦」一聲巨響，嚇得季霆忙伸手就把她扯進了懷裡。

這可把月寧給急壞了，手忙腳亂的推開季霆。「哎呀！你扯我幹麼呀？鍋裡的菜要糊了。」她四處看了下，沒找到鍋鏟，忙抓了雙筷子將鍋裡的酸菜翻了翻，又去翻自己鍋裡的餅皮。

季霆看她這副忙亂的樣子，心裡突然就有些不舒服。他把她捧在手心裡寵著，恨不得將這小女人給供起來，可她倒好，他一個沒看住，她就把自己弄得這麼忙亂。他上前抽走她手裡的筷子，幫忙翻炒鍋裡的酸菜。

月寧忙著翻餅皮，並沒注意季霆的情緒變化。眼見鍋裡的酸菜差不多了，她忙往鍋裡頭加了鹽、糖和兩勺黃酒，一會兒指揮季霆翻菜，一會兒讓他嚐味道。熱油爆炒的酸菜看著油汪汪的，季霆挾了一筷子塞進嘴裡細細嚼著。

「怎麼樣，味道可以嗎？」月寧在一旁眼巴巴的看著他。

季霆把嘴裡的酸菜嚥下，又從鍋裡挾了兩根餵到月寧嘴邊，道：「我吃著怎麼是甜的，妳嚐嚐。」

月寧想說她炒的本就是酸甜味的。根本沒往別處想，就把餵到嘴邊的酸菜給吃了，自然也沒看到季霆飛揚的眉頭和眼裡蕩漾的笑意。

「味道差不多了。」以月寧的味蕾嚐著雖然覺得酸菜還不夠鮮，可這也是沒辦法的事，畢竟大梁朝可沒有雞粉或味精這些調味料。

眼見要起鍋了，月寧在廚房裡轉了一圈都沒找到鍋鏟，不得不出聲喊田桂花。「嫂子，妳把鏟子放哪兒了？我找不著了。」

「鏟子在我這兒呢！」田桂花在外頭都乾站了好一會兒，這時聽到月寧的聲音，簡直如聞仙音，幾個大步就衝了進去。可一看季霆和月寧在灶前並肩站著，季霆一手筷子一手端碗，正從鍋裡往外挾酸菜，那樣子明擺著就沒想讓她插手。

田桂花也懶得做那破壞人家親密的壞人，把手裡的鍋鏟朝季霆一遞。「給，鏟子。」

「多謝嫂子！」季霆接過鍋鏟，動作自然的將鍋裡的酸菜都盛入碗裡，根本不覺得他這麼大塊頭擠在這裡有什麼不對。

月寧撚起鍋裡的餅皮扔進木盆裡，一邊往鍋裡倒最後一點麵糊，一邊朝田桂花道：「嫂子，妳把東西都端出去吧，可以開飯了。」又對慧兒道：「慧兒，妳把灶堂裡的柴火都退出來，然後去洗手，咱們要吃飯了。」

「好！」慧兒聽話的把沒燒完的木柴全都埋進柴灰裡滅掉，一邊人小鬼大的盯著月寧和季霆不放。

季霆似有所感的回頭，把她嚇得轉身就跑。「季四嬸，我去洗手了。」

「好！」月寧根本沒發現兩人的眉眼官司，兩眼只盯著鍋裡的最後一塊餅皮，等它熟了，將之撚起。

季霆見她忙完了，就抓住她的手，一根手指一根手指的仔細檢查。

「你幹麼呀！」月寧有些莫名其妙，又覺得有些不好意思，試著往回抽手，卻被季霆給抓得更緊上兩分。他瞪著眼前不知好歹的小女人，皺眉道：「那鐵鍋那麼燙，妳就這麼赤手去抓，萬一燙著了怎麼辦？」

月寧眨眨眼，臉紅地看季霆厚顏無恥抓著自己的手摸來摸去，窘得只想一腳踹過去。「你放手！」

「不放！」反正四下無人，媳婦嫩白的小手又握在自己的手裡，這嫩豆腐不吃季霆都覺得對不起自己。他一邊對著掌心裡的小手又摸又捏，一邊討好的朝月寧笑道：「我看看妳有沒有燙傷。」

「我好得很，你趕緊撒手。」月寧用力往回抽手，一邊豎起耳朵聽外頭的動靜，就怕有人突然闖進來。馬家的廚房離堂屋也不過幾步距離，軍兒和慧兒在院子裡洗手的嬉笑聲傳進廚房十分清晰，讓月寧更加緊張得不行，就怕被人撞見她和季霆拉拉扯扯的。

佳人含羞帶嗔的模樣，看得季霆心頭一蕩，他手上一個用力就把月寧扯進了懷裡，蒲扇般的大手按上她的背，壓著她貼向自己。「別怕，嫂子和師兄都在堂屋呢，沒人會進來的。」

月寧整個人都快要燒起來了，一邊扭身掙扎，一邊怒道：「我信你才怪，這可是在別人家裡，你還不快放開。」

季霆正感覺著兩團柔軟緊貼在胸前輕撞摩擦的美妙感覺，一雙眼陶醉得瞇了瞇卻也沒敢太過分，忙道：「快別亂動了，我放開妳就是了。」

月寧聞言停下動作，季霆才鬆開手，她就抬腳踩上了他的大腳板。「叫你耍無賴！」

可這一腳踩下去月寧就後悔了，她怎麼就忘了力的作用是相互的呢？季霆常年習武練就的銅皮鐵骨，哪是她這一身細皮嫩肉能比的？月寧只覺得自己的腳底心就跟踩到了鐵塊般，她疼得眼淚都差點掉下來。

季霆哭笑不得的看著疼到直抽氣的小女人，一邊蹲下給她揉腳，一邊叨念她。「妳這脾氣當真得改改，一不高興就踹人，也不看看自己有沒有這個本事，妳看看，又把自己給弄疼了吧？」

「你當我喜歡踹人嗎？也不想想是誰害的？」月寧氣得磨牙。「不過你說得對，下回我就隨身帶根打狗棒！」這話的潛臺詞是：下次再動手動腳，就打斷你的狗腿！

媳婦太聰明了就是這點不好。季霆湊到月寧面前，很認真的揚眉問她。「那咱們以後就在家裡關起門來親暱，妳說好不好？」

「滾！」月寧羞得一把推開他的臉，決定再也不要跟這無恥的男人說話了，她轉身要去端灶臺上裝著餅皮的大木盆。

季霆哪裡捨得讓她幹這種「重」活，忙搶先將那木盆端在手裡，笑著大步走了出去。「這個我來端就行了，妳去洗個手過來吃飯。」

看著他的背影，月寧抿唇壓下想要上勾的嘴角，也懶得去和他搶那盆子，徑直去井邊洗了手，就轉身進了堂屋。

馬家的堂屋裡，原本靠牆擺著的八仙桌已經被搬到了屋子中間，馬家兩小一大和季霆各佔據了桌子一方，唯有田桂花站在馬大龍身邊，在給眾人分碗筷。

眼見馬大龍挾起塊肉排往慧兒的碗裡放，月寧連忙揮手阻止。「我弄一遍給你們看吧，這餅皮其實是用來包餡料的，你們喜歡吃什麼，就往餅子裡放什麼就成了。」她說著，拿起一張餅皮折了兩折，然後往一個折出的兜子裡放肉排，一個兜子裡放上兩片青菜葉、蘸了醬的黃瓜絲和胡蘿蔔絲，然後轉手遞給慧兒。

「謝謝嬸嬸！」慧兒高高興興的接過餅子。「啊嗚」一下就咬了一大口，然後眯著眼睛，「嗚嗚嗚」的猛點頭，那模樣一看就知道是在說這餅子好吃。

馬建軍立即急道：「嬸嬸，還有軍兒呢，嬸嬸也幫軍兒包餅子。」

「好，嬸嬸給你包。」月寧笑咪咪的挾起另一張餅皮。

田桂花忙阻止道：「我給他包吧，妳包妳自己的，這都忙活大半天了，妳也該餓了。」

月寧莞爾笑道：「還是我給他包吧！再餓也不差這麼一會兒。」月寧說著轉頭問小建軍喜歡吃什麼，一邊依言幫他往餅子裡挾配菜，等她把手裡的餅子遞給小建軍，斜刺裡突然遞來一塊夾好的煎餅。

月寧扭頭看去，就見季霆正笑看著她。「我給妳挾了塊肉排，特意多放了青菜、黃瓜絲和胡蘿蔔絲，妳嚐嚐味道怎麼樣？」

月寧臉紅心跳的接過餅子，埋頭默默的小口啃著，心裡甜絲絲的想著：有個這麼體貼的男朋友，好像也挺不錯的。

馬大龍看著兩人甜蜜的互動，朝季霆曖昧的揚揚眉。

季霆咧嘴笑笑，轉頭又溫柔的看了眼月寧，這才好心情的給自己包起餅子來。

自己根據口味放餡料的煎餅，吃起來有趣又好吃。一頓午飯吃得熱熱鬧鬧的，除了月寧只吃了一個煎餅，就連六歲的小建軍都吃了兩個，季霆和馬大龍更是一人吃了八個。一盆滿滿的餅皮，吃到最後竟然只剩下四塊，倒是肉排還剩下半盆。

季霆看大家都不吃了，就向馬大龍道：「剩下的這些，包兩塊給荀叔爺孫倆送去，另外兩塊一會兒咱們帶姚家去，給師傅也嚐嚐吧。」

餅皮就剩四塊，一家兩塊倒也公平。去荀家送餅的工作交給了慧兒和小建軍，月寧起身想幫忙收拾桌子，田桂花攔著死活不讓她動手。「妳身子都還沒養好呢，都操勞了大半個早上了，趕緊去歇歇，這收拾碗筷的活，我來就行了。」

月寧才想說話，季霆卻看不下去了，抓著月寧的手就將人往一旁的屋子裡扯。「月寧，來，我有話跟妳說。」

「哎？」月寧在馬大龍和田桂花曖昧的目光中，身不由己的被季霆拖進了一側慧兒的房間。

房門一關，月寧才後知後覺意識到發生什麼事了，又窘又氣的使勁往回抽被季霆握著的手。誰知他非但不放，還扯著她往懷裡帶。

「你這混蛋，你怎麼敢，怎麼敢……」月寧只要一想到馬大龍和田桂花方才的眼神，就羞窘得不行，扭著身子不肯讓他抱。

季霆一健康得不能再健康的大好青年，懷裡抱的又是自己認定了的媳婦，就這麼靜靜抱著他都衝動得不行，更別說月寧現在像隻調皮的小蟲子般扭來扭去的。他的呼吸一下就粗重了起來，手臂一個用力就箍著她的柳腰，迫使她貼上自己的身體。

月寧就跟被按了暫停鍵的機器人似的，突然就不敢動了。這事她在前世是看了不少，可這麼真刀實槍的來，兩世為人都是頭一遭，雖然沒被嚇住，可整個人是真的羞得快燒起來了。

季霆原以為這回肯定要受一番痛並快樂的「酷刑」了，誰知月寧突然乖巧下來。他低頭貼上月寧熱度燙人的臉，寵愛的蹭了蹭，輕笑道：「現在知道怕了？嗯？」

「你混蛋！」月寧憋屈的都快內傷了，偏偏面對這樣的威脅，她真的很孬啊。

「是，我混蛋。」季霆寵溺的順著她的話哄她。「妳就算想發脾氣，也要告訴我為什麼生氣吧？」

月寧咬牙怒道：「大白天的你拉我進房，還把門給關上了，你這樣讓馬大哥和田嫂子怎麼想我？」

就為這個？

季霆哭笑不得的伏在她肩上嘆氣。「月兒，我說了咱們雖然沒拜堂，可在別人眼裡，咱們就是夫妻。夫妻倆關起門來說幾句私密話，這不是很正常的嗎？」

月寧可不買他的帳。「我不管！你以後要是再這樣，我就，我就再也不理你了。」

第十六章

「好，好。」季霆哄月寧都哄出經驗來了，忙撫著她的背應承道：「僅此一次，以後我再也不這樣了，好不好？」

小腹上頂著的那個東西就算隔著兩層衣服，月寧都感覺得到那燙人的熱度。她扭了下被季霆抓著的手腕，羞惱咬牙道：「那你還不趕緊放開我？」

這麼好的偷香機會要是放過了，他還算是個男人嗎？

「再讓我抱一會兒，一會兒就好。」季霆不但不鬆手，反而收緊手臂，抱得更緊了。

「你！你無賴！」

他蹭著她光潔嫩滑的臉，寵溺的笑了笑。「好，我無賴。」不無賴怎麼能軟玉溫香抱滿懷呢？季霆不覺得對自家媳婦無賴有什麼可恥的，抱自己的媳婦，無賴點又怎麼樣？

等體內衝動的浪潮平息，季霆才戀戀不捨的放開她，出門跟馬大龍往姚家去了。他走後，月寧覺得沒臉出去見田桂花，就只能躺慧兒的床上裝死，結果躺著躺著竟睡著了。

一覺睡醒，月寧睜開眼睛，發現自己躺的竟是自家的炕，還以為自己又夢遊了呢。她一骨碌坐起來，看看後窗射進來的昏暗天光，一時也看不出來是早上還是晚上。聽見外間傳來碗盤的碰撞聲，她忙揚聲喚道：「季大哥，你在嗎？」

「在呢，怎麼了？」季霆轉身進屋，見月寧急急忙忙的扶著炕趿鞋，他嚇了一跳，忙過去扶她。「怎麼了？是不是有哪裡不舒服？」

月寧微搖了下頭。「現在是什麼時辰了？我睡了多久？」

季霆愛憐地摸摸她的臉，道：「現在快要酉時三刻了，妳睡了一整個下午，現在感覺怎麼樣？還累不累？」

月寧聞言不禁有些發愣。「不過是煎了些餅皮，怎麼會累得又睡了一下午呢？」

季霆見她這樣就嘆氣道：「荀叔不是說了嘛！妳這次傷了根本，要好好養著才行。結果妳身子才好點就開始操勞，哪有不累壞的道理？」

月寧無語的看著他，道：「重點是我根本就沒覺得累啊！不過是做頓飯而已，我又沒有提水搬東西……」

月寧有些煩躁，她緩了緩情緒，伸手搭上自己的手腕。指下跳動的脈博浮而無力，正是重傷體虛之症。可就算是這樣虛弱的脈象，也比之前她躺床上那會兒要好太多了。

月寧雙肩一下耷拉下來，洩氣道：「荀叔騙人，說什麼只需吃三五個月的藥就能好了，就我這破身子，就是再吃上一年半載的藥，都不一定調理得過來好不好。」

季霆心中憐惜，卻只能握著她的手安慰。「身子慢慢養總會好的，左右家裡也不用妳幹活，妳安心在家養著就是了，萬事有我呢。」

身體弱成這樣，她想不乖乖養著也不行啊。

見她這副無精打彩的樣子，季霆心疼得不行，邊牽著她往外走，一邊轉移話題，道：「咱家起房子的事，我今天已經跟姚家二哥和三哥敲定了，他們明天會幫我們去鎮上招人和聯繫泥瓦匠。妳想要什麼樣的房子？想好了告訴我，我給妳建。」

這話說得霸氣，可月寧想到他手裡就剩四十多兩銀子，就不厚道的笑了。正所謂巧婦難為無米之炊，就那點銀子，她就是想得再好，季霆建得出來嗎？

不過想是這麼想，月寧卻沒有直接說出來，只笑盈盈的道：「我想要個二層的小樓，樓下要有廚房、客廳、餐廳和兩間客房，樓上要有繡房、書房和咱們的臥房。房子要建得高大寬敞，臥房和客房裡最好要有沐浴間和茅廁，這樣半夜如廁就可以不用跑外頭去了。」

季霆聽得頭都大了，可看月寧兩眼發光，興致勃勃的模樣，又不忍打擊她，只能乾巴巴的道：「把沐浴間和茅廁建在房子裡太潮了，而且那味道只怕也不好聞。」

月寧眼珠子一轉，笑咪咪道：「這個我有辦法，保證沐浴間和茅廁建在房間裡不但不潮還不會臭，不過你手裡的銀子應該建不了這樣的房子吧？」

季霆把她嘴角狡黠的笑意盡收眼底，無奈的搖搖頭，覺得自己是真的栽了。跟月寧接觸得越多，他就陷得越深。如今每每看著她，總忍不住想寵著她，連她不時對自己明諷暗嘲、拳打腳踢的，他都覺得那樣子可愛得很。他嘆口氣，一邊轉身去端飯菜，一邊道：「要是我手裡的銀子不夠了，妳的銀子就先借我一用，等以後我賺了銀子再給妳補上。」

月寧聞言，舀水洗漱的動作一頓，轉身驚訝的看著他，道：「咦？你怎麼肯用我的銀子了？怎麼想通的？」

季霆沒好氣的回頭看了她一眼，道：「妳都答應給我做媳婦了，咱們還用分彼此嗎？再說，那三十畝地可是記在妳名下的呢，那房子建了還不是妳的？」

這話她喜歡！

月寧笑著點頭道：「好吧，既然最後都是我的，那我就慷慨大方的借你了，銀子就放在箱子裡，你要用自己拿。不過咱倆的銀子加在一塊，應該也還是不夠建房子的吧？」

「如今招人幹活不用付工錢，只需供他們兩頓飯，至於銀子夠不夠用，得等房子建起來了才知道。」

月寧洗漱完了坐到桌邊，就看著自己的面前已經擺了一小碗漂著淡黃色油花的白米粥，以及一碗炒得很是清爽的青菜。

季霆端著一大碗公雞肉和一碗紅薯坐下，遞給月寧一雙筷子，就埋頭吃起飯來。

待得一碗米粥下肚，月寧擱下筷子，向季霆道：「我繡的那幅心經，再半個月就能繡完了，到時候拿到鎮上繡坊賣掉，估計應該也能賣個幾百兩。」

季霆聞言蹙眉道：「銀子的事妳不用操心，若當真不夠了，我跟師傅或者師兄先借點就是了。妳的身子還沒好，平時繡繡花打發打發時間可以，可若是不顧身子的去弄這些勞什子，我是不許的。」

月寧聞言心中一暖，勾唇笑道：「我自己的身子我還能不愛惜嗎？不過是坐著繡個花，你覺得拿根繡花針會用多少力氣？」

月寧脾氣上來時有多倔，季霆還會不知道嗎？他頗為苦惱的看著她，一時又不知道該怎麼勸她，只能揉揉眉心，滿心無奈的道：「無論如何，妳要以自個兒的身體為重。我如今腿傷好了，若當真缺銀子，大可進深山打些野物回來換銀子的。」

如今這樣的災年，村裡豬肉的價格不算太離譜，可鎮上的豬肉卻早就賣出了鹿肉的價格。現在要是能打到野味拿去鎮上賣，收入不菲是肯定的。

月寧眨眨眼睛，好奇道：「你不必裝病了嗎？」

「該裝還是要裝的。」季霆道：「妳的身子需要靜養，我娘若是要來鬧的話，我少不得會被他們拖住，到時候放妳一個人在家，叫我怎麼能放心呢？」

「也就是說，咱們以後就算有錢了也不能痛快花唄。」月寧手撐著下巴，悠悠嘆了口氣。「難道我們懷揣金銀，還要裝一輩子的窮人嗎？」

「哪那麼嚴重。」季霆雙手在褲子上擦了擦，伸手拉過月寧的手，鄭重道：「最多一年半載，妳的身子也差不多能養好了，到時候我給妳買幾個有身手的丫頭婆子帶著，咱們也就不用再裝了。」

月寧看著季霆自信滿滿的樣子不置可否。「若是你裝病的目的就是想讓我安心靜養，那大可不必。我對自己的繡技還是有幾分信心的，大幅的繡品不說能賣個幾百兩，在福田鎮這種地方，賣個百八十兩還是可以的。以我現在的身體情況，若一月繡出一幅繡品，到過年的時候，怎麼著也還能再繡個四幅繡品出來，到時候想買人還怕沒銀子嗎？」

不得不說，月寧這話還是挺傷季霆的自尊心的。想他堂堂一個八尺男兒，還要病中的媳婦操心賺銀子的事，臉呢？這臉要往哪兒擱？

季霆沈聲道：「我說過了，妳如今最重要的是養好身子。讓妳繡花是給妳打發時間的，可不是要妳整日裡操心怎麼賺銀子的。」

看吧，看吧，大男子主義的主觀意識又抬頭了。

月寧撇嘴道：「我這是既打發了時間又能賺銀子，這兩者之間又不衝突，你就別囉哩囉嗦的了。」

季霆又想嘆氣了，有個主意這麼正的媳婦，他這一家之主也很無奈啊。

「要不，妳明天就搬去姚家住吧。反正師兄明天就要去鎮上招人了，我趁這檔口進山一趟，獵些東西回來給幹活的人添菜，多少也能省些銀錢。」

第二天一早，趁著田桂花過來串門的功夫，季霆跑姚家說了一聲，然後就將月寧送到了姚家。

姚家住的離季家茅屋並不遠，兩屋相隔不過五十多公尺的距離。不過月寧來到這裡快一個月了，除了馬家，還真沒去別人家串過門。

上次去南山坳時經過姚家，月寧曾在外頭往姚家大院看過一眼，當時聽季霆說，姚家因為人口多，所以才建這麼大片院子的，但這宅子看著就給人一種深宅大院的感覺，可不像是普通人家。

季霆敲響姚家的大門，出來應門的正是月寧認識的何嫂子。

「弟妹來啦？快進來。」何氏滿臉堆笑的過來拉月寧的手，牽著她就往裡走。「昨兒聽石頭說妳要過來暫住，可把我們家的老太太給高興壞了，連夜就把客房收拾出來了。一會兒妳看看，要是缺了什麼，可一定要跟嫂子說啊。」

「麻煩嫂子了。」月寧嘴裡道著謝，眼睛卻往左右看著四周眼熟的建築，很想回頭告訴季霆，姚家這宅子何止是獨一份啊，比起這村裡的那些低矮茅屋或是泥胚房來說，這簡直就是豪宅了好不好？

看著整體用石頭砌成的宅子，雖然比不上月寧前世旅遊時看到的那些精美建築，可這宅子結合了農村的特色，除了沒有精美的雕花裝飾，整體的框架卻是完全複製了四合院的建築風格，顯得粗獷、樸實又大氣。

月寧看著這樣的姚家大宅，突然對自家那座即將開建的新房子有了很多的靈感。

「老三家的，妳領的就是季娘子嗎？長得可真標緻，石頭真是好福氣啊。」一道爽朗的笑聲傳來，月寧抬頭看去，就見堂屋裡迎出來四個女子，為首的婦人容貌秀麗，說話舉止卻透著一股子英氣。

何氏指著那婦人和月寧道：「這是我家大嫂，娘家姓張，弟妹喚她姚大嫂或是張嫂子都成。」又笑著指指小張氏身後的婦人，道：「那是我二嫂，娘家姓姜，她身後那兩位，大的是妳二嫂家的姑娘，閨名叫秀寧，小的那個叫秀樂，是我家的丫頭。」

月寧大大方方給小張氏和姜氏行了個福禮。「月寧見過兩位嫂嫂。」

「好妹妹，不必多禮。」

「快起來，快起來。」

小張氏和姜氏笑呵呵的雙雙過來扶月寧，又叫秀寧和秀樂上前叫人。秀寧和秀樂聞言對視了一眼，臉上的表情都有些不太自然，不過還是聽話的雙雙上前要給月寧行禮。

月寧連忙上前扶住兩人，微抽著嘴角笑道：「我與秀寧姑娘年紀相仿，比之秀樂姑娘也不過虛長了三、四歲，要不咱們各論各的，我與兩位姑娘姐妹相稱如何？」

叫一個比自己大不了幾歲的年輕姑娘嬸嬸，秀寧和秀樂也覺得彆扭極了，可她們臉上的喜色才顯現出來，一旁的小張氏已經笑著阻止道：「弟妹可不能跟這兩個丫頭胡鬧，妳是石頭的媳婦，按輩分她們就該喚妳一聲嬸嬸，否則亂了輩分，老爺子和老太太那邊該不高興了。」

季霆也在後面連連點頭，道：「姚大嫂說的極是，這輩分可不能亂，老一輩人最講究這個了。」

秀寧畢竟要大些，聞言立即扯了扯秀樂，兩人一起蹲身朝月寧行禮，喚了聲。「見過季四嬸嬸。」

月寧撫額苦笑道：「我還是頭一次給人做嬸嬸呢，一下就感覺自己老了。」

一句話逗得眾人都忍不住笑起來。

月寧一左一右拉著秀寧和秀樂，笑道：「初次見面，我也沒個準備，幸好我手裡還有幾疋不錯的料子，回頭妳們到我那兒挑疋喜歡的回去，就當我這做嬸嬸的送妳們的見面禮。」

何氏聞言連忙擺手，道：「這可使不得，上回就已經收了妳好幾疋料子，怎麼還能要妳的東西呢？」

姜氏也道：「咱們鄉下人家，不講究這些虛禮，弟妹若是當真覺得過意不去，就給兩個丫頭繡方漂亮的帕子吧。聽妳三嫂說弟妹的繡工極為精湛，這兩個丫頭對妳的繡品可說是惦念已久，妳繡方帕子給她們，剛好能讓她們得償所願了。」

月寧轉頭看向秀寧和秀樂，見兩人滿臉驚喜的向她點頭如搗蒜，不由笑道：「那好吧，一會兒妳們跟我說說都喜歡什麼花樣，我給妳們繡出來。」

「謝謝嬸嬸。」秀寧和秀樂高興的兩手緊握，臉上都笑出了一朵花兒。

何氏出聲提醒眾人。「咱們快別在這裡站著了，趕緊進去吧，老爺子和老太太該等急了。」

月寧被簇擁著進了姚家堂屋，就見寬敞的堂屋裡已經坐了不少人，上首的位置上坐著一男一女兩位精神抖擻的老人，想來便是姚家的老爺子姚鵬和他的妻子張氏了。

小張氏一進門就揚聲笑道：「娘，我們把您盼著的人迎來了，妳快看看，石頭兄弟的媳婦是不是很標緻？」
姚老太太卻是一臉不高興的揮手。「妳擋著人讓我怎麼看啊？趕緊讓開，讓開。」
屋裡的眾人都不禁笑起來。
季霆握住月寧的手，一邊拉著她上前，一邊小聲道：「我帶妳拜見師傅、師娘，咱們一會兒給兩位老人家磕個頭。」
月寧白了他一眼，一臉「這還用你說」的表情，轉過臉去時卻已經勾起了嘴角。
一屋子人全都笑看著季霆和月寧眉來眼去，就連向來嚴肅的姚鵬，見到這一幕都難得的露出笑容。
季霆挨了白眼也不以為意，咧嘴朝上首笑道：「師傅，師娘，這是我媳婦陳芷蔓，小字叫月寧，你們叫她月寧就行了。」又轉頭對月寧道：「我拜師傅為師的事，村裡的人是不知道的，外人只知道師傅一家看我可憐，打小就幫我頗多。所以對外咱們叫姚叔和張嬸，這師徒關係咱們自己知道就行了。」
這遮遮掩掩的，聽著怎麼有種有秘密的感覺？
月寧心裡疑惑卻沒有多問，卻是恭恭敬敬的給姚鵬和張氏磕頭、敬茶。
張氏滿意地笑道：「真是個好姑娘，長得標緻，又溫柔可人，季家那夥人不靠譜了一輩子，就給石頭買妳回來這事做對了。」

她被人拐賣好像並不值得稱道吧?!月寧紅著臉，完全不知道該怎麼接話。一旁的姚鵬忍不住提醒張嬸。「妳別拉著她說個不停了，這丫頭身子不好，還是讓她先回屋去歇著吧。反正人以後就住在咱們家裡，妳還怕以後沒機會說話嗎？」

「這我還會不知道？」被打斷了興致的老太太，沒好氣的白了姚鵬一眼，轉頭又笑咪咪的拍了拍月寧的手，道：「屋子昨天就給你們收拾好了，我讓老大家的帶妳去休息，要是屋裡缺了什麼就跟妳大嫂說，千萬別客氣。」

「來之前，季大哥就跟我說過師傅、師娘待他宛若親生，到姚家住就跟回自己家住是同樣的。」月寧說著甜甜一笑，道：「師娘放心，我肯定不會與您客氣的。」

季霆嘴角一咧，瞬間笑容滿面。

月寧聲音軟糯，樣貌嬌柔，看著就是個惹人憐愛的嬌嬌女，可她偏要做出一副得意、毛躁的孩子模樣，惹得眾人忍不住又一陣笑。

季霆到了姚家真就跟到了自己家一樣，確認過姚家安排他們住的屋子在西跨院裡，就放心的把月寧交給小張氏等人，自己回家搬東西去了。

家裡如今唯一值錢的東西也就兩袋糧食和炕頭上的那兩口箱子。月寧的那些布料、荷包和兩人的衣服都在那兩口箱子裡。季霆一肩一個，輕鬆扛著就給月寧送了過去。

至於東屋裡那些編好的竹籃、竹筐，做了用來賣的幾張竹椅，季霆全都讓馬大龍直接帶鎮上賣了。用過的那套桌椅，就搬到馬家給慧兒和軍兒妝點房間。至於剩下那些鍋碗瓢盆之類的零碎東西，季霆全部打包堆到了馬家的廚房裡。

給屋子上鎖時，季霆心裡還在恨恨的想著，這房子現在徹底成了座空屋，這下任他家人和那些黑衣人有再多的陰謀詭計，面對一座空屋，看他們還有什麼招兒。

自從上次被黑衣人摸到家門口之後，季霆就一直算著時間，防著他那無恥的哥嫂以及那些黑衣人的同夥再找上門來，可過去了這麼多天，不但沒等到人，連季文夫妻倆都消停了，害得季霆還怪不習慣的。

給自己家院門也套上大鎖鎖好，季霆回姚家和月寧打了聲招呼，就挎著大刀揹著鐵弓，按計劃帶著一袋乾糧上山打獵去了。

福田鎮上，季文夫妻倆也確實沒讓季霆失望，還在妄想著賣了月寧之後的那筆銀子呢。

送走了進鋪子買東西的客人，許氏走到櫃檯後頭，狠狠推了把正在打瞌睡的季文，罵道：「你別整天淨知道坐這兒打瞌睡，再去那小客棧問問，看那些人得手了沒有啊？」

季文不耐煩的揮開許氏的手，眼皮也沒抬的低喃道：「去了那麼多次都只讓咱們等消息，我有什麼辦法？」

許氏只要一想到事情要是辦不成，那白花花的銀子就飛了，心裡就跟被貓撓了似的難受。「什麼叫沒有辦法，你也不怕那些人擄了人就撇開咱們跑了。」

季文驚得一下坐了起來，呆呆的看了許氏半晌，才道：「不會吧？咱們可是簽過契書的。」

許氏沒好氣的撇嘴道：「得了吧！你當初跟他們簽那勞什子東西時我就想說了，你簽那個有啥用？他們要是不認帳，你還能去衙門告他們不成？這又不是件多光彩的事，真要是捅出去了，就算官差不來拿你，季老四會放過你？」

季文被許氏說的越想越沒底，從櫃檯下摸出吊銅錢揣進懷裡，就急忙起身往外走去。「我回村去看看，午飯不用準備我的，我回老宅吃。」

許氏把季文送到門口，看他走遠了才滿意的扭著腰回了鋪子，卻不知在他們忙著算計別人的時候，別人也在算計他們。

離雜貨鋪不遠處的巷子口，一個髒兮兮的瘸腿乞丐正低頭靠坐在牆邊。他藏在亂髮下的一雙陰沈的眼，緊盯著季文遠去的背影，直到人快消失不見了，才爬起來跟了上去……

第十七章

「季四嬸嬸，妳要的紙和木炭我都給妳拿來了，妳看看能用不？」秀樂抱著一堆東西一陣風似的衝進來，把正在專心收拾東西的月寧給嚇了一跳。

一旁坐著繡花的秀寧看到月寧嚇得直拍胸口，狠狠瞪了眼莽撞的秀樂，嗔道：「樂兒，妳嚇到季四嬸了。」

秀樂縮了縮脖子，歉疚的看著月寧。「我不是故意要嚇妳的，季四嬸，對不起啊。」

「沒事，是我沒聽到妳的腳步聲。」月寧不在意的揮揮手，把疊了一半的衣衫隨手扔進衣櫃，就去接了秀樂手裡裝著木炭的碗和木尺，轉身往窗邊的案桌走去。

秀樂抱著疊紙亦步亦趨的跟在她身後，一臉好奇的探頭探腦。「季四嬸，妳要這些東西做什麼啊？」

「畫圖啊。」

「拿木炭畫圖？」那要怎麼畫？

「是啊。季大哥問我想要個什麼樣的房子，我就想把房子的圖紙畫出來，不然光靠說的也講不清楚不是？」月寧把碗和木尺放到桌上，轉身又去接秀樂抱著的紙。

紙張入手的觸感略顯厚實，月寧拿起來認真翻了翻，看著粗糙的紙質忍不住就在心裡暗嘆了口氣。這種淡黃色的黃麻紙跟前世她用的素描紙根本沒法比，可偏偏這黃麻紙在世面上賣得還不便宜，一般的讀書人都不一定捨得買來用，由此也可以看出，姚家的生活條件是真的挺富裕的。

「季四嬸，妳還會畫房子啊？」秀樂很是不可思議的看著月寧，感覺這個漂亮的季四嬸明明也沒比自己大幾歲，怎麼好像什麼都會的樣子。三嬸說她繡活好，爺爺說她廚藝好，現在竟然還會畫房子?!

月寧聞聲抬頭，卻被秀樂瞪直了眼睛的萌態給逗笑了。「這有什麼難的？妳不也會畫花樣子嗎？」

秀樂點點頭，想了想又猛然搖頭，道：「我會畫花樣子，可不會畫房子啊。」

月寧伸手捏捏她的小臉，笑道：「畫房子比畫花樣子還簡單呢，不信我畫給妳看。」說完月寧就在桌前坐了下來，從碗裡挑了塊一頭尖尖的木炭，笑看了秀樂一眼，就拿著木尺在紙上畫了起來。

厚實的黃麻紙用來畫圖，雖然粗糙了點，畫著倒也還算不錯。月寧有意秀一秀畫技，拿著木尺在紙上橫著畫條線，豎著畫條線，等畫出一堆雜亂無章的線之後，再將這些線條一一連接起來，就組合成了一座看著有點奇怪的大房子。

「哇！」秀樂看得兩眼發光，看月寧的目光就別提多崇拜了。「妳好厲害哦，季四嬸，不過……這個房子怎麼奇奇怪怪的，跟我們住的房子好像不一樣。」

「確實不一樣，我們現在住的房子一般都是一層的，而我畫的這個是兩層的，妳看看。」月寧笑著把畫好的房子外觀圖遞給她，另外抽了張紙開始畫房子的平面圖。

秀樂看著圖紙連連驚嘆，惹得秀寧都忍不住湊了過來。紙上簡單明瞭的房子外觀，讓秀寧也不由驚呼出聲。「季四嬸，妳這是準備建一座六間兩層的大房子嗎？」

「房子一樓確實是六間的，不過只有中間的四間房間要建兩層。」

秀寧拿過圖紙仔細打量了半晌，才有些擔心的問：「南山坳的土質能建得了兩層的房子嗎？」

「咦？」月寧驚訝的抬頭看了眼秀寧。心說一個鄉下的小姑娘，竟然會懂土質跟建房的關係？她回想起自己看到的姚家人，突然就有種身邊的人都是神秘人，都有大秘密，都是大人物，只是自己不知道的奇異感覺。

「建不了嗎？」秀樂拿著圖紙看看自家堂姐，又看看月寧，心中好不失望。圖紙上的大房子越看越漂亮，要是不能建起來那該多可惜啊。

秀寧搖搖頭，表示自己也不知道。

月寧見兩人這樣，便道：「這個得問問泥瓦匠。」想了想，又道：「南山坳的地下只要不是沼澤，土質應該就不會軟到哪裡去，到時候只要地基打得夠堅固，起個兩、三層的樓房問題應該不大。」

秀寧歪著頭想了想，道：「爺爺和我爹他們可能會知道這個，我們家的房子當初就是爺爺帶著我爹他們建的，咱們這裡離南山坳也不遠，說不定土質是一樣的呢？」

秀樂立即兩眼亮晶晶的提議。「要不……咱們拿季四嬸的圖紙給爺爺看看？」

月寧笑著向她們揮手道：「妳們去問問也好，要是那邊的地形不適合建二層樓的話，我再好好想想，一層的房子該怎麼建才好看。」

秀寧和秀樂雀躍的拿著圖紙高高興興的去了。

屋子裡沒了人，月寧就專心畫起圖紙來。其實能不能建二層小別墅，月寧一點也不介意，她在意的是廁所。農村的茅房臭不說，還都是建在主屋後頭的，季霆當初為了讓她養傷方便，特意買了個馬桶放在屋裡給她用。可馬桶就算天天清洗也有異味，所以月寧現在非常想要一個清潔衛生的廁所。

這個時代的很多東西都讓她不習慣，為了自己的生活品質著想，月寧只能嘗試著做出一些東西，來改善自己的生活。

房子的窗戶用門扇式的比較方便；一根燭火的光源太微弱了，燭臺四周錯位鑲嵌的銅片用來反射光源，這樣只用一根燭火就能照亮整個房間；木桶的一側做個可開關的小孔，只要倒滿熱水吊到半空，就可以充做簡便式的蓮蓬頭了；廁所最好還要洗手盆；下水道的管道鐵製的太貴，最好還是燒製瓷管；最最重要的是乾淨方便的馬桶。

不考慮自動沖水系統的話，只需做個抽水馬桶的形狀，下頭開口用管道連接到屋後的化糞池就行了。

沒有人打擾，月寧畫起圖來靈思泉湧，那真是想到什麼畫什麼，還畫得又快又好。等畫完了下水管道，秀寧和秀樂還沒回來，她就又抽了張紙，想了想，開始規劃起那三十五畝地來。

南山坳的那塊地是以南山的瀑布為中心的，瀑布的那個水潭可以再挖寬些，以後用來養魚、養蝦、養蓮藕都行。

至於房子建在瀑布旁邊就太潮了，水流聲也吵，往東是出南山坳的路，往西倒還有二十三畝地，十七畝地處正好有一條西南山頭流下來的山溪，房子建在這裡的話，到時候利用竹管，也正好引水入屋。

月寧斜拿著木炭，在紙上快速的塗塗抹抹，黑色的木炭在紙上畫過，把月寧腦子裡的設想一一畫在紙上。

姚家正房的堂屋裡，姚鵬正拿著秀寧給他的圖紙，一臉認真的看著。同樣被叫進來的姚錦華和姚錦富，聽說這圖紙是月寧畫的新房的外觀圖，等不及姚鵬看完就一左一右湊到他身邊，往他手裡的圖紙上看。

秀樂在旁等得心急，見三人光顧著看圖不說話，不由急道：「爺爺，爹，二叔，你們倒是說句話啊，季四嬸畫的這房子能建起來嗎？」

姚錦富抬頭看了她一眼，故意不回答她的問題，轉頭和姚錦華笑道：「石頭這媳婦還真是娶得好，這圖紙雖然看著簡單，卻一目了然。她這樣小的年紀，能只憑幾根線條就畫出這樣的東西來，看來陳家也是請了名師教導她的。」

姚錦華也好心情的笑道：「誰能想到那小子能娶到個內閣大學士的孫女呢？虧得陳進取那老頭還在自己的壽宴上，鄭重其事的宣佈他家子孫自他之後四十無子方可納妾。看弟妹的年紀，陳進取沒兩年就被自己的兒子打臉了。」

「去去去，你們懂什麼？」姚鵬沒好氣的把兩個兒子趕開，這才感慨的道：「陳進取那老頭是個硬氣的，他的兒子可都是科舉入仕的呢。月寧丫頭說她爹是庶子，那她爹應該是叫陳君信。」

姚鵬說到這裡就忍不住又嘆了口氣，道：「這個陳君信自打進了禮部之後，就在七品的位置上再沒往上挪過，我們一幫老夥計當初還想說陳老頭不喜歡這個庶長子，如今才知道，原來是這陳君信沒管住自己才被陳老頭給放棄了。」

要說月寧的出身，其實也很了不得。陳進取現在是一品內閣大學士兼太子太傅，就是在十五年前，他也已經是個三品官了。

「石頭媳婦被養在莊子上，還能受到這麼好的教養，說明陳家對她還是有幾分重視的。」姚錦華看向姚鵬，道：「爹，你看咱們要不要幫石頭掃尾……」省得讓陳家尋著線索找上門來。

姚鵬擺擺手，道：「不用多此一舉了，陳進取那老頭好面子，月寧丫頭別說只是庶出，就是嫡出的，丟了也就等於死了。陳家那邊是肯定不會派人出來找她回去的，至於石頭以後要不要帶他媳婦回娘家，那就看他自己的意思了。」

秀樂在旁等得不耐煩，聽爺爺和父親談得差不多了，忙小跑到姚鵬身邊，搖著他的胳膊嚷道：「爺爺！你還沒告訴孫女，季四嬸畫的這個房子能不能建呢。」

「哎喲，別搖，別搖，爺爺這就告訴妳。」姚鵬對孫子能拉下臉來教訓，對兩個孫女兒卻只有無限寵愛。「這圖上的屋子只有兩層，以南山坳的土質，只要地基夯得夠結實，肯定是能建的。」

秀樂高興的直拍手。「太好了，我這就告訴季四嬸這個好消息去。」

小丫頭說風就是雨，從姚鵬手裡一把搶過圖紙就要往外跑。

「妳這孩子，這麼大了怎麼還毛毛躁躁的？妳季四嬸身子弱，來咱家是養身子的，妳可別總去吵她。」姚錦富眼明手快的抓回女兒訓道。

「啊？」家裡好不容易來個漂亮的季四嬸，爹還不許她跟她玩兒？秀樂想到之前自己還嚇到月寧了，不禁有些心虛。「我沒吵季四嬸，我還給她找紙和木炭了呢。」

「這才乖。」姚錦富笑著摸摸女兒的長髮。「跟妳堂姐出去玩吧。」

秀樂立即腳底抹油，拉著秀寧飛快的跑了。

一旁姚錦華難得看到自家女兒這麼活潑的樣子，不由得哈哈笑道：「家裡多了口人，這兩個小丫頭都活潑多了。」

姚鵬笑道：「雖然是在莊子上長大的，可看那教養都是一等一的，讓秀寧和秀樂多和她親近親近，也能多學學月寧丫頭身上的嫻靜優雅。」

姚錦富想起那張看起來並不算簡單的圖紙，道：「石頭的房子若是要建成那個樣子，沒兩、三個月肯定是不成的，南山坳那一地的大小石頭要收拾也還要不少時間，能趕在臘月前建好就不錯了。」

姚錦華也道：「咱們家的丫頭跟弟妹處得好，就算他們以後搬出去了，大家也是能常來常往的。不過我看弟妹畫的那個房子，沒個二百兩只怕建不起來，也難怪石頭要趕早上山去了。」

姚鵬自然明白兒子這話是什麼意思，如今肉食價高，野味的價格更是太平時候的數倍，以季霆的本事，山上的那些野獸只有被殺的可能。既然季霆想靠自己的能力養家餬口，他們也沒有多話的必要。

姚鵬道：「石頭那孩子不是不知變通的倔驢，他想靠自己的能力弄銀子，咱們也不必多說，若是他銀錢不湊手了，自會跟咱們提的。如今唯一讓他掛心的大概也只有他那小媳婦了，平時叫你們媳婦多往西跨院走動走動，幫他多照看著些。」

姚錦華和姚錦富連忙點頭稱是，爺仨又圍繞著月寧畫的房子商量了些材料和人工分配的問題，這才各自散去忙活。

回到西跨院的秀樂和秀寧一見堂屋的門開著，兩人對視一眼，自覺放輕腳步走了進去。

東廂裡，月寧仍跟她們離開時一樣，在書桌前的椅子上認真的畫著圖。

秀樂吸取了之前嚇到月寧的教訓，這回沒敢再莽撞，拉著秀寧站在東廂門口，作賊般探頭小聲朝裡叫了聲。「季四嬸！」

月寧茫然的轉頭，見兩個小姑娘擠在門邊眼巴巴的望著她，不由莞爾笑道：「怎麼站在那裡不進來？」

「我怕嚇到妳，就沒敢莽撞。」秀樂高興的拉著秀寧蹦蹦跳跳跑進去。

「哇！季四嬸，這些都是妳畫的嗎？」秀寧伸手拿起一張圖紙，心裡宛如翻江倒海般說不出的震撼。她手上的圖畫的是一盞燭臺，燭臺周圍成球狀豎起裡外兩層方形的片狀物，從圖片上看，顯然這些片狀物多半是能將中間燭火的光反射出去，讓四周更加光亮的。

這畫，畫得實在太真實了，讓人有種看到實物的錯覺，秀寧捂著「怦怦」激跳的心臟，轉頭去看月寧，視線落在她手裡的圖上，眼睛一下又瞪圓了。

只見那小小的一張黃麻紙上，畫著整齊得猶如棋盤般的田地，田間縱橫遍布著碎石砌成的水渠。圖紙上方一座漂亮的瀑布直流而下，沖入山腳下一個巨大的湖泊裡。

湖中滿溢而出的水，流入湖邊的水渠，沿著長長的水道流入田間。圖紙的另一邊，依山建著一座漂亮的兩層石屋，屋後一條山溪蜿蜒而下，溪水流經山腳的小水潭，再匯聚入屋前的水渠裡。

石屋前的窗下、門邊種著各色花草，屋前寬敞的平臺上架著高高的葡萄架。架上植株粗壯，葉間碩果累累，架下擺著一套造形奇特的桌椅，桌上茶杯輕煙裊裊，看著極具意境。

「好漂亮。」秀寧失聲感嘆。「季四嬸，妳畫的是哪裡的景色啊？看著可真漂亮。」

月寧頭也不抬的道：「這是我給南山坳的那片地畫的規劃圖，妳季四叔要是能按我的圖紙建設，將來南山坳的景色就是這樣的。」

「我看看，我看看。」秀樂聞言，連忙放下正在看著的圖紙擠過來。「哇！真的很漂亮呢。」

月寧見她這樣便停下手，把還沒畫完的圖紙遞給她。秀樂拿著圖和秀寧頭挨著頭看了會兒，忍不住問道：「季四嬸，南山坳以後真的會變成這樣子嗎？」

月寧笑著點頭道：「如果妳季四叔願意照著我的畫來整理那塊地，南山坳以後的景色，只會比這圖中景色更漂亮。」

秀樂握緊了拳頭，道：「我們一定會說服季四叔，讓他照著嬸嬸的圖紙整理那塊地的。」

月寧笑道：「那這件事就拜託妳了，嬸嬸等妳的好消息哦。」

「嗯！」

秀寧看看笑容可掬的月寧，又看看一臉雀躍的秀樂，不禁捂額暗嘆：傻妹妹，妳就一點都沒看出來季四嬸是在逗妳玩嗎？

秀寧曾聽到過三嬸與她娘打趣季四叔，說季四叔對這個季四嬸那就是含在嘴裡怕化了，捧在手裡怕摔了，家裡不管什麼活計都不許季四嬸沾手，聽說就連季四嬸每天換下來的衣服，都是季四叔給洗的。

季四叔如此看重季四嬸，季四嬸要怎麼規整南山坳那塊地，還不是她一句話的事，哪裡就需要秀樂這傻妞跑去說服季四叔了？

兩姐妹一直在西跨院玩到了午時，直到小張氏和何氏給月寧送午飯和藥來，才將她們兩人趕回去吃飯。

月寧畫了一個早上的圖，也著實累了。吃過飯，喝了藥，草草收拾一下就睡了。

福田鎮上，季文從自家雜貨鋪出來之後，特意跑去點心鋪子裡買了半斤糖餅，叫夥計仔細打包好了拎在手裡，這才雇了輛牛車，晃晃悠悠的回了荷花村。

牛車到達村口時已經快晌午了。

季文拎著糖餅先回老宅和季洪海以及姜氏吃過了午飯，這才告別二老出來，一邊跟路上遇到的村民打招呼，一邊晃晃悠悠的出了荷花村。

聚在村口老槐樹下閒聊的村民們，在季文走遠後，紛紛對著他指點議論起來，甚至有那看戲不怕事大的，一見季文往南山腳的方向去，全都像打了雞血似的跟了上去。

南山腳下的第一戶人家住的是荀家爺孫倆，荀家的院子四周和季霆家一樣，圍的都是鏤空的竹籬笆。

因此，荀元才泡了壺好茶在樹下的竹椅上坐下，就看到季文打他家門前過去了。

這龜孫子怎麼又來了？

荀元意識到自己沒有看錯人之後，一下就跳了起來，幾個大步衝到門口，朝已經走出去十來公尺遠的季文大聲叫道：「這不是季家老大嗎？可有幾天沒見你了，今天怎麼有空回村來啊？」

季文眼看著季霆的茅屋就在眼前了，原本正作賊心虛的提高警覺，然後突然聽到身後有人叫他，頓時就把他給嚇了一跳。

回頭一看是荀元，季文鬆口氣的同時不禁又氣又怒，心裡想著以後再找這老不死的算帳，面上卻扯出一抹笑容，道：「是荀大夫啊，我爹讓我去老四家看看，我就不跟你多說了，先走了啊。」

看你個球哦！荀元在心底低咒一聲，抬腿就要跟上去，卻被聞聲出來的荀健波給一把拉住了。「爺，這事你別管，讓他去好了。」

荀元反手就給了荀健波一下，低聲罵道：「好個球啊！你個臭小子，你季四叔平時都白疼你了？這龜孫子往石頭家去一準沒好事，石頭媳婦可還病著呢，這要是被鬧得病情加重了怎麼辦？」

荀健波摸著後腦杓，委屈道：「爺，季四叔兩口子今天一早就搬去姚大爺家住了，茅屋裡的東西都搬空了，大門上還掛了大鎖，季文就算能翻牆進去，也占不到便宜的。」

「季石頭那小子的動作還挺快的嘛……昨天才說要去姚家借住，今天一大早就搬過去了。」荀元有些詫異的撓撓臉，抬頭就見一群村民鬼鬼祟祟的從村口那邊過來。有相熟的村民見荀元望過去，還靦腆的衝他笑笑，伸手指指走在前面的季文。

荀元秒懂，反手拽著孫子的手就往外跑。「快，快，咱們也跟過去看看。」

荀健波一臉生無可戀的被拽著走，心說：您自己想看戲，自己去不就得了嗎？這種熱鬧我都看膩了好嗎？

季文自然也看到身後跟來的村民了，他本就作賊心虛，一見這麼多人跟著自己，也不敢再慢慢走，便一路小跑的衝到季霆家門口，結果迎接他的卻是一把大鐵鎖。

人不在家？

季文心都涼了半截，最讓他擔心的還是那群人牙子擄走了人，卻不肯付他銀子。他越想越心焦，上前就開始砸起門來。「季霆，開門，季老四，開門，你給我開門，聽到沒有？」

旁邊馬家的院門被拉開一條縫，軍兒和慧兒小心翼翼的探頭往外看了眼，見季文凶狠的瞪過來，轉身就往屋裡跑，軍兒邊跑還不忘邊告狀。「娘！季家大叔在砸季四叔家的大門，他還好凶的瞪我。」

愛子如命、正在屋裡收拾碗筷的田桂花一聽，扔下抹布就擼著袖子跑了出來。「好你個季文，你敢瞪我兒子?!」

許氏被田桂花打得鼻青臉腫的情狀還歷歷在目，季文看到田桂花一臉凶狠衝出來，嚇得腿都軟了。

「快看，快看，田桂花出來了，不知道會不會打起來？」跟著季文過來想看熱鬧的村民們，一看到田桂花衝出來，全都跟打了雞血似的激動得不得了。

「誤會！都是誤會，我是來找我家老四的，妳兒子看錯了，我沒瞪他。」季文嚇得連連擺手，往後連退了數步，急道：「真的，真的，我真沒瞪他，我爹讓我來找老四，我只是敲了下門而已。」

第十八章

田桂花又不瞎，自然看到遠處快速跑過來看熱鬧的村民了，眾目睽睽之下，她要是隨便出手揍季文的話，就變成不占理的那一方了。打架不占理，就代表著事後要道歉和賠償。她沒好氣的哼道：「季霆兩口子沒在家，你沒見他家大門都上鎖了嗎？」

哼！回頭一定要讓馬大龍帶她去套季文麻袋，這龜孫子太噁心人了。田桂花磨著牙，就這麼在心裡愉快的決定了。

面對她惡劣的態度，季文一點都不敢生氣，反而衝田桂花討好道：「那嫂子可知道我家老四和老四媳婦去哪兒了？何時能回來？」

「這我哪知道啊？我又不是你家季老四的老媽子。」田桂花輕嗤了一聲，想想又補了一句。「昨天天沒亮就聽到他家搬東西的聲音，今天都沒見著人，估計是搬走了吧。」

「搬走了?!」季文聲音都拔高了三度。「這怎麼可能？他那媳婦不是還病著嗎？他們能搬到哪兒去？」

「你不相信就算了，騙你我又不會多塊肉，哼！」反正茅屋裡的東西都搬空了，田桂花也不怕季文摸進去偷東西，很乾脆的拉上兒子、女兒轉身進了院子，反手還把院門給門上了。

季文其實不是不相信，而是不敢相信。

季霆的媳婦要是已經被人擄走了，那些人牙子又對他避而不見，那只能說明那些人

牙子是真的不準備給他銀子了。可要是人沒被擄走，可季霆他們搬走了，他不也一樣拿

不到銀子了嗎？

季文惡狠狠瞪著季霆家院門上的鐵鎖，氣得直喘粗氣。半晌，他憤怒的衝上去，扒

著竹籬笆就開始用力的扯，只能用來防君子防不住小人的竹籬笆當場就被扯到變了形。

「喂喂，季家小子，你這是幹麼？」荀元拽著孫子衝上去，被他拽著的荀健波，心

裡的陰影面積已經足夠淹沒他整個人生了。

季文正滿腔的憤怒無處發洩，聽見聲音回頭就吼道：「我扯我弟弟家的籬笆，關你

什麼事？」

哎呀？這龜兒子膽肥了，敢吼他爺爺？荀健波立即就不幹了，把荀元拉到身後就冷

冷的看著季文，鄙視的嗤笑道：「你拆季四叔家的籬笆是不關我們的事，要不是你蠢得

實在讓我們看不下去了，你以為我爺爺會理你？」

季文怕田桂花，可不怕荀健波，他瞪著眼睛就吼道：「臭小子，你說什麼？」

荀健波可不怕他，冷笑著繼續毒舌道：「你腦子不好使，難道連耳朵都不好使了嗎？這原是你家的老屋，別告訴我你已經不記得這後院的土牆是什麼樣子的了，你與其在這裡拆竹籬笆，還不如繞到後院從那面土牆翻進去。」

對啊，他怎麼沒想到呢？

季文一愣之後也顧不得荀健波的嘲諷了，轉身就往茅屋後頭跑。

「季文怎麼跑了？」不遠處看熱鬧的村民紛紛疑惑。

幾個人眼尖的跟了上去，有人邊跑還不忘招呼眾人。「快！跟上去看看。」

反正閒著也是閒著，有熱鬧不看王八蛋。於是一大群人呼啦啦的全都跟了過去。

季家茅屋的後院土牆本就不高，牆外頭還是個往上斜的土坡，別說牆腳處還擺著幾塊大石頭，墊腳就可以輕鬆跨上牆頭，就是沒這些石頭，一個成年人想要翻進去也是輕而易舉。

只不過季霆在這裡住著，明知這堵矮牆有這樣明顯的缺點，他會不做防範措施嗎？

答案自然是否定的。

衝到茅屋後頭的季文，一看到那堵還沒一人高的矮牆，隨便從旁邊找了幾塊石頭墊腳，看也不看就翻身越過了牆頭，然後——他就摔坑裡了！

「啊——」淒厲的慘叫聲劃過長空，嚇得滿山的鳥兒都撲騰著翅膀爭相逃命。

「出事了？」

「快快！快去看看發生什麼事了。」跟過來看熱鬧的村民們聽叫聲一下就激動了，大家爭先恐後往前跑，有手腳靈活的小夥子還兩下攀上土牆的牆頭瞧。

「哎喲我去！」這也太恐怖了吧？誰能想到這季家破茅屋的矮牆之後，會是一個兩三公尺深的大坑啊？看著陷阱裡那一根根削尖了的毛竹，攀在矮牆上有幸目睹這一幕的村民們，只覺得全身發涼。

「救命啊！」季文縮在陷阱一角，害怕的看著旁邊豎著的一根根尖竹，心裡滿是劫後餘生的慶幸和後悔。他落地時摔到了坑邊，很幸運的沒被那些尖竹穿個透心涼，只是右腿被尖竹擦出了道大口子。

看著腿上血糊糊的傷口，季文害怕得眼前一陣陣發黑，哭著大聲朝眾人求救。「救命啊！快來救救我，我受傷了。」

鄉裡鄉親的，雖然季文惹人厭，但他弄成這副樣子大家自然也不好見死不救。當下眾人找繩子的找繩子，搬石頭的搬石頭，讓年輕力壯的小夥子們合力抓著繩子下去，把季文從陷阱裡吊上來。

「荀叔，你快過來看看季文還有沒有救？」人群中也不知是誰朝荀元喊了這麼一嗓子，季文差點沒嚇得暈過去。他只是腿上被掛了一道口子，怎麼就沒救了？怎麼會沒救呢？

荀元看著季文被眾人七手八腳的抬出來，心裡就別提多快樂了。他想收拾季文很久了，可惜這龜孫子人憎狗厭，卻沒病沒災的，讓他一直沒有用武之地，這回可算是落他手裡了。

等人抬過來，荀元摸著鬍鬚低頭湊近季文的傷口看了看，見那血雖然滴了一路，傷口其實並不大。他心裡有了數，便站直了身體低頭做沈思狀。

四周眾人還以為荀元在考慮怎麼救季文呢，全都屏住了呼吸不敢出聲打擾他。眼見季文腿上的血呼啦啦的往外淌，他的臉色也越來越難看。荀元感覺差不多了，才摸摸鬍子沈聲道：「把人抬到我家去吧，我沒帶藥箱，實在沒法幫他止血。」

沒帶藥箱你不早說？沒見季文的血都快流光了嗎？

正所謂救人如救火。大家這會兒也無心埋怨荀元了，互相吆喝著急忙抬起季文往荀家的院子去。

日頭微微西斜的時候，季霆就挑著一擔子沈甸甸的獵物出現在南山頂上。站在南山頂上俯視山下，他眸帶溫柔的往山下的姚家大院看去，卻在看到山腳下三三兩兩小如螞蟻的人群時眼眸一凝。

這是……出事了？

平時的南山腳下是非常寧靜的，要不是南山坳的亂石堆裡能發現零星野菜，山腳前的土路上，平日根本就不會有婦人和孩子經過。

事出反常必有妖！

季霆仔細辨認了下那些人所在的方位，發現人全都聚在荀家和自家茅屋之間的位置，姚家這邊並沒看到人影，他這才放了心，緊了緊肩上的獵物，換了個方向從姚家山後的小路，悄無聲息的摸下了山。

姚家後院的菜園子裡，姚鵬正坐在屋簷下的竹椅上，悠閒的喝著涼茶。姚錦富和姚錦華則正蹲在大樹下，認真的用毛竹學做竹椅。

「咻——嘭！」一隻野兔從天而降，落地時直接摔斷了脖子。

姚鵬與兩個兒子瞪著地上摔得肝腦塗地的野兔面面相覷，然後就聽見又一聲：

「咻——嘭！」

又來一隻！

姚鵬一拍椅子扶手，怒道：「把外頭扔兔子的那個混蛋給老子叫進來。」

姚錦富和姚錦華扔下一堆竹子，飛竄上自家牆頭，就見季霆站在不遠處的樹下朝兩人揮手，還笑著晃了晃手裡捆著的一串野兔。

兩人無奈的相視一笑，雙雙翻下牆頭，姚錦華拎起地上的野兔，姚錦富則去開了後院的小門，出去幫季霆把獵物一起拎了進來。

姚鵬朝進來的季霆沒好氣的罵道：「臭小子，你回來就回來，拿兔子當球扔很好玩嗎？你看看，好好的兔子都被你扔爛了，弄成這樣還怎麼烤啊？」

季霆訕笑道：「師傅勿怪，我是看山腳下來了不少人，不好走前門，才先往院子裡扔兔子想引起兩位師兄注意的。」

姚錦華見自家老爹不作聲了，就幸災樂禍的把季文掉他家陷阱裡的事，和季霆說了一遍。

季霆聽得眼睛都亮了。「死了？」

「沒有！」姚錦富把手裡提著的十幾隻野雞扔到井邊，一邊笑道：「那小子走運，翻牆進去時掉到了陷阱邊上，就是腿上被竹片擦了一下，流了點血。」

「真是便宜他了。」季霆不爽的哼了一聲，暗暗後悔自己當初沒在陷阱裡多插些尖竹，竟讓季文逃過了一劫。

姚鵬盯了他一眼，語重心長的教訓道：「不管怎麼說都是你大哥，你不高興了可以套他麻袋揍一頓，真要讓他死在你那茅屋裡頭，傳出去對你的名聲也不好。」

季霆冷著臉不說話，去井邊打了桶水上來，脫下身上汗濕的上衣浸在水裡搓洗。

姚鵬看他這副死樣子就來氣，罵道：「你小子還真別不服氣，就憑你媳婦那一肚子的學問，以後你們的孩子肯定得讀書考科舉，你要是把自己的名聲給弄臭了，毀了你兒子的前程，你看你媳婦跟不跟你急？」

提到月寧，季霆的臉色立馬轉暖了。他把衣服洗了洗，擰乾水穿上，又給自己洗了把臉才道：「我在西南那邊的山頭上碰上了一小股狼群，殺了六隻，跑了五、六隻，狼屍我都用樹藤捆樹上了，一會兒等馬大哥他們回來，咱們再上一趟山。」

狼是一種很記仇的動物，殺了一隻就會引來一群，與其等狼群下山報復，還不如他們早點上山把牠們都清理了。

姚錦華聞言就抬頭看了看天色，問季霆。「早上大龍走的時候，可有說幾時能回來？」

「申時。」季霆也抬頭看了眼天色。「趁著時辰尚早，我先回屋換身衣裳，回頭再出去看看季文殘沒殘。」

幾人無語的瞪著季霆——想看媳婦你就直說，找什麼爛藉口啊？

季霆被眾人瞪也不臉紅，去井邊洗了手就瀟灑的轉身往前院走去。

姚鵬沒好氣的在他後面喊。「順便叫你三位嫂嫂過來把這些野雞、野兔處理一下。」

「知道了。」季霆頭也不回的擺擺手，腳下一點就沒了人影。

西跨院裡，秀寧和秀樂正坐在堂屋門口的門檻上，一邊做女紅一邊小聲的說著閒話。

季霆走進院子，看到坐在門檻上的兩姐妹，嘴角不由就勾了起來，小聲喚道：「秀寧，秀樂。」

「季四叔！」兩人見季霆進來，連忙從門檻上站了起來。秀樂嬌憨的小聲問他：「季四叔，你打到獵物了嗎？」

季霆笑著點了點頭，又問兩人：「妳們倆怎麼不進屋裡去坐？」

秀樂悄聲道：「季四嬸午睡還沒醒，我娘讓我和堂姐在這裡守著，省得季四嬸醒來，想喝口水也沒人照顧。」

聽到這個答案，季霆臉上的神色變得更加溫和起來。「我進去看看，妳們去跟妳們母親說一聲，四叔打了些獵物回來，除了兩隻野兔摔爛了，其他都是活的，妳們看看要不要養起來。」

秀樂高興的猛點頭，拉了秀寧的手就想跑，卻被秀寧一把扯住，道：「季四叔，季四嬸畫了一早上的圖，吃過午飯就睡下了，我娘說嬸嬸興許會睡得久一些，讓你別著急。」

「我知道了，妳們去吧。」

內室的床上，月寧睡得正香。

季霆俯身摸了摸她略顯蒼白的臉，給她理了理薄被，才起身去歸置被月寧扔得東一件西一件的衣服和布疋。

姚家的廂房裡一應家具俱全，季霆拉開衣櫃，將月寧未疊好的衣服都一一疊好、放好，又把布料全都歸置進木箱裡，這才往窗前的桌子走去。早上他離開時還乾淨無一物的桌子，此時已經擺上了紙張和雜物。

吸引季霆目光的是擺在桌子正中，用一塊嬰兒拳頭大的石頭壓住的圖紙。

難怪師傅會說月寧才華橫溢，這畫看起來就跟真的似，讓季霆看了也只剩下滿心的驚豔和驚嘆。他拿起圖紙細看，就見紙上畫的是如門板可推開的窗戶，四周豎了鐵片的燈盞，瓷製的水盆，可掛衣服的衣櫃，房子的外觀圖，以及一張南山坳的規劃圖。

這些圖紙，季霆連懵帶猜倒算是都能看懂，可那一截截管子和旁邊的東西，他就真的看不懂了。

挑出那張房子的外觀圖，季霆看著圖上六間屋子高低錯落的屋頂，也不禁被這房子漂亮的外觀和新穎的設計所吸引。

這就是媳婦想要的家嗎？他目光堅定的看著圖上的二層小樓，心中暗暗發誓：只要是妳想要的，我就一定為妳辦到！

八月的太陽懸在頭頂曬得人汗如雨下，可即便是這樣熱的天氣，也擋不住閒賦在家的村民們看熱鬧的熱情。

荀家的院子裡，季文身下墊著條麻袋，正半死不活的躺在院裡的大樹下，時不時的發出一聲呻吟。

姜荷花在一旁「心肝肉」的喊著，心疼得直抹眼淚，一邊喃喃咒罵著小兒子缺德、惡毒、沒有兄弟愛。

季洪海看著荀元和姜金貴難看的臉色，只能尷尬的站在一旁賠笑。「孩子都是做娘的心頭肉，老婆子心疼兒子，讓大家見笑了，見笑了。」

姜金貴沒好氣的哼道：「你家的笑話，別人看的還少嗎？」

當場被人打臉，季洪海一下就黑了臉。

荀元在心裡暗暗為姜金貴叫好，也不為兩人打圓場，只是違心的扯出一抹笑容對季洪海道：「別看你家老大的腿流了特多血，其實只是傷了點皮肉，骨頭都好好的，沒什麼大問題。等傷口結疤了，你們給他多做點好吃的補一補，那點血也就補回來了。不過他現在最重要的是靜養，你們最好還是別在這兒哭哭啼啼的了。」

「好，好，我這就勸勸老婆子。」季洪海乘機給自己臺階下，滿口答應著轉身過去正要勸姜荷花，卻被姜荷花一把揮開。「勸什麼勸？我兒子傷成這樣，還不許我心疼了嗎？」

荀家的院子就這麼點大，荀元等人說的話，姜荷花自然一字不漏的全都聽到了。她惱恨姜金貴說話不好聽，當場就衝著季洪海指桑罵槐的故意撒起潑來。「你個沒用的老東西，兒子傷成這樣，我發幾句牢騷都不行嗎？別人說什麼你都應，別人放個屁，你是不是也要雙手接著啊？我怎麼就嫁了你這麼個沒用的男人啊？」

姜荷花扯開嗓子一嚷，就把那些趕來看熱鬧又耐不住太陽曬，全躲到對面小樹林裡乘涼的村民們給吸引了過來。

姜金貴聽她這麼指桑罵槐，立即就冷笑道：「妳大兒子跑去翻妳小兒子家的院牆，還一頭栽進陷阱裡，妳說這能怨誰？」

「怨誰？」姜氏臉色陰沈的咬牙怒道：「當然要怨季霆那個養不熟的白眼狼了，要不是他心思歹毒，在自家後院挖了那麼大一個坑，還惡毒的在坑底插滿削尖的竹筒，我家老大怎麼會出事？」

這心偏成這樣也真是沒誰了。大兒子就是心肝肉，小兒子就是養不熟的白眼狼，要不是大家都是鄉裡鄉親的，都清楚他家的底細，還真會以為季霆是個十惡不赦的不孝子呢。

「姜荷花，妳別忘了你們已經分家了，今天季文翻牆進季霆家裡，往輕了說是兄弟之爭，往重了說就是擅闖民宅。」姜金貴拍著桌子高聲怒罵。「妳知道擅闖民宅的都是些什麼人嗎？那是小偷和強盜才會做的事。沒經過主人同意就翻牆闖進別人家裡，別說妳兒子只是擦破了點皮，就是被人一鋤頭鏟死那也是他活該，與人無關。」

姜荷花氣得從地上跳起來，擼袖子衝姜金貴尖叫道：「什麼別人家？那是我兒子家！季石頭是從我肚子裡爬出來的，季文是他親大哥，他進自己兄弟家怎麼就成小偷強盜了？我告訴你，姜金貴，你別以為你是村長就可以胡說八道，你要是敢處事不公，信不信我找族長評理去？」

想拿族長壓他?!

「妳去啊！妳有臉就去啊！」姜金貴徹底怒了。「妳也不看看妳能過上如今這樣的好日子靠的是誰？石頭那麼好一個孩子，不過是傷了腿，又不是不能治了，你們做爹娘的平時偏心眼也就算了，這種救命的時候，竟然還死拽著銀子不給他治腿，我就問你們虧不虧心？」

姜荷花被罵得下不來臺，色厲內荏的叫道：「我自己的兒子，我想寵就寵，想罵就罵，就算你是村長，管天管地還能管到我家裡來？」

「我管妳個鬼！」姜金貴也是被氣極了，冷冷的道：「以前你們沒分家，我自然管不著你們家，如今你們分了家，只要住在這荷花村裡，我這個做村長的就管得著，要想不被我管就給我滾出荷花村。」

姜金貴罵完姜荷花，又轉頭瞪著一旁的季洪海，道：「你們家是個什麼情況村裡誰不知道？你老季家這家想怎麼分咱們管不著，可季霆夫妻倆如今一個病一個傷的，家裡窮到連張能坐人的椅子都沒有，就這樣了，季文還趁人不在家，跑來翻他家的院牆。你們不覺得你家老大太欺負人了嗎？」

「村長這話說得對啊，季文太不像話了，季洪海和姜荷花也不說說他。」

「都是親生的，怎麼就盡逮著季霆欺負呢？」四周圍過來看熱鬧的村民頓時就小聲議論起來。

這邊姜金貴還在責問季洪海。「你們叫小兒子做牛做馬的養活你們這一大家子，卻把大兒子教成只知道偷雞摸狗、占人便宜的懶漢，這世上有你們這麼做父母的嗎？也不覺得臉紅？」

有與季洪海同輩的村民衝他叫道：「是啊，季洪海，你們做老的一碗水不端平，小心以後兒子記恨你們啊。」

有婦人搖頭道：「這季文是該好好教訓教訓了，都是親兄弟，以前沒分家就算了，現在都分家了，還來闖空門，也太欺負人了。」

一婦人在人群後頭高聲笑道：「我猜啊～～這季霆肯定不是姜荷花親生的，你們看她一說到季霆就一副恨不得他死的模樣，季霆八成就是季洪海跟外頭的女人生的。不然前頭三個兒子，姜荷花都心肝肉似的寶貝著，怎麼就對小兒子比後娘還狠心？」

有年紀大的婦人立即兩眼放光的回應道：「妳這麼一說我就想起來了，姜荷花她爹娘、兄弟出事那年，消息傳到村裡時，姜荷花當場就捂著肚子站不住了，現在想想，那可不就是小產了嗎?!」

這個話題引來了一眾村民的極度關注，眾人也不看姜荷花和村長吵架了，一群婦人彷彿找到了關鍵一樣，立即展開豐富的想像，口沫橫飛的議論起季霆的身世來。

「妳這麼一說，我也想起來了，當年姜荷花生老四時可是生了一天一夜呢。」

「哎喲！孩子在肚子裡憋了一天一夜，生下來還能好嗎？」

一旁沒加入的眾人滿臉無語：生孩子生了一天一夜的多了去，也沒見別人家的孩子生下來有哪點不好哇？

不過一群熱衷於八卦的女人，直接忽略了這一點，激動的只想證明季霆就不是姜荷花生的。

第十九章

「還真是呢，老話都說小兒子大孫子。誰家不是對小兒子要比對大的寵愛些？像姜荷花這樣只疼上頭三個兒子，把小兒子當仇人看的，我活了這麼大年紀，還是頭一次見呢。」

有婦人就煞有介事的總結道：「這麼看來，季家老四還真有可能不是姜荷花親生的呢。」

立即有婦人提出佐證。「妳們記得不？季霆以前可不叫這個名字，季洪海當初給他取的名字可是叫季石頭的。妳們說他家上頭三個兒子，又是文又是武又是雷的，輪到老四怎麼就成石頭了呢？」

有婦人立即信誓旦旦的道：「我就說這季霆不是姜荷花生的吧，連取個名字都叫石頭，這不就是說老四是路邊撿的嗎？」

一群女人討論起是非來那叫一個興奮，激動得根本不知道要節制自己的大嗓門。

姜金貴聽著院外長舌婦們句句戳心的討論聲，好笑之餘，被姜荷花激出來的一肚子怒氣也煙消雲散了。

大家你一言我一語的細數季霆如何被苛刻和欺負，越說越覺得季文夫妻和姜荷花不是東西，越說越覺得季霆肯定不是姜荷花親生的。

姜荷花和季洪海被眾人說的滿臉通紅，又急又氣，可氣憤之餘他們也不免心虛，若非今天聽鄉親們說起，他們都不知道自己原來對小兒子這麼差。

荀元神清氣爽的看著姜荷花和季洪海恨不得把頭埋進褲襠裡的模樣，只覺得特別解氣。他衝姜金貴指指椅子，比了個請坐的手勢，給他滿上茶水後，坐下端起自己的茶杯，美滋滋的一邊喝茶一邊看起戲來。

季霆拄著枴杖一瘸一拐的出現在人群之後，無語的看著一群人口沫橫飛的爭論他是路邊撿的，還是季洪海跟外面的女人生的。眼見在後面站了半晌都沒人注意到他，季霆只好自力自強，伸手拍了拍前面小夥子的肩膀。「麻煩讓讓！」

「讓什麼讓……」被打擾了聊天興致的小夥子，一回頭就見季霆站在那裡，想要發飆的凶悍臉立即秒變諂媚笑臉，狗腿的呵呵笑道：「原來是季霆大哥啊！咱們、咱們正念叨你呢，你就來了……」

看著季霆似笑非笑看著他的眼神，小夥子立即意識到自己說錯話了，恨不得反手給自己一巴掌，他「呵呵」乾笑道：「你請，你請。喂，前面的人都讓讓，季霆大哥來了，大家都把路讓讓啊。」

原本爭得口沫橫飛的眾人齊齊閉了嘴，「呼啦」一下就把路給季霆讓了出來。

「多謝鄉親們了。」季霆淡淡向眾人點了點頭，就一瘸一拐的往荀家的院子裡走去。

姜荷花一見季霆來了，之前被村裡人揭短的憋屈和羞辱，立即就化為熊熊怒火。她條件反射般的一屁股坐到地上，一拍大腿就扯開喉嚨想要嚎。「我的命好……」

「閉嘴！」季洪海怒瞪著姜荷花，臉色陰沈得可怕。

剛才外頭那麼多村民罵他們缺德、黑心、苛待么兒，這個蠢女人還一聽季霆來了就想鬧事，這是真想他們被人戳斷脊梁骨嗎？

姜荷花被季洪海吼得縮了縮脖子，心裡委屈到不行，卻也不敢反駁。可見季霆一瘸一拐的拄著柺杖走進院子，她立即就怨毒的瞪了過去，心裡習慣性的就將自己受到的委屈怪到季霆頭上。

姜金貴和荀元看到姜荷花這副德行，都無語的不知道該說什麼好了。

季霆是練武之人，姜荷花的目光這麼大剌剌的望過來，耳聰目明的他自然不可能感覺不到。不過他早已對父母不抱希望了，因此看到他娘這種反應，他連眉頭都沒皺一下。

「表舅，荀叔。」

荀元點了點頭，姜金貴則忙從旁拉過一張竹椅來，道：「坐吧，咱們坐下說。」

季霆卻沒有坐，而是轉身向季洪海和姜荷花，叫了聲。「爹，娘。」

姜荷花用力哼了一聲，轉過頭去不理他。

季洪海額角的青筋跳了跳，朝季霆擠出一抹僵笑，道：「季霆啊，你這大中午的去哪兒了？你大哥上你家找你，誰知你家大門鎖上了。你也知道你大哥是個急性子，他想從你家後牆翻進去看看，結果掉進了你挖的陷阱，腿被割開了好大一個口子呢。」

這麼說跟他賣慘，是想讓他愧疚，然後主動給季文好處嗎？

季霆扯了扯嘴角，垂下眼眸淡淡的道：「大哥以後別這麼衝動了，那茅屋我昨天就已經賣給姚叔了，幸好大哥今天翻牆的時候看到的人不少，掉進陷阱裡之後就被人抬出來了，不然姚叔家要是丟了什麼東西鬧起來，就不好交代了。」

「你說什麼？」姜荷花、季洪海幾乎同時驚叫出聲。

季文也驚得一下從地上彈坐起來，瞪著季霆吼道：「你把茅屋賣了？」

季霆淡淡瞥了他一眼，半個字都懶得跟他說。

姜荷花卻是跳著腳，氣急敗壞朝季霆罵道：「你個敗家玩意兒，這才分家多久你就把房子賣了？分給你的銀子呢？趕緊把銀子拿出來，我給你收著，不然等你把銀子都花用光了，你們以後吃啥？」

季文聞言，眼睛頓時就亮了起來。

季洪海嘴角抽了抽，看姜荷花的眼神就跟看白癡一樣，可望著四周圍觀的村民，季洪海到底沒把那句「蠢貨」罵出口。

姜金貴看著這樣的姜荷花，只覺得丟臉丟到姥姥家了，這麼蠢的女人跟他竟然是同族？

「銀子拿給妳，還不是肉包子打狗有去無回。」圍觀的人群中，也不知是誰叫了出來。

原來村裡人都是這麼看待他們夫妻的嗎？

季洪海臉色頓時黑如鍋底。季文卻氣得惡狠狠瞪向圍觀人群，色厲內荏的吼道：「誰？誰在背後嘰嘰歪歪，有膽子給老子滾出來。」

季霆淡淡的又瞥了季文一眼，扭過頭平靜的對姜荷花道：「娘，我分家的時候總共也就只得了二十兩銀子。這一個多月，我們修葺茅屋、置辦家什、穿衣吃飯，這些都要銀子。再加上兒子還要治腿，我媳婦要看病抓藥，分家時的那點銀子根本禁不起花用，不然兒子也不會把屋子給賣了。」

姜荷花一聽就想發火，可轉念又想：沒魚蝦也好啊！分家時的銀子花光了，賣房子的銀子總還有吧？

她一手伸到季霆面前，不客氣的道：「你賣房子的錢呢，拿來。」

季霆眼底閃過一抹冷光，看著姜荷花伸到面前的手，平靜的搖了搖頭，面不改色的睜眼說瞎話道：「兒子欠了荀叔和鎮上藥鋪總共二百多兩的藥錢，銀子兒子已經拿去還賒欠的藥錢了。」

「什麼？」姜荷花聽他欠了這麼多銀子，氣得頭皮都炸了，指著他的鼻子破口大罵。「你這個敗家玩意兒，這才多久你就欠了這麼多銀子？你怎麼不把你自己也賣了算了？」

季霆點點頭，繼續胡扯道：「娘說的是，兒子也是這麼想的，所以昨天賣房子的時候，兒子把自己和媳婦也一起賣給姚家了。」

圍觀的村民頓時譁然，連姜荷花也被這個消息驚得徹底說不出話來了，地上的季文，臉色更是比死了親娘還難看。

季洪海看著季霆平靜淡漠的表情，眼中閃過一抹暗芒，臉上卻似被這個消息給打擊到了，不敢置信的看著季霆道：「霆兒，你跟爹說笑的對不對？你沒錢了不會找爹要嗎？怎麼會做這種傻事呢？」

季霆扯著嘴角似笑非笑的道：「爹，荀叔說我的腿錯過了最好的治療時間，如今想要治好，要花的時間和銀子會比原本多出兩、三倍來。而我媳婦的情況爹你也知道，為了救她我連人參都買來給她吊命了。鎮裡任安堂的大夫說我媳婦傷了腦子，要想徹底治好，沒有個千八百兩銀子肯定是不成的。兒子不想當一輩子的瘸子，也不想讓好不容易得來的漂亮媳婦沒了性命，所以只能去求姚叔買下我們夫妻了。」

眼見姜荷花聽得都愣住了，季霆好心情的勾起嘴角道：「娘，以後您不用再為兒子擔心了，姚叔心善，不但給我們夫妻倆包吃包住，還答應出銀子治好我的腿和我媳婦的病。雖然我們都是沒有月錢的，不過您二老放心，我媳婦女紅做的還不錯，兒子答應每年給您二老的孝敬，肯定還是會給你們的。」

季洪海眼中的喜色一閃而過，面上卻苦著臉做悲痛狀，低頭嘆道：「早知道給你買個媳婦回來，反倒成了你的拖累，我當初就不該答應你娘和你嫂子給你買媳婦。」

看著季洪海拙劣的表演，季霆很為自己當初的憨傻感到不值。以前身在局中，他把親人的欺瞞和壓榨都當做理所當然，如今對父母親人死心了，他才真正看清自己爹娘的真面目，這不能不說是種悲哀。

「爹大可不必為兒子感到難過，我們夫妻能賣身到姚家是我們的福氣。」演戲他也會，既然他爹要玩，那大家就一起玩好了。季霆微扯著嘴角笑道：「幸好我上頭還有三個哥哥，我們就算不在爹娘跟前侍奉，您二老也不會少了人伺候、盡孝。」

姜金貴看不上季洪海的惺惺作態，故意拆臺道：「你們兩口子就是沒賣身給姚家，你爹娘也輪不到你們養老送終。當初的分家文書上可是白紙黑字都寫清楚了，季家大宅和田地往後都沒你的分，自然日後給二老養老送終也與你無關。」

四周圍觀的村民頓時又一陣譁然。季家分家不公的事已經沸沸揚揚的傳了一個多月，今天又聽到季家分家的內幕，眾人頓時就開始「嗡嗡」的小聲議論起來。

季洪海一而再、再而三的被姜金貴針對，心裡都快氣瘋了。可在人前維持了這麼多年好男人的形象，又當著這麼多人的面，他還真不敢崩掉自己的形象。

季洪海拽緊拳頭，死死忍住了朝姜金貴臉上揮拳的衝動，強擠出笑臉對季霆道：「村長說得對，分家的時候你既然決定放棄大宅的房子和田地，說好了爹娘以後的養老送終都由你三個哥哥負責，以後自然沒有再讓你們給爹娘養老送終的道理。」

他牙齒上下一碰，就將把季霆趕出季家大宅和沒給他分田產的責任，全都推到了這個小兒子身上。這要是傳出去，不瞭解內情的人還不得罵季霆不孝，寧可不要田產、大屋也不肯贍養父母？

季霆臉色一冷，正想開口說話卻被氣得跳起來的姜金貴給搶了先。「季洪海，這種戳心的話你也說得出來？這季霆該不會真是你打外頭撿的吧？」

「村長，飯可以亂吃，話可不能亂說，季霆是我和姜氏親生的，這事當初為姜氏接生的產婆，和幾位過來幫忙的嬸子都可做證。」

姜金貴斜眼看著他，冷道：「原來你也知道季霆是你親生的啊？我還以為他真是你打外頭撿的呢。說什麼季霆不肯給你們養老送終，那是他不肯嗎？那是你們看他腿瘸了，覺得他以後沒指望了，就想把他分出去，讓他自生自滅。」

季洪海正想發飆，就聽圍觀的村民紛紛出聲指責起他們來。

「這未免也太過分了吧?!」

「要真是親生的爹娘，怎麼可能這麼狠心。」圍觀的村民中，有心軟的婦人已經忍不住開始抹眼淚了。

有知道當年真相的大娘，弱弱的出聲為姜荷花和季洪海說話。「妳們別亂說了，季霆真是姜荷花親生的。」

不過她這話沒人相信，群眾都認為自己的眼睛才是雪亮的。

「照我說，姜荷花就算當初生下了孩子，可也不能證明季霆就是姜荷花生的啊。」

「對，對，當年季家那麼窮，孩子沒養活也不是不可能。看姜荷花對季霆的那股狠心勁兒，哪裡像是親生的？」

「對嘛！咱們都是當娘的，要是我兒子這麼有出息，我就是作夢都會笑醒，哪會像姜荷花，兒子一年孝敬了她七、八十兩銀子還跟看仇人似的。」

「就是撿來的孩子也不能這麼狠啊，誰要是能像季霆一樣一年孝敬我七、八十兩銀子，我肯定待他比親兒子還好。」

一群婦人彼此交換了個心照不宣的眼神，突然就曖昧的笑了起來，轉頭看向季洪海和姜荷花的目光，彷彿兩人的頭頂都多了頂綠帽子，那眼裡真是什麼涵義的都有。

眼見村民們越說越不像話，姜荷花是又氣又臊，她很想跟那些長舌婦大吵一架，可她就是個窩裡橫，活到這個年紀唯一敢頤指氣使的就是小兒子。她挨近季洪海，想要讓丈夫給自己出頭，卻被憤怒的季洪海一把揮開。

這一下，姜荷花就感覺別人看自己的眼神像是她偷人被人扒光了衣服，氣得她抓狂大叫。「妳們不要胡說八道！石頭是我生的，我親生的。他命硬剋親，我就是不待見他怎麼樣？」

荀元聽不下去的怒斥道：「什麼命硬剋親？這種無稽之談怎麼能信？」

也不知他這話戳中了姜荷花心裡的哪個點，她倏地憤怒的尖叫起來。「他剋死了我爹娘、兄弟，如果不是他，我爹娘、兄弟怎麼會死？」她不覺得自己哪裡做錯了。

姜荷花覺得委屈又憤怒，埋藏在心底多年的仇恨頓時爆發出來，衝著季霆就恨聲尖叫起來。「就是你這個孽障剋死了我爹娘兄弟，你這個妖怪！為什麼你要降生到我家裡來？為什麼當年死的不是你?!」

季霆縱然對父母親情已經不抱希望了，可聽到這樣的話，心臟還是不能自控的抽痛起來。「娘既然如此恨我，為什麼當初不一生下來就把我掐死算了？」

「你以為我沒掐過嗎？」姜荷花憤怒到失去了理智，脫口就把當年自己做過的事說了出來。

「天啊！」圍觀的村民們都忍不住驚呼起來，就連季洪海和季文都被姜荷花的瘋狂給嚇了一跳。

而此時的姜荷花彷彿陷入了回憶中，紅著眼睛，吃人般的瞪著季霆吼道：「我才掐了你一下，你爹養來給我坐月子的雞就被村裡的狗咬死了；我只餓了你兩天，田裡的莊稼被給山上的野豬禍害了；要不是王仙姑說真弄死了你這孽障，我們一家也得遭殃，我早就一包耗子藥藥死你了。」

在場的人都只覺得背脊一涼，心臟跳得那叫一個快！院子裡的空氣彷彿都凝滯住了一般，明明四周站著這麼多人，除了姜荷花粗重的喘氣聲，卻是靜得落針可聞。

「瘋了，真是瘋了！」過了好一會兒，村民中才有人發出一聲驚呼，把眾人被姜荷花嚇跑的魂給喚了回來。

姜金貴氣到一下從椅子上跳起來，指著姜荷花的手指頭都在抖。「姜荷花，妳爹娘、兄弟會翻下山溝，那是他們自己不小心，是意外。妳竟然把這事怪到一個才出生的孩子身上，還想掐死他？妳自己怎麼不去死啊！」

四周圍觀的村民也忍不住大聲議論起來。

「這姜荷花該不是暈頭了吧？季老四從十多歲就開始賺銀子回家了，要真是剋六親的命，他們一家人這些年還能活得這麼滋潤？能有銀子一年年的買田、買地？還能起那麼好的青磚大瓦房？」

說這話的是村裡老憨頭的婆娘黃氏。黃氏與姜荷花是同輩人，平時愛看熱鬧也愛碎嘴。

當初季家出了個季霆，姜荷花的日子越過越紅火，村裡犯眼紅病的人不少，卻因為季霆在鎮上做了鏢師，人面廣，認識的大人物也多，就算有人想說酸話也不敢太過分。不然以村裡人喜歡眼紅別人的毛病，早就把老季家的各種臭事扒出來說了，哪裡還能讓姜荷花保留這麼多年的好名聲？

可今天聽到了這麼多驚人的內幕，黃氏震驚之餘，也是搖頭直嘆姜荷花身在福中不知福。

面目扭曲的姜荷花，著實把眾人嚇得不輕。同樣姜姓族中的一個年輕小夥子忍不住憤慨道：「季霆大哥也太可憐了，有個這麼惡毒的娘，還有一對巴不得掏光他所有銀子的大哥、大嫂。被人這麼作踐，幹麼還往家裡交銀子啊？他這麼有本事，自己攢了銀子遠走高飛不好嗎？真是傻透了！」

邊上的一位大娘抹著眼淚道：「石頭這麼好的孩子，怎麼就投胎到姜荷花的肚子裡呢？難怪小小年紀就被送去鏢局當學徒了，只怕姜荷花當初把孩子送去鏢局，打的也是想把人磋磨死的主意吧？」

眼見眾人都在罵她，臉上還都是滿滿的鄙夷之色，姜荷花心虛之餘，下意識的就往季洪海靠去。她哪裡知道季洪海此時心裡也正恨著呢，不管怎麼說季霆都是他親生的，姜荷花私自謀害兒子這就有些太過了。

雖然就算季霆沒了，季洪海也還有三個兒子能傳宗接代，季霆死不死，他其實並沒有太大的感觸，可姜荷花當著這麼多人的面把事情鬧出來，丟了老季家的臉，季洪海就不高興了。

他面色陰沈的狠狠瞪了姜荷花一眼，才帶著幾分求饒的意味，衝四周圍圍觀的村民拱手作揖，等村民們都給面子的不說話了，才轉頭想去開解季霆。「霆兒——」

「爹想說什麼？」

季洪海看著面無表情的季霆，心裡不禁有點發怵。「你娘她……」

「娘說的話我都聽清楚了。」季霆語氣平靜的道：「兒子不知道自己原來真會剋六親，這些年倒是誤會爹娘了。日後兒子定會離爹娘、兄弟們遠遠的，娘要是覺得還不保險，也可以將兒子的名字從季家的家譜上劃去。反正當初分家時也已經說清楚了，爹娘自有三個哥哥養老送終，兒子和媳婦賣身入姚家之後，想必也沒機會再孝順爹娘了。」

姜荷花一聽這話頓時就急了，張口就道：「你不是答應了只要我們不管你們夫妻倆的事，就比照著你三個哥哥，每年給我們一樣多的孝敬嗎？這事可不許你反悔！」

「哇——」圍觀的眾人不禁再次被姜荷花的無恥給驚到了。

「閉嘴！」季洪海都快被姜荷花給蠢哭了，忍無可忍之下，反手就甩了她一巴掌。

「霆兒，你別管你娘，你們以後要仰姚家的鼻息過活，存幾個錢也不容易，不要總惦記著爹娘，爹娘日子過的苦點就苦點，只要你們好，爹就滿足了。」

這兩人說來說去，不還是惦記著想要他的孝敬?!

季霆目光幽深的垂下眼眸。

圍觀的村民就沒季霆這麼客氣了，不少人都忍不住嗤笑出聲。

「公公若是當真覺得我們仰人鼻息不易，不如幫幫我們如何？」溫柔軟糯的嬌媚女聲突兀的在人群後響起，引得圍觀眾人齊齊回頭。

見秀寧和秀樂正扶著位面色蒼白的漂亮姑娘站在那裡，眾人立刻猜到月寧的身分，都很給面子的自動讓開路讓她們過去。

不少人被月寧美麗雍容的氣勢給震懾住，紛紛竊竊私語起季霆的好運來。

「石頭媳婦好漂亮啊！」

「二兩銀子買回來這麼個大美人，這季石頭可真是賺到了。」

「賺什麼啊？你們沒聽季霆哥說嗎？為了救活他媳婦，他還買了人參給他媳婦吊命呢。人參那麼精貴的東西肯定要不少銀子，不然就季霆哥給自己治腿，哪裡能欠下那麼多錢啊？」

第二十章

月寧一眼掃過圍觀的村民，迎上眾人好奇的目光時也不惱，只回以禮貌的微笑。

院裡的季霆聽到月寧的聲音時也嚇了一跳，當下顧不得季洪海和姜荷花了，連忙轉身迎接走進來的月寧。「妳怎麼不好好在屋裡歇著？」

月寧看著他微笑，道：「秀樂說你因為賣房子的事被婆婆責備了，我不放心，所以過來看看。」

季霆因為她口中的「婆婆」二字，神色有瞬間的恍惚，隨即搖搖頭，拉著月寧的手道：「我沒事，事情都已經說清楚了，妳別擔心。」說著就想要扶著她往外走。

「我還沒跟公公、婆婆見禮呢。」月寧哪裡肯走，一臉正色的看著季霆道：「之前我臥病在床，沒向公公、婆婆請安還情有可原，如今見了面還不給二老見禮的話，傳揚出去，該讓人說我沒規矩了。」

季霆對上月寧的目光，也知道他要是敢不同意她留下，只怕一會兒還有得他煩。於是扶著月寧轉身面對季洪海和姜荷花，道：「爹，娘，這是我媳婦陳氏，你們可以叫她芷蔓。」

月寧推開季霆扶著她的手，朝季洪海和姜荷花盈盈下拜。「芷蔓給公公，婆婆請安，二老萬福。」

標準的禮儀和優雅的舉止，都彰顯出月寧不同於村姑的高貴和雍容。

季洪海看著這樣的月寧，眼底有暗光飛快的閃過。而姜荷花看著這樣的月寧，卻不自覺生出一股自卑來，她下意識就收起了自己的脾氣，縮在季洪海身邊，磕磕巴巴衝月寧直點頭。「不、不用多禮。」

月寧之前遠遠的見過姜荷花一面，知道她就是個欺軟怕硬的，便直接略過她看向了季洪海。可她眼角無意掃到他的手指時，不覺意外的挑了下眉，再定睛往那處手指細看，心中不覺就多了些詫異。

要知道手指上因握筆形成的繭子，與長年勞作形成的繭子位置是不同的。從季洪海右手手指上的繭子厚度來看，他九成九讀過書，而且在書法此道上還是下過一番苦功的。

可田桂花跟她談論季家舊事時，並未提及季洪海識字，以馬大龍和季霆的關係，月寧不覺得季家有什麼秘密是田桂花不知道的。如果說季洪海識字的事，就連季家人自己都不知道，那麼又是什麼原因讓一個讀書人，不敢對人說起自己讀書人的身分呢？

月寧眼中精光一閃，習慣性的微揚起嘴角朝季洪海笑道：「說來，公公的名字媳婦似乎在京城也曾聽過呢，三十年前，戶部尚書季……」

「妳肯定弄錯了，我一輩子都沒去過京城，妳怎麼會聽過我的名字呢？」季洪海慌忙打斷月寧的話，說完又覺得自己這樣不妥，連忙補救道：「就算聽過，肯定也只是同名同姓罷了。」

月寧沒想到自己只是隨便一詐，就詐出了個不得了的秘密來，看來這季洪海跟三十年前被砍頭的季大尚書關係不淺，不過現在顯然不是談論這個的時候。

月寧眼底的驚訝之色只是一閃而過，就從善如流的點頭微笑道：「如此倒是兒媳誤會了。方才聽公公憐惜我與夫君仰人鼻息，生活不易，與月寧聽說的那人行事作風頗為相似，公公與那人又是同名同姓，兒媳這才想差了，還望公公莫怪。」

季洪海嚇的額上得冷汗都下來了。「這，不……不怪妳。」

月寧見此，嘴角的笑容頓時就又淡了兩分，道：「我與夫君為治病欠下了不少銀錢，未求得公婆的允許就賣身入姚家，還請公公、婆婆勿要怪罪，實在是家裡一粒米糧也沒有了，我們挨了兩天餓，夫君又不想讓公公、婆婆擔心，這才會去求了姚叔買下我們夫妻的。」

秀樂看了熱鬧跑回家，可是把季霆的那套說詞全都學給月寧聽了。不就是賣慘嗎？月寧自認賣起慘來，也絕不會比別人差。

月寧微蹙起秀眉，一臉憂鬱的道：「姚叔一家人雖然都很好，待我們也極好。不過賣身為奴，一旦入了奴籍，子孫後代就不能讀書科舉了。若非情非得已，兒媳也不想斷了孩子們將來光耀門楣的機會。所以兒媳斗膽請公公婆婆垂憐，若您二老手裡寬裕，能否先借兒媳三百兩銀子？只要能治好夫君的腿，這些銀子我們一定會儘快還上的。」

「什麼?!」姜荷花聽月寧繞了一大圈，最後竟然想跟他們借銀子，還一開口就要借三百兩，頓時控制不住嗓門的大叫起來。

但月寧只一雙美目幽幽的望過去，姜荷花頓時臉色一僵，到了嘴邊才想要撒潑的話硬生生給憋了回去，緊張的結巴道：「我們沒銀子……真的，不然早就給老四治腿了……真沒有那麼多銀子。」

沒那麼多銀子，也就是說，少一些還是有的？月寧故作不滿的道：「聽夫君說，當初鏢局還給了夫君五十兩賠償銀子呢……」

一說到賠償銀子，季文就高度警覺了起來。當初買糧的時候，他娘可是知道他從中貪了十兩銀子進自己腰包的。生怕姜荷花說出不妥的話來，季文搶在姜荷花和季洪海之前就大聲叫道：「那銀子都買糧食了。」

月寧看也沒看季文，只蹙眉看著姜荷花道：「家裡用夫君的賠償銀子買了糧食，怎麼也沒分給我們一點？若非家裡實在揭不開鍋了，我與夫君也不至於將自己給賣了。」

「分……」分個鬼啊！她能說他們壓根兒就沒想過要給季霆分糧食嗎？姜荷花被月寧問得面紅耳赤，可看著月寧一身的氣度，她不知怎麼就覺得心虛氣短，就算心下又氣又急，也沒膽子對月寧發脾氣，憋到自己都快內傷了。

世家大族教養出來的女兒什麼樣，季洪海是見識過的。見月寧三言兩語就把姜荷花給繞了進去，季洪海就知道這個女人不簡單了，他怕被月寧看出什麼來，便決定以退為進，給季霆一點甜頭好平息今天這件事，他端起一張慈愛的笑臉，道：「哪裡是沒有分啊？是霆兒這孩子腿腳不方便，沒有去老宅拿罷了。」

月寧聞言瞬間笑顏如花，高興的衝季洪海福了福身，笑道：「那真是太好了，姚叔答應我們，只要我們能還清欠下的銀子就能給自己贖身。雖然幾袋糧食對我們欠下的銀子來說只是杯水車薪，可蚊子腿再小也是肉嘛！如今的糧食價貴，多少也能為我們抵掉些藥錢了，月寧先在這裡謝過公公了。夫君的腿腳不方便沒關係，我們一會兒請姚家的兩位大哥幫忙去拉就行了。」

你們沒關係，我有關係啊?!季洪海嘴角抽搐著，卻只能暗暗磨牙。

邊上的姜何花就沒有季洪海這麼好的忍功了，她對季霆的仇恨，是打他出生那天起就深刻在骨子裡的，現在季洪海要把「自家的糧食」分給她最討厭的小兒子，她樂意才怪了。她黑著臉，一雙眼睛怨毒的瞪著季霆，想讓他自己識趣的推掉去老宅運糧的事。

可惜，她從沒瞭解過自己的這個兒子，以前季霆渴望他們的親情，才會對他們百般容忍、百依百順，如今他放棄了，自然不會再對他們讓步。

季霆狀似溫柔的和月寧解釋道：「我當初把鏢局給的五十兩賠償銀子拿出來給娘拿去買糧食，我們四兄弟和爹娘各算一份的話，分攤到各房頭上正好是一房十兩銀子。不過，大哥的十兩銀子他當時就拿走了，所以現在老宅裡的糧食，大哥應該是沒有份的，我說的可對，大哥？」

季洪海看向季文，不敢置信他買糧時還昧下十兩銀子。可看到姜荷花和季文臉上如出一轍的震驚和心虛，就知道這事是真的了，不禁在心裡暗罵了一句：蠢貨！

季霆在鎮上當了十多年的鏢師，如米糧鋪這種常年要跟鏢局合作的鋪子，季霆若想知道季文一次性買了多少錢的粗糧，還不是一問便知？

季文本就心虛，一見季洪海目光如刀子般掃過來，立即識趣的低頭做認錯狀。

姜荷花見季洪海變臉，習慣性的就護著季文，道：「老大的鋪子當時周轉不過來，我就給了他十兩銀子周轉，那時都還沒分家，雜貨鋪賺的銀子不一樣要交到公中的嘛，所以我就沒跟你說。」

這姜荷花對待季文和季霆的態度，簡直就是一個天一個地。月寧憐憫的看了眼季霆，扯扯他的衣袖以示安慰。

季霆瞬間被暖到了，反手抓住她的小手握緊，然後有些不懷好意的看著季文，道：「當初分家的時候，爹娘沒查帳就把雜貨鋪分給了大哥，也沒讓大哥把那十兩銀子拿出來。現在那四千斤粗糧，爹說該怎麼分呢？是把大哥算在內，分成五份呢？還是不管大哥的分，爹娘和我們剩下的三個兄弟，每家各算一千斤粗糧？」

姜荷花一聽這話就不幹了，瞪著季霆怒道：「你不會算數就別瞎嚷嚷，如今的糧價那麼貴，十兩銀子哪能買到一千斤粗糧啊？」

月寧不理姜荷花，也只看著季洪海笑道：「粗糧平時不過賣七文錢三斤，如今的糧價也才漲到十二文錢一斤，兩個月前，大哥一次性買那麼多糧食還要十文錢一斤，確實是買貴了。夫君與鎮上的商家尚有幾分面子情，不若回頭讓他去問問，要是大哥真被人坑了，咱們也不能吃這虧，公公，你說我說得對不對？」

「妳說得對！」季洪海咬牙點頭，心裡卻在大罵季文這個蠢貨，比起季霆和他這個看起來病殃殃的媳婦，季文簡直就蠢到無可救藥。不過買個糧食都能留下這麼多的把柄給人抓，這也虧得季霆之前沒想跟他較勁，否則就他這難看的吃相，只怕早就被季霆給玩死了。

「老頭子！」姜荷花不滿大叫。她聽不懂季霆和月寧夫妻倆短短幾句話裡的暗示，只當季洪海是暈了頭，才會答應要給季霆那個孽障糧食。

季洪海警告的瞪著她，道：「夠了，妳自己不會算帳就別瞎嚷嚷，老四和老四媳婦都是有本事的人，他們算的不會有錯。天色也不早了，老大的傷既然沒事了，那咱們就趕緊家去吧。」

相比起姜荷花一對上季霆就失去理智，季文顯然還沒有蠢到家。季霆夫妻倆話裡的意思，以及季洪海說給姜荷花聽的暗示，他都聽懂了。買糧的事都已經過去那麼久了，他不怕季霆和他翻舊帳，反正當時還沒有分家，那銀子怎麼分，還不是爹娘一句話的事？

他現在擔心的是季霆把房子給賣了，他爬牆掉進陷阱，姚家人要是硬說他入室偷竊，要拉他去見官，他就會吃不了兜著走了。所以就算心裡再不憤季霆媳婦的賣身銀子沒了，還沒了從老宅分糧食的機會，季文都沒敢吭聲，就怕讓季霆想起這事，乘機借姚家的手整他。

季洪海現在也有些怕面對月寧，更怕姜荷花再出什麼么蛾子，所以叫了村裡幾個年輕後生抬上季文，就火燒屁股似的走了。

等人一走，季霆就拉了張竹椅過來讓月寧坐下。姜金貴見他這副有事要說的架勢，便站起來趕人。「好了，好了，這裡沒熱鬧可看了，大家都散了吧。天都這麼晚了，妳們這些婆娘還不趕緊回家做飯，回頭餓著了家裡的爺們和孩子，小心被男人收拾。」

村民對姜金貴這個村長還是很敬畏的，他一開口，老實的人就都趕緊散了。幾個平時碎嘴的婦人見村裡的幾個閒漢和年輕後生還扒著牆頭不肯走，本也磨磨唧唧的不肯離開，可被姜金貴狠狠一瞪也只能訕訕的離開。

荀元見狀就揚聲招呼屋裡的孫子，道：「小波啊，快拿掃帚把外頭的地掃掃，把院門關了。」

「來了。」荀健波在灶間答應了一聲，沒一會兒就手端著托盤，腋下挾著根掃帚快步走了出來。

「看把你忙的，我幫你端茶吧。」秀樂上前幫忙。

「那就謝啦。」荀健波也不跟她見外，把托盤轉給她，提著掃帚就去外頭掃地，順便趕人去了。

秀寧上前幫著秀樂一起給眾人倒茶。

姜金貴的目光在月寧和季霆身上來回打量，問月寧道：「老四媳婦，妳怎麼知道季文當初買糧時，除了那十兩銀子還私下偷偷昧了銀子的？」

「兩個月前，我曾派丫鬟去買過糧食，當時丫鬟回來跟我說粗糧以前賣七文錢一鬥還有人嫌貴，如今賣一文錢一斤還人人搶著買，深怕以後會買不到。我那大伯拿著五十兩銀子卻只寫了四千斤糧食，這銀子可不就對不上了嗎？」

姜金貴聽月寧提到丫鬟，心裡好奇她的身分又不敢多問，就怕戳到人家的傷心處，只好轉頭去罵季霆。「你小子明知道季文私下昧了銀子，怎麼當初分家時沒提啊？」

季霆瞥了姜金貴一眼，同樣沒好氣的道：「表舅，你又不是不知道我爹娘對我大哥有多溺愛，沒分家前銀子都是公中的，家裡的銀子怎麼花還不是我爹娘說了算？」

說的好有道理啊，姜金貴無言以對，可又不甘心被個小輩堵住嘴，不禁怒道：「那你今天怎麼又肯拿出來說了？」

季霆目光溫柔的看向月寧，道：「今日算是恰逢其時。我爹要不是想在我媳婦面前撐面子，又哪裡會被她揪住話柄，說我是腿腳不便才沒去拿糧食的？」

「這話柄揪得好。」荀元笑咪咪的衝季霆夫妻舉了舉手中的杯子。「你們早該這麼幹了。」

「趕得早也不如趕得巧。」月寧莞爾笑道：「若非家裡窮得揭不開鍋了，我們夫妻倆何至於賣身予人為奴呢？」

姜金貴翻了個白眼，對兩人賣身為奴的事是半個字都不信，才買下南山坳三十畝地打算建新房子的人，會窮到賣身？

秀寧和秀樂見月寧又提起季霆編的這個謊，也忍不住相視偷笑。

月寧警告的瞥了眼她們，才繼續慢條斯理的道：「今天這事傳揚出去之後，季家苛待夫君的名聲肯定要響徹整個福田鎮了。」

「所以？」荀元想不通月寧說這番話的目的，難道是……名聲更臭了？

月寧理所當然的道：「我們夫妻倆都賣予人為奴了，以後無力孝順爹娘也是情有可原的嘛。」

這麼理直氣壯的說自己不想孝順爹娘，真的好嗎？不過老季家的糟心事，姜金貴現在是一點都不想管。他轉移話題，向季霆詢問起建房的事情來。

「大龍昨天去跟我說了，你準備明天就開始整理南山坳的那塊地。」

說到這個，季霆也正色起來，點頭道：「煮飯的婆子，我已經拜託田嫂子去村子裡請了。至於幹活的人，除了招的難民之外，村裡為人忠厚、老實肯幹的，表舅也幫我挑個三、四十人吧。我手頭上的銀子不多，所以那地上的亂石，我打算都收拾起來做砌房子的材料。」

姚家就是就地取材，用石頭建房子的大戶，看看那氣派的大院子，可不都是用糯米水混了石頭和泥巴砌起來的？

姜金貴當初也參與過姚家大宅的建設，自然清楚這裡頭的事情，道：「起房用的石頭個頭小，南山坳裡的那些亂石要想能用，得先把些大石頭敲開，這活計可不容易。還有如今的糧價這麼高，你現在用糯米水起房子也不划算。」

關於糯米水的問題，昨天季霆跟姚鵬等人就已經商量過了，此時回答起來也是胸有成竹。「我與鎮上米糧鋪子的老闆都熟，回頭過去打個招呼，讓他們把運輸時掉在地上的髒米或壞掉的霉糯米都給我留著，等到能起房子的時候，想來差不多也夠我們用的了。」

人脈廣，就是好辦事啊！

姜金貴在心裡直罵姜荷花和季洪海目光短淺。季霆在鎮上做了那麼久的鏢師，不管是官家還是商家的人頭都熟，就算腿瘸了又能怎麼樣？不照樣有門路賺銀子嗎？

荷花村大，村裡的困難戶也不少，姜金貴說好了明天帶人在姚家門口集合，便也告辭走了。

秀寧和秀樂扶著月寧，季霆拄著木枴跟在三人身後，四人告辭回姚家去了。

一進門就聽何氏說大家都在堂屋裡等他們，秀樂就跟隻歡快的小鳥般衝進堂屋，嘰嘰喳喳的把季洪海答應給月寧和季霆一千斤糧食的事全說了。

張嬸聽完，笑得眼睛都瞇成了一條縫，誇月寧道：「妳那公爹素來喜歡把姜荷花推在前頭，自己躲著作妖作福，也就妳能讓他吐出這麼多糧食來。」

這事月寧可不敢居功，笑道：「師娘可別這麼誇我，我自己還覺得莫名其妙呢。」

她轉向姚鵬，一臉正色的問道：「對了，師傅以前跟我家公爹可熟？」

姚鵬搖頭，不過還沒來得及說話，張嬸就搶過話頭，道：「他整天不是窩在家裡，就是往山上跑，連村子裡都不愛去，怎麼會跟妳公公熟啊？」

姚鵬不滿的道：「我雖然跟季洪海不熟，可好歹也打過幾回照面，月寧丫頭這麼提，肯定是有事問我，妳別總搶我的話說，成不成啊？」

張嬸沒好氣的撇嘴。「成、成，我不搶你的話說，都讓你說，你說吧。」

眾人見老倆口鬥嘴，都忍不住笑起來。

姚鵬拿自家媳婦沒辦法，輕哼了一聲，轉向月寧道：「妳問這話，可是覺得妳那公公有什麼不妥？」

月寧就去看季霆。

季霆就道：「妳要是發現了什麼就直說，我早對我爹娘不抱希望了，妳不用顧忌我的。」

——未完，待續，請看文創風847《二兩福妻》2

文創風 846

二兩福妻 1

國家圖書館出版品預行編目資料

二兩福妻 / 鳳棲梧桐著. --
初版. -- 臺北市 : 狗屋, 2020.05
冊 ; 公分. --（文創風）
ISBN 978-986-509-103-3（第1冊：平裝）. --

857.7　　　109004254

著作者	鳳棲梧桐
編輯	林俐君
校對	周貝桂
發行所	狗屋出版社有限公司
地址	台北市104中山區龍江路71巷15號1樓
電話	02-2776-5889～0
發行字號	局版台業字845號
法律顧問	蕭雄淋律師
總經銷	知遠文化事業有限公司
電話	02-2664-8800
初版	2020年05月
國際書碼	ISBN-13　978-986-509-103-3

本著作物由廣州阿里巴巴文學信息技術有限公司授權出版

定價250元

狗屋劃撥帳號：19001626

網址：love.doghouse.com.tw　E-mail：love@doghouse.com.tw